拆婚

妩冰 著

ZHEJIANG UNIVERSITY PRESS
浙江大学出版社

目　录

第一章
如果离婚,那我就死

约定去民政局的时间是七点半,江蓝七点钟就到了。

这样的情况很罕见,恋爱到现在七年,每次约会都是李天一先到。很多人都说他们俩性格互补,江蓝觉得这样的说法很可笑,说好听了这叫做互补,不好听的话,和格格不入有什么区别?

李天一对时间,有令人发指的变态要求。

比如,家里买的电饭锅,说明书上有一句话:为了保证口感,请在插头拔下之后,焖饭五分钟。江蓝认为,这五分钟只是个概数,反正饭已经熟了,焖三分钟五分钟八分钟甚至一个小时都问题不大,即使不焖也没问题,可李天一不同,他会蹲在电饭锅旁边,看表,计时,揭盖,拿碗。整个过程一丝不苟,绝对不容许自己缺分少秒。

再比如,晚上在家,李天一都会问江蓝几点睡觉,江蓝随口一说,十点。此话一旦说出,在李天一那里便像是有了合同效力,甭管她对没看完的电视剧多么上瘾,剧情多么跌宕起伏,时针一到十,李天一就会走到电视机前"咔嗒"一按,睡觉。

再比如……那就是这次了。

果真李天一见到江蓝吓了一跳,以至于他看了两次表,再次确认时间无误。她到底有多想和自己离婚,才能克服了八点上班、能赖床到七点五十的毛病,提前来到这里?

这就叫做迫不及待吧。

李天一心里酸溜溜的，说不清是什么感觉，惆怅、难受、沉重、心疼，数种感觉纠缠在一起，调拌成一个初中语文老师都无法表达的词汇。他用尽全身力气才将那句"你就这么迫不及待地想和我离婚"的话给咽回去，事到如今，说这些不咸不淡的话也没有什么意思了。

第一句话是江蓝先挑的头："你带齐证件了没有？"

"户口本结婚证什么的不都在你那里吗？我这儿就一个身份证。"

"哦。"江蓝从包里将证件都掏出来："你打听过了？就要这些东西？"

"是，现在离婚很便捷。"

李天一是初中语文老师，层次不高，却有着严重的职业病，喜欢用些不常用的书面词便是其中一点。比如现在这个时候，你就算再欢欣鼓舞，也不能将离婚用"便捷"来形容。江蓝深呼吸，再深呼吸，再再深呼吸，如此轮回三次，还是没能将堵在心里的那口怨气排解干净。"天一啊，虽然现在解释已经没作用了，我还是想说，其实我和韩嘉平真没关系，我是清白的。还有，"她顿了一顿，"既然我都说了，你就承认自己想离婚这有什么不好？或许还是我不好逼走了你呢，我就是想知道我输在了哪里。"说到这里，她眼圈有些泛红，"以后如果有机会再来，我总得总结经验，有则改之，无则加勉，是不是？"

"我和你说过多少次了，我没有想离婚。"

"李天一，你就给我个坦白交代吧。"

"我真没想离婚，我日子过得好好的，我干吗要离婚？江蓝，想要离婚的是你，一直是你！"

"那你怎么解释你的头发丝、香水、唇膏、胭脂和女人？七天出一次，还出得那么明显，我不是傻子啊。"江蓝的眼睛又有些泛红。

"我怎么知道这些是什么鬼东西？或许是你为了想要离婚故意给我安排的罪名呢！"李天一猛地靠在后面的座位上，软皮质地的椅背受到大力猛然积压，发出"扑"的一声响，而他的声音在这动静中有一种欲说不能的愤恨，"江蓝，"他上身蓦然前倾，简直是在瞪她，"你甚至连后备替补军都找好了！你都未雨绸缪了！你不天天和那韩嘉平在小公园约会吗？不是有意安排的能那么巧？就咱家后面的破公园，人家韩嘉平至于跨俩山头赶到这里来锻炼身体?"

江蓝回瞪过去,如此,对视十秒。

随即,她目光黯淡下来,仿佛氢气球被放了气,斗志全无。这是最没营养且耗时费力的车轱辘战,要是有结果早有了,还犯得着走到今天这步?何况,刚才一怒目对峙,旁边已经有人向这边看过来。

婚离了,家没了,总不能再不要脸。

她再次平复呼吸:"离婚,你有什么要求?"

李天一一脸诧异,问了一个完全不相关的问题:"你今天来这里和我谈事,告诉你妈没?"

"你和我离婚,扯我妈干什么?"

"怎么?你没和她汇报?"

"李天一!"江蓝终于忍不住掉眼泪了。

"好,好,好!"看江蓝掉泪,李天一叹气,从包里掏出个本:"房子是你家买的,这个自然要归你。家具也多是你家添的,我记得我就买了个床垫子。我仔细瞅了瞅我后来添的东西都没你家给的多,所以,东西我都不要。"

"这样不是对你太不公平了吗?"

"有什么不公平的,我原来就像是寄养在你家里,现在分道扬镳,你们不向我讨要寄宿费和你的青春损失费就不错了,"想起丈母娘的话,李天一苦笑,"不过江蓝,咱们夫妻不成还会做朋友,对吧?"

真是场面话,这样的关系,怎么做朋友。但她忍住了。那句"一日夫妻百日恩"尚且不说,还有句老话:"买卖不成仁义在。"

"既然是朋友我想提个小小的意见,"李天一的眼神坦诚到无法让人拒绝,"也好……也好让你在下一次的婚姻道路上越走越远。当然,你可以听,也可以不听。我就随便……随便这么一说。"

"好。"

"到了五月十号,你就 28 了吧?这年龄不小了,按道理 18 岁就该独立了,所以,我的意思是,"他皱了皱眉,尽力让自己说得委婉,"有时候,用不着事事都向父母汇报,把他们扯进来又不能解决问题,你说是不?"

"嗯。"江蓝认真地点头，眼睛清澈黑亮，"这样吧，咱们反正这样了。为了以后，你说一个我的不是，我说一个你的。"

还没等李天一回应，她就开始了："李天一，你觉不觉得你自身有一个大问题？那就是对我的不信任！夫妻之间还搞小动作！"

这罪名可大了："我没……"

"别别别，你可千万别急着狡辩。你说说咱家第二个沙发下面的鞋盒子里你放着的是什么？就那个达芙妮的鞋盒。"

男人开始脸色发白。

"唔，是私房钱吧？"江蓝抱着肩，"你说我也不是不给你钱花，你至于这样吗？当时就把我给气坏了，问我妈该怎么办？我妈说男人这毛病不能惯。可我念你是初犯，涉案金额又不多，没必要把这事儿昭告天下。你说说你图的是什么？攒一次私房钱才攒出三百五，你说你要是直接问我要，我会不给你吗？"

"我那不是想……"

"天一，"江蓝做出"STOP"手势："该你了。"

"那好，江蓝，之前我回家你就推三阻四地不让我回去，你说咱这样像话吗？哪有做儿女的不回家的？"

"那你能不能改了听风就是雨的毛病？能不能有事没事别夸大其辞？能不能理解一下我？就说我上次要去应酬，让你跟着吧，你说你不适合那种场合，也没那些衣服，找了那么多理由，就是俩字：不去。好，你不去就不去，这是你的权利，可我回来的时候你又像审犯人似的问我？还有，你不就一点脂肪肝吗？至于将自己夸大成体弱要死的病人吗？上次刘阿姨见了还问我，咱俩迟迟不要孩子，是不是因为你有问题？你让我怎么说！"

平常对领导讲个话都要打个腹稿思索再三，此时讲起对方的不是，却口若悬河，滔滔不绝，中间还连累服务员小姐续了两次茶水。"天一，其实你去了这些毛病也还是挺好的一人，"抹了一下唇边的茶水，江蓝说，"我要说的没有什么了。"

是该没什么说了，原本打算速战速决控制在一个小时内解决的事情，胡扯八说的,硬将战时拖成了三个小时。不想知道时间都没办法,两人对面挂着个富丽华贵的大壁钟。摇摇摆摆间,时间已经到了十点四十分。

该走了。再不走,民政局就该下班了。

谁知到了那儿,两人吓了一跳,只知道结婚的人多,没想到离婚也成了当今社会一大时尚,众人都想凑个热闹。

江蓝坐在连椅上,李天一负责排队。往常排个队她都会烦得要死,可是今天,却浑然不觉时间的消逝,直到胳膊被人一戳:"嘿,有人喊你呢。"江蓝这才像是刚做醒了梦一样,前方十米,李天一胜利在望,前面只有两个人了,他招手让她过去。

工作人员显然是做惯了这类事情,完全像是机器一样检查证件:"都想好了是不是?我这章盖下去你俩可就没关系了。"又瞥过来一眼,"盖不盖?"

"盖……吧……"

那个"吧"字刚出口,身后突然响起尖利的声音:"蓝蓝!江蓝!"

俩人还没反应过来,已经有个黑影"嗖"地刮到他们身边:"同志,对不起,我们不办,我们不办了。"定睛一看,竟是夏晓贤,她气喘得像是刚跑了三千米,一手夺过证件,另一只手扯住江蓝的胳膊:"你要气死我是不是?这婚,不准离!"

江蓝和李天一面面相觑,完全蒙了。

"老江,你还不把天一给扯回去!"俩人循声往后一瞅,门口竟站着江大成正扶着门大口喘气,听到老伴的指令,他踉跄着脚步参与支援,抓着李天一就往外走,"跟我回去。"

"你们这是在干什么?"

"我们这是在干什么?我们还没问你要干什么!你离婚这么大的事怎么不和我说一声!"

"我前段时间不都和你说了吗?再说这是我和天一自己的事情!"

夏晓贤转过头:"那天一,你真想和蓝蓝离?"

"不是我想和蓝蓝离,不是您那天和我说,让我放蓝蓝一条生路吗?"事情变化太快,李天一脑子没转过来,"是您说我和蓝蓝过不下去了,我再这样,她只会更烦我。不如趁早分开……"

江蓝一下子呆住了:"妈,你什么时候说的这话……"

"李天一,别的妈不说,"夏晓贤紧握住李天一的手:"你就告诉妈一句话,你今天真想把这婚离了?"

眼前是丈母娘渴盼到可怕的眼神,想起那天的话,李天一已经完全傻了,机械般地点了点头。

"你……"夏晓贤抓着他的手突然用力,瞬间又放开,微褐色的眼睛绷直,李天一只觉得手里一空,眼睁睁地看着夏晓贤从面前歪了下去。

沉寂片刻,三人惊惧的声音同时响起:"老夏!""妈!"

毫无疑问,这婚没离成,一行人浩浩荡荡地转战医院。

看到躺在床上的夏晓贤脸色好了不少,江蓝将李天一拽到外面:"到底是怎么回事?我妈前段时间找你了?"

"你真不知道?"

"废话,我知道还问你?"

"就是大前天吧,二十六号,妈突然来我这儿,说你想离婚,问我同不同意。我是真不想离婚,就说只不过是个误会,先冷静冷静。可妈说你心死了,现在分开没准还能做朋友,等再拖上十天八天,也许就会彻底变成仇人。她还说……还说那韩嘉平还没忘了你,说其实你有点动心,如果现在分开,还不耽误你以后的路。到最后,还把财产分配单子给我列好了。"

江蓝睁大眼睛:"她真这样说?"

李天一点头。

江蓝暴跳如雷,恨不得冲进去把老妈摇醒,"这不胡扯吗!"

此音刚落,便听病房护士一声吆喝:"四床家属呢?四床醒了!"

四床是醒了,醒来第一句话也很迫切:"他们离婚没有?"

陪在一旁的江大成耷拉个脑袋,摇了摇头。

"没离婚就好,没离婚就好。"夏晓贤舒了口长气,"没离婚就还来得及。"

尽管医生嘱咐不能刺激病人情绪,但是江蓝还是没能忍住:"妈,到底是怎么回事?你去找天一劝他和我离婚?"

"我……我其实也不是有意的,这不你们闹得僵吗?其实我就是想激激天一,让他软和一点,主动去找你和好。"

"激激天一?"江蓝恨不得泪奔,"你都列好了财产分配单,这是去激他?"

"我这不也是好心嘛,就是一没留意激过火了……"

"妈,先不管你到底怎么想的,离婚,这是我们深思熟虑后的决定,先不管李天一怎样,单是你闺女我,做梦都忘不了那些照片、头发丝儿和香水。"江蓝狠下心,"我们这感情已经有裂痕了,就算现在不离婚,以后八成也得走这条路。妈,我知道你是为我好,但这事你拦不了。"

"我拦不了?"夏晓贤登时从病床上半坐起来:"蓝蓝,你看我到底拦不拦得了!"

四十分钟之后,事实证明,夏晓贤确实拦住了。

茶几上林林落落地摆着香水,几根头发丝和唇膏,大体一掠,竟都是之前那些奸情的品牌。江蓝大惊,只觉得被上天狠狠地恶搞了一把。没想到惊险的还在后头,往旁边一瞅,开着的佳能相机上显示的居然是之前她看一眼心里就长刺的李天一艳照门照片,抓起来再往下翻,嗨,与她看过的照片一一对应,一张没缺。"你心里介意的不就是这些吗?"事到如此,夏晓贤反而抱肩:"东西是我放的!照片是我拍的!怎么,还要离婚吗?"

"妈,你别胡说八道。我现在都想开了,他真要有什么事也没……"

"你不信是不是?不信你问你爹。"

目光探过去,江大成艰难地点点头,"蓝蓝,是你妈……"他话说了半截,似是欲言又止,"我没拦得住她。"

"到底怎么了?"

至于这"怎么了",夏晓贤是这样解释的——

"孩子啊,那头发丝儿、香水和唇膏都是我弄的,和天一没有半点关系。我也不是想让你们离婚,我本意其实就是想引起你的注意,我想告诉你,不要不把天一当个好男人,你如果不珍惜,外面不知道有多少女的会喜欢他,到时候吃亏的就是你。"

"其实吧,那头发丝儿、香水、唇膏就是想引你警惕,反省一下自身行为。

他最近工作不容易，而你又对他太疏忽了，我就是想给你点危机感，让你自查一下。"

"至于照片，其实是看到前面那些东西对你丝毫不起作用，我给你下的又一剂猛药，可看到你那天真伤心，我又不想给你看了，所以紧紧护住那包，可你偏偏抢了过去，就……"

江蓝彻底呆住："那后来你找他谈话也是你的一剂猛药？"

"是，是我最后的一剂猛药。"夏晓贤做痛定思痛状，"原本是想引起你们的重视，相当于敲个警钟，这婚姻必须要引起重视，好好呵护，可没想到你们……"

"没想到我们当真了？"

夏晓贤又点头，干脆一咬牙："反正你们这婚不能离，如果离婚，那我就死给你们看！"

话落，只听到"砰"的一声门响，这次夺门而出的，是李天一，江蓝随即奔了出去。

不知道瞅了那表多少次，从三点二十到六点十分，俩人已经出去了三个小时。夏晓贤再次抬头问江大成："老伴儿，你说我刚才说的那些话，会不会太牵强和离谱了？"

江大成没理会她。

"我都说了是我搞鬼了，难不成还去离婚了？不行，我得去看看！"夏晓贤刚一起身，便被江大成猛地按回沙发："我求求你，你别作了行不行？咱安分点吧！安分点！"

"那你说我刚才的说辞怎么样？"她又抓住他的胳膊，"这是我灵机一动编出来的，不假吧？"

江大成"哼"了一声。

凭他的直觉，这两人待在外面这么久应该不是坏事，这么大一个乌龙事件，又是父母这边的错，一句两句可说不清楚。再说两人都不小了，如果没有对彼此的不忠，应该不会打离婚的主意。

"你说说你啊，我该怎么说你好……"

"你能不能别唠叨了?"夏晓贤猛地一拍桌子,"我以前撺掇他们离婚你说我没良心,现在好了,撮合他们复合你还要说我。江大成,合着天底下就你有良心是不是?"

"天底下有你这样当妈的吗?为了钱,做假证据,拍跟踪照片,逼着闺女离婚攀高枝。你倒是攀啊,今天怎么良心发现,不攀了?"

"我良心发现?大成,"夏晓贤深吸口气,"你没看新闻?"

"我光掺和你的事情就够烦人了,没空关心那个。"

"你知道我为什么不让蓝蓝离婚了?咱们深州行政中心要北迁,前天刚放出来的消息,天一他老家那什么三河,就在这规划的新商业中心里头。你想想,建新中心就得拆迁和占地,天一家别的没有,可地不少,光赔偿一项,这得多少钱!"

江大成瞪大眼睛:"你就是为这个……"

"他家足足五亩地,按照咱现在这价格算,以后要是盖上房子,按四千算,那得上去一百多万了。"

"真是疯了!我告诉你老夏,你这样可是太不厚道!"

江家是典型的女强男弱体制,在做记者的老婆面前,当主任医师的江大成是无论如何说不过她的。况且说了也白搭,他这老婆对他的建议从来都不听,还是自己做自己的。

眼前她继续在自己的想象里游荡:"这拆迁款一到,别说是再买房子,就是买个复式都不成问题,到那时候,就算咱死了,蓝蓝这后半辈子也一点儿都不用愁了……"

第二章

别有居心的鸿门宴

江蓝两口子回家之后，便开了个会，与上个月在冰冷沙发上谈判不同，此次会议地点设在他们温暖的大床上，俗也好淫也罢，上床永远都是男女解决问题的最好方式。

突来的磨难与长久的冷战酿成了一杯香醇浓甜的美酒，两人在此事之前，都没想过对方会出问题。

李天一多老实啊，江蓝一直认为，就算是全世界的男人都被二奶包围了，他还会围着她一个人，柔情呵护，百依百顺。这就像是人生来就要吃饭喝水一样，毫无理由，天经地义。

如果非要追究个理由，那好吧，就是当时的恋爱。

江蓝和李天一是破除万难才结婚的。

世人都说初恋是女人最深刻的恋爱，江蓝不同，她的初恋是韩嘉平，确定关系时两人还小，十六岁，现在想来更像是一种追赶潮流的弱智行为。江蓝不漂亮，顶多是端正文秀，那也是装的，从小夏晓贤就逼她学钢琴、学书法，就是为让她修炼高雅气质，起码能装出个样来。但很悲哀，她学习一般，二十来名，每次考试都压着班里定的二本线，稍不注意，就会专科。至于长相，打扮打扮算是看得过去。而韩嘉平，校草，除了学习一般朝上点，会小提琴、二胡、扬琴等多种乐器，最重要的是——家里超有钱。

两个人的故事是超级典型的校园初恋，韩嘉平的篮球飞到江蓝的跟前，一捡一还，就这么看对眼了。

高二正逢关键时刻,班主任对早恋持相当排斥的态度,这俩人成绩太危险了,江蓝成绩稍不注意就会掉到专科线,韩嘉平好点,估计还能二本,虽然都有学上,可差的是个档次。谈话不下五次,俩人当场说好,背地里还是该牵手牵手,该摸脸摸脸。最后一次逼急了,班主任说:"请你们家长来。"江蓝脱口而出:"我们家长不反对。"

老师当时就傻了。

江蓝没有撒谎。韩嘉平家长不反对,是因为他家是做生意的,忙得自己都顾不上吃饭,更别说管孩子。而她家原因比较特殊,夏晓贤一听闺女的早恋对象是韩嘉平,特别听说是校花贺京杭都暗恋的韩嘉平,那竖起来的眉毛立刻就起伏荡漾了。

这话说起来也有历史原因,贺京杭的妈,正是与她作了一辈子对的丁幂。

仿佛天意使然,丁幂与夏晓贤的开始,也是因为这对象的事。

七十年代结婚多是熟人介绍,江大成是先介绍给丁幂的,俩人不讨厌不恶心,估计也能过日子。可有一次江大成去丁幂单位,一不小心看上了夏晓贤,从此堕入爱情深渊,欲罢不能。

俩人终成爱侣,丁幂成了被抛弃的。从那开始,丁幂和夏晓贤的好朋友关系便戛然而止,起初两人虽表面还能保持和气,但谁都知道,这朋友是做不成了,两人又在一个办公室,只能成为对头。仿佛上天为了惩罚夏晓贤的如意,虽然情事胜利,但以后生活是步步不如丁幂,这就像是个咒,只要两人撞上,输的总是她。

进职称,科里俩人选一,是丁幂。

分配房子,报社抓阄,夏晓贤想这回大伙五十多个一起选总不会有那种尴尬的情况了吧,但事情偏这么凑巧,一二楼选择,夏晓贤特别想要一楼,因为有个小花园,可以种些花草蔬菜。可上天好像故意搂筛子就筛下她们似的,争一楼的又是她和丁幂。

甚至到头来,生的孩子也不如她。她丁幂明明就是个驴脸,也不漂亮,怎么生的孩子就那么招人喜欢?而且就跟中邪似的,俩人孩子又在一个班,每次回来夏晓贤都要问成绩,江蓝你考了21,那贺京杭呢?答,19。江大成看母女又和俩牛似的对峙,赶紧过来劝和,但是劝和的话听起来更不中听:"你别为难孩子,这么多年过去了,你不也没能赶上人家一回吗?"

可现在好了,甭管是早恋晚恋,我闺女就是得到了你闺女要不到的男人。夏晓贤甚至多次邀请韩嘉平来吃饭,与他的关系比与闺女还要好!这别的话都是瞎说,对于女人,挑男人才是一辈子的大事。

就在她开始撺掇着两家大人见面的时候,不幸的事情发生了,大一上学期,江蓝提出了分手。

仔细想起来,江蓝与韩嘉平确实经历了非常美好的时光,两人一起上图书馆、看电影,出双入对,面对着同学们的仰望与羡慕,江蓝十分快乐。

可这样的快乐,是虚荣,并非爱情。虚荣是泡沫,遇到现实的针刺就会破灭。

女人好看是祸水,没想到男人也一样。时间一长,江蓝便发现这韩嘉平有些问题,受到诱惑时就会犯"男人都会犯的错误"。实在忍受不了的江蓝提出了分手。

夏晓贤阻挠了多次,无果。"好,你分可以。但你不能老不找对象吧,你得赶快找。"接下来两年,她像是怕闺女嫁不出去似的,在大学里就开始安排相亲。每次江蓝都是木呆呆地随着她应付,不说同意也不说不同意。就在她以为这事无望的时候,闺女主动领回了真命天子。

这就是李天一。

夏晓贤快要气疯了,她亲自去看了看闺女中意的男人,容貌,气质,学历,家庭,哪一个比得上韩嘉平?江蓝说他成熟。屁成熟,在她看来,那就是老相!不到二十五岁的男人,长得就和那三十岁似的。

她逼闺女分手,但江蓝的心像是吃了秤砣似的,死活不愿意。在与闺女对决多次,甚至最后上升到流血事件之后,夏晓贤只能后退一步,无奈同意这桩婚事。于是,这边在心里惋惜韩嘉平,那边给孩子布置婚礼。李天一这孩子,穷到房子没有,江家出!买家具的钱没有,江家出!工作没有,她江家豁出去老脸给找!一切办妥,要求就一个,你得听话!听我们江家的话!

江蓝很自豪这样的状况,老公听自己家的话,那是爱啊。爱了才能顺从,才能迎合讨好。

这也是她觉得李天一不会出轨的理由。

因为他没那个胆子。

她却不知道,这也是李天一的想法。他觉得江蓝不会出轨的原因就是,当年她为了自己还拒绝了一个那么好的男人,这样对自己的深情厚爱,又怎么会背叛?

却没料到,在夏晓贤一个爱情测试里,完全溃败。

他们甚至都要离婚了。

睡觉之前,两口子再一次坦诚地互相承认错误。

愁云惨雾飘走了,世间又现出明朗的一片天。而事情,似乎也是这么发展的。

第二天一大早,江蓝接到电话,老妈打来的,用词斟酌,声音小声:"蓝蓝,你把天一叫过来,咱们一家四口吃个饭吧。"

"好啊,"一家人聚在一起吃饭也是个常事,江蓝歪在床上,揪着李天一的胸毛,"妈,什么时候?"

"今天下午。我定好饭店,到时给你电话。"

"好。"

挂了电话,江蓝猛地扑向李天一:"妈要请我们去饭店吃饭咯,今天饭钱省咯!"

"去饭店?"李天一坐了起来,"这么正式?"

他不说江蓝还不觉得奇怪,一说她也觉得不对。之前一家人聚餐,甭管要烧多少菜,事后刷多少碗,夏晓贤都是在家里办的。理由一,省钱买房子,理由二,省钱买车,理由三,省钱要孩子。

任谁都能看出这话有点影射李天一赚钱少,每次说到这个,江蓝都很无奈,她曾为老公仗义执言,可是换来的往往是更高音:"我说省钱,这还不对了?"

当时李天一的脸就和刷了番茄酱似的,一路红到耳朵根。

反抗无效,干脆任她说。听多了也不难受了,这耳朵进那耳朵出这本事需要修炼,而李天一这项技能绝对掌握优良,他的目标是他岳父江大成,瞧人家忍了一辈子,现在听着骂都能脸不红心不跳。

事实证明,他俩的预感并不是不对。

夏晓贤突然下馆子请客确实别有含义。

因为这顿饭有个名字——负荆请罪。

刚开席,夏晓贤便给了他们一个深水炸弹。她举着酒杯,向他们深深弯下腰:"蓝蓝、天一,尤其是天一,妈这次是犯了老糊涂了,对不住你们。"话说到这里,她举起酒杯一饮而尽。"妈现在给你们承认错误,希望你们不计前嫌,权当这事没发生过。"

小两口眼睁睁地看着一杯红酒就从老太太喉咙里顺了进去,一路顺畅,连嗝都没打一个。

良久,江蓝才缓过神来:"妈,没有,没有,你也是为我们好是不是?"她赶紧戳了戳李天一,"天一,你说是不是?"

"对!妈!您是为我们好。"

人转变得太快了,就难免让对方感到不安。

接下来,何止是心不安,身体都差点折在这里头。

开席的道歉只是开始,没想到夏晓贤的道歉没完没了。她开始逐条反思自己的错误:"你爸爸说得对,我对你们的事情插手太多了……"然后鞠躬,喝一口果汁。长辈道歉,做小的总不能干坐着当老爷吧?没办法,两口子起来配合,同样弯腰,微笑:"没有没有,妈都是为我们好。"然后隔五分钟,老人又起来:"这次事情确实是我的不对,我心急不该拿婚姻开玩笑……"又弯腰,果汁一饮而尽。那边小两口再起来:"没有没有,妈初衷是好的……"又隔两分钟:"还有天一,我平时确实对你管得严了些……""没有,没有,您不管我谁管我,这是应该的……"

这次吃饭比江蓝参加报纸编排会还累,不仅劳心费力,还考验身体素质。当夏晓贤再一次准备起来的时候,江蓝实在忍不住,先把话给铺出来:"妈,都是一家人,不用这么客气。我和天一没生你的气。"

"我知道,"夏晓贤开始从后面包里掏。李天一很是惊奇,今天这饭吃得太惊喜了,难道道歉之外还要给钱?等了半天,放在桌上的是串钥匙。

确切地说,是小两口家里的钥匙。

"我想明白了,你们的日子你们过,这钥匙现在就还给你们。你们好好过……"

江蓝站起来:"妈,你拿着就……"

话还没说完便觉得腿被踢了一下,转眼看李天一已经把钥匙收入口袋:"谢谢妈,正好我那把丢了,有这把省得再配。"

这饭吃得太和谐太圆满了,一家人吃到晚上九点半才回家。躺在舒服的大床上,李天一极其惬意地打了个饱嗝:"上次没能尝出这桃源居饭是什么味儿,今天可品出来了,果真不错,不错!"看着一旁卸妆的江蓝,他"腾"地坐起来:"你说妈今天是怎么回事?突然姿态降下来,前半段你不知道把我瘆得,就怕和前面那场似的,再有阴谋。"

"能有什么阴谋?再说,那钥匙怎么说给你,你就要了呢?我觉得咱妈就是虚让一下。"

"哎,你的感觉还真对!我就怕她是假让一下,这才赶紧拿回来!江蓝你是她闺女可能没觉得,我这个大男人可都快别扭死了,早想收回钥匙,可是没敢。"

"为什么想收回去?"

"你还说?你忘记上次了?"李天一皱着眉头,提醒着她,"那次,就那次我喊,老婆,那事。"

江蓝转了转眼珠,这才想起来。

事情是这样的。

俩人一周年结婚纪念日那天,李天一在路上筹划了很久该怎么给老婆一个惊喜。纪念日无非得浪漫和诗意,李天一琢磨了半天,终于策划好了节目内容。

玫瑰花是必须的,却不是礼物,而是情趣装饰,李天一想得很好,进门,脱上衣,钻进洗手间,给自己先来个红酒浴,等到红酒香味彻底在身体上弥散开,他再学电视里那样,把一支玫瑰花叼在嘴里,下身只围个三角浴巾,迈着小碎舞步向卧室走去。

江蓝喜欢红酒，单是一点儿红酒香味都能把她熏得如痴如醉。李天一光想着她腻在自己身上柔情万种到处闻嗅的样子，还没实践，便已经春情荡漾起来。为了营造出节目效果，他这一个月还天天去学校操场跑一万米，专门挑中午两点太阳最毒的时候，为的就是让自己上身显得结实有力，晒出古铜色最好。

一切妥当，李天一在外面深吸一口气，轻勾右腿踢向卧室门，随即微转四十度旋向屋里。舞蹈老师说，这个角度最容易让男性魅力方位若隐若现，情趣得很。

他做得很标准，连勾脚的姿势都很到位，"老婆啊"三个字更是喊得那叫一个百转千回。原本的剧情是，老婆先是惊诧，后来娇羞地扑到他身上。然后他再趁机将那支玫瑰花以唇送到她嘴里，随即天雷地火，两人缠绵……

可就第一个情节预告对了，惊诧！李天一做完标准动作，抬眼就看到夏晓贤瞪着自己，随即"啊"的一声，落荒而逃。

"流氓！流氓！"

这事到那还不算完，晚上夏晓贤又召开家庭会，会的主题是年轻人要注意行为，要端庄、要节制、不能不三不四……夏晓贤那目光"嗖嗖"地向李天一射来，震得他半口气都不敢喘，一个好好的结婚纪念日就此落幕。不仅如此，还有了后遗症。夏晓贤自此之后经常在他家神出鬼没地出现，经常回家刚叫了一声"老婆"，丈母娘就蹭蹭地溜了出来。看他的眼神别有深意，就像个 B 超机似的，整整把李天一吓得一个月都没敢和江蓝有性生活。

"蓝蓝你说对吧？这房子虽然是老妈买的，但是咱家啊，是咱两口子的家，你说她这样拿着钥匙过来你别不别扭？你是她闺女无所谓，可我不行，我是个大老爷们。大夏天热得要死，我回来就想抽掉领带脱掉上衣，那领带绑在脖子上，就和上吊绳一样难受，我还就喜欢光着膀子在家里晃荡。李天一重重叹了一口气："在外面装得人模狗样的，回家还得装，这家还是咱的家吗？……就算是她的房子吧，那也不能……"

话说到这里李天一已经很小声，因为得边说边打量老婆的情绪。可是这句话过后,老婆只是停了手中的卸妆动作,木呆呆的,像是在想什么事,一点声音没有。

"蓝蓝?江蓝?"

"啊?"

"你想什么呢,你要是觉得不高兴,那我明天就把这钥匙再给妈送回去。反正这么长时间我也习惯了,你可别因为这事又和我闹,"李天一"砰"地倒在床上,"好不容易过了天安稳日子,我李天一天不怕,地不怕,就怕媳妇不说话。"

"天一,我在想……"刚才还陷入沉思中的江蓝突然雀跃,一个猛子扑到他怀里,"老公,和你商量个事情吧。"

"啥事?"

"把爸爸接来住几天呗。"

"咱爸不是经常来吗?"李天一眯了眯眼睛,"要不我明天坐八路车去接?"

"哎呀,不是咱这个爸,是咱那个爸!"

"咱有几个爸?"酒喝多了就是容易犯困,李天一迷迷糊糊的,可是不过三秒,他突然直起身子,"你说我爸?李桂宝?"

"是,"江蓝揉了揉被他撞痛的胳膊,"我说的就是把他接过来住几天,你觉得好不好?"

好,当然是好,天大的好,再没有比这更好的事情了!好得李天一瞠目结舌,保持石化状态长达五秒。"我这就给他打电话!告诉他这个好消息!"话落时,床上已经没了影子。

不过刚到门口又转回来,"不行,现在都十点了,我爸没准都睡醒一觉了。明天再给他打。"他喜滋滋地贴在江蓝旁边,"不过老婆,你怎么突然想起来对我爸这么好?"

"什么叫突然这么好……"江蓝睨他一眼,"吃完饭我妈把我训了一顿,说我以前不孝顺。"

又是妈?这下李天一觉得更不可思议了,他那个丈母娘,平常只要听着他家的话题就开始躲,就算换台换到他们那个县的新闻,都一脸厌恶地迅速换过去,又怎么会撺掇江蓝接她爸来住?他越想越觉得玄乎:"你说妈不会是要想方设法把我爸接回来,然后让他劝着咱们离婚吧?"

"啊?让爸劝咱们离婚?"江蓝一呆,"不可能,绝不可能。"

"以前妈可不让……"李天一皱紧眉头,正色道:"江蓝,不管事情怎样,我觉得咱都得防备点,别又经不住考验,知道吗?"

江蓝点头。

第三章

杀伐决断,论亲情战

李天一不说江蓝还不觉得什么,这么一说,她也觉得这事有点严重。

因为当时和李天一的婚事闹得与母亲不快,从那以后,江蓝就像是为那事的固执感到愧疚一样,越发与母亲亲密。越想越觉得这事蹊跷,她中午下班就冲回娘家,大门紧锁,老娘居然不在。

等了十分钟,才听到楼道里传来熟悉的声音:"你不帮我可以,大成,但蓝蓝这事你也不能给我使绊子。"

"你……真是不可理喻!"江大成的声音十分愤怒,"我就看你要惹出怎样的祸来,到时又怎么收场!"

"怎么收场?你要不掺和这事,当然是皆大欢喜。我告诉你,蓝蓝是我亲闺女,你瞧她这日子过得多寒碜,所以不入虎穴焉得虎子,我告诉你,都到这关卡了,这事可不能退缩……"

"你……"

"你"之后的话没有说下去,因为门一打开,夏晓贤便看到了江蓝的脸,江蓝直愣愣地看着她,"妈,不入虎穴焉得虎子是什么意思?什么到关卡,什么不能退缩?"

"你先别管什么事,你怎么现在回来了?"她仔细盯着闺女,"你和天一莫不是又吵架了?怎么?还是因为上次那事,天一还不高兴?"

江蓝一呆,"没不高兴,我们没吵架。"

"真没吵?真好好的?"

"是。可妈你……"

"吓死我了,我还以为你俩又有问题了,"舒了口气,夏晓贤将菜放一边,"那你来这干什么?"

"我来是因为……"被老妈一顿话给蒙得,江蓝差点忘了自己来的初衷,想了想才说:"妈,你是不是真想让我和天一离婚呐?可我和他感情好着呢,我不离,死也不离。把天一他爹喊来也不行。"

闻言,夏晓贤莫名其妙,"你什么意思?"

"你要我们把我公公接来不是想让我们离婚?"

"嘿,你听谁说我有这个意思的?"

"难道不是?"

"江大成,瞧瞧你的好闺女。平时像个棒槌似的,给根绳就能拽着乱跑,现在好了,还能猜人心思了,虽然猜得是一点不对。我是看你公公日子过得苦,想把他接过来让你孝顺,这也不对了?"

"可你之前不是说他……"

"对,我之前是觉得他们农村人麻烦得很,不想让你接触。可是这不是日久见人心嘛,你们都结婚两年多了,你这公公是一点麻烦也没给你们带。再说,你们是没听着外面那风声,就差当妈面说咱们江家没良心了。所以蓝蓝,之前是妈不对,妈改,你赶紧把那老头给接过来。对了,你接他的时候,先给妈打个电话说一下。"

确定老妈的目的之后,江蓝放心地回家了。

看着闺女远去的背影,江大成又忍不住叨叨:"你让闺女把她公公接来干什么?"

"干什么?现在马上就要拆迁占地了,那地可都是他李桂宝的,咱们不得提前控制住他?"

"好,很好,那你考虑得这么好,就不给蓝蓝说?"

"我怎么和她说?江大成,别人不了解你闺女,你自己还不了解?她就是一根筋的主子,不把她逼到份儿上,肯定不做这事。告诉了她也是麻烦。"

"你也知道她不做啊……蓝蓝只要不做,你这算盘打得再如意也白搭。"

"这可未必，"夏晓贤眯起眼睛笑，"'请君入瓮'这个词听过没？蓝蓝就算是现在不做，我也要支个大锅，让她心甘情愿地参与进来。"

"你就把你闺女给煮了吧。不过我觉得你未必如意，人家老李也不是傻子，凭什么你让来就来？要我是他，这次就算你八台轿子去请，我也不过来受这份气。"

果然，江蓝下午就打来电话说："妈，不用准备了，我公公说现在家里忙，不方便过来。"

夏晓贤在电话那边差点气得跳起来："为什么不来？你倒是给我详细说说？"

江蓝原以为这不是什么大事，此时也不得不再说一遍："妈，我其实也不想和你说这事，我根本就没和我公公通上话，电话是我小姑子天枚接的。"

"什么？天枚？她在你公公家干什么？"

"我那小姑子也不知道怎么了，"想起小姑子的反应，江蓝有些烦躁，"处处看我不舒坦，就打了不到五分钟的电话，简直是含沙射影，夹枪带棒。后来我说让爸过来住两天，人家就说用不着我假好心，然后我一烦，一气之下就挂了。"

"你先挂了？"

"是啊。我难道还求着他来不成？"

"你这个缺心眼的孩子啊，现在已经有人说你们不孝顺，连这天枚都对你们有意见，你要再不做点真事，外面还不知道得传多难听，这流言可是戳人脊梁骨的哟。再传到单位里，你们以后还混不混……听妈的话，"夏晓贤顿了顿，"妈明天给你准备点东西，你后天就回天一老家去。"

"我……"

"我告诉你啊，这次回去要踏踏实实地做事，别显着自己城里小姐的浮夸作风，我估计这么长时间不去，你公公对你印象也不大好。你该做饭的做饭，该种地的帮忙种地，一定得把这印象给扭转过来，还有那什么猪油，该吃吃，只要是吃不死人就咽下去。"夏晓贤仔仔细细嘱咐女儿，"这人心都是肉长的，你这次去就当是为我长脸，一定要好好表现，我不能让人说我夏晓贤的闺女不是好媳妇,知不知道?"

"妈,我懂了。"

晚上下班不到七点,江蓝顺便到菜市场买了菜回家,却没想到刚一开门,菜香扑鼻而来,令她望而却步,又探出脑袋去看了看门牌号。李天一有个特点,极讨厌烟啊火的,而江蓝正好反着,炒菜可以,特别反感切葱剥蒜之类的前期准备工作。她还在那愣着,看到李天一端着菜出来,西芹炒肉,她最喜欢的菜。

"你在那儿傻愣着干什么呢?"放下盘子,李天一把她的包接过来扔衣帽架上,"今天累不累?"

甚至不用洗手,李天一递给她张湿巾,一擦,便在饭桌前坐下。

"天一,今天你怎么了?"

"蓝蓝,我有个事想要求你,"李天一面有难色,"你看新闻没有?行政中心北迁,我家正好在商业中心……"

"就这事啊,嗨,"江蓝满不在乎地吃一口菜,"我当然知道,那新闻稿还是我拟的呢。"

"呃,我想,一旦拆迁,我爸就没地方住,你也知道天枚家那条件,鸡鸭鹅猫狗的,再添一个人,肯定够天枚忙活的。我又是做大哥的,平时也没帮她什么忙,这次不想再给她添麻烦。所以咱们能不能把爸接回咱家来?等拆迁给了新建房,我保证咱爸马上就回去。"

"就这问题呀,好啊。"

"好?"

"这有什么不好的?都是一家人也应该,何况他在咱家也待不长。就当是救济难处嘛。"

"你能这样想我就太高兴了,我就知道我老婆善良贤惠!"李天一欢呼了一阵,眉头却又突然皱下来,"可是,咱妈那怎样?会让我爸来吗?"

"妈?她为什么不让?"

"这是她的房子啊,你忘记之前,她都不让你和我回家……还有,我只要一提家里的事,她就说房子是她的什么的……"

"天一,这个我得和你好好说说,"江蓝放下筷子,仔细看着自家男人,"你也不要把我妈看成多坏的人,昨天你不是怀疑她要把咱爸叫来撺掇咱们离婚吗?我今天去问了,妈压根不是。妈就是想让咱们孝顺孝顺,接咱爸过来过好日子。都是老人,我妈虽然平时严厉了点,但没坏心眼。所以啊,如果咱爸愿意,我明天就把房子腾出来。"

"爸肯定愿意,爸有什么不愿意的?爸上次不是想来被我们挡回去了吗?结婚这么久,他还没来过儿子家,这次听着能来,肯定高兴坏了。"

想起下午的电话,江蓝一笑,"我看未必。"

"什么?"

"李天一,你最好先把你妹妹天枚的工作做好了,"江蓝叹气,"唉,就算咱爸同意,天枚也未必肯放行。"

李天一大感惊讶。

"真的,不信问你妹妹试试。"

自己和天枚是一个亲爹,接亲爹来是过好日子,李天一就不信天枚会不同意。

不过说实在的,他是知道妹妹和媳妇关系不好的。至于原因,这也不难分析,是历史遗留问题。当初结婚,江蓝家要李家出房子,可是就李家那条件,别说是房子了,就连洗手间钱都出不来。李桂宝是老农民,攒了一辈子钱顶多是攒个化肥钱,于是出钱的事情就落在了妹妹天枚身上。正当天枚好不容易凑出房子首付的时候,那边夏晓贤下了命令,说自家还有套房子,可以搬进去。从此以后,天枚就以为江蓝家是故意给自家难堪,从此心里存了个疙瘩。

第四章
攻 老 术

江蓝觉得没必要回老家,本来还想说服一下母亲。她自己尽到心、话说到了就行,至于人家来不来,那是他们的自由。可是第二天一大早,门铃响了。

是夏晓贤。

居然连车票都给买好了,两张,今天最早的一班车,回程的车票是第二天中午那班,说是要他们住一晚上再回来。

"还有这个,是我给你公公买的东西,营养品啊,他不是腰不好吗?这都是我让你爸爸带来的最好的进口补品。至于这个,"夏晓贤将袋子甩得哗啦哗啦响,"这是我去移动公司买的手机,专给老年人用的,字儿大键大。卡,我也给装里面去了,号码写在手机盒子上。你回头记下号码,教你公公怎么使。"

江蓝瞠目结舌地看着自己由两手空空到一堆东西提都提不动:"妈,这没必要吧……"

"有什么没必要的?你都多长时间没回去了,既然要孝顺,就不能让人家说闲话,就要尽心尽力,"夏晓贤一拍闺女的肩膀,"而且你公公也早该有电话了,这要有电话,以后联系方便多了……"

是方便,夏晓贤的潜台词就是,以后拆迁占地有个事情,也好与李桂宝联系。加强沟通,这是为以后铺垫的第一步。

江蓝还没反应过来,只听到李天一已经连连道谢并接过东西:"谢谢妈,还是妈考虑周到……妈,你这样都不知道让我说什么好了。"

"一家人,不用说客套话。到了给我打个电话,问你爸爸好啊,天一。"

"知道!"

票买了,东西也买了,不去都没办法。

车子飞速地行进在去三河乡的路上。

三河乡位于深州城区的最北边,从江蓝家出发到那,大概要一个半小时的路程,足足赶得上出发去个外县。与李天一结婚之前,江蓝对那的印象就是周围人不屑的眼神。一提到三河乡,恨不得连眉毛、鼻子、嘴巴,五官能皱起的地方全都集合起来,然后再来一个深度的嗤之以鼻——那个穷地方啊。

确实,那是个穷地方,江蓝第一次去还是结婚的时候,一望无际全是田地,绿油油的,不错,还挺美。可踏入村庄完全变了个样,先不说脚下的村道多么泥泞,光是窜入鼻子中的那股味道,她就受不了。加上碰巧赶上阴天,那味道更是浓郁,说是恶臭吧,还不完全是,更像是一堆草烂了八百年的味道。江蓝捂着鼻子,跷着脚,问在前面健步如飞如走在康庄大道的李天一:"这都什么味?"

他回头,"猪屎!"

江蓝顿时愣在原地,走也不是,留也不是。

这是她第一次对"猪屎"这个词有如此直观的认识,接下来两天的老家之行,带给她的新鲜更多。

江蓝晕车,吃了晕车药的效果就是呕吐止住了,但肚子却开始不舒坦,每次下车的首要任务便是找厕所。这次又是这样,江蓝抱着肚子就往李天一身边凑:"天一啊,厕所在哪里? 赶紧告诉我厕所在哪里?"

李天一沉浸在娶老婆荣归故里的喜悦中,随手一指,"那边。"

"那边"与其说是个厕所,还不如说是个构造奇特的草棚。内急厉害,江蓝也顾不得讲究那些条件,三步并作两步便窜了过去。接下来,只听院子里回荡一声尖叫——"啊!"

李天一吓了一跳,赶紧跑过去:"怎么了?"

只见江蓝揪着裤子,面色苍白,样子十分狼狈:"猪,猪!"她揪着天一的袖子往后面躲,眼泪簌簌地落下来,"天一,厕所怎么有猪!"

"蓝蓝,我告诉你,在农村,猪圈很多就是和厕所连在一块儿的……"

她瞪大眼睛。

而李天一理所当然地向她解释所谓的"常识",仿佛她是个怪物,"因为人的大便,本来就是上好的猪食啊。"

这个事实让江蓝不敢置信,原以为李天一家穷搞特殊,没想到走了几家亲戚都是这样。猪圈和人厕建在一块儿,人蹲在那里产生大便,通过一个小口,便有猪拱着鼻子来吃。夏晓贤教育她在外面不要显着自己娇气,可江蓝蹲了两次厕所实在受不了了,她真的难以忍受身后还有个活物"轰轰轰"地在屁股后面叫,每蹲一次,就觉得自己的屁股有被啃下来的危险。可人只要吃饭,便不能不排泄吧?江蓝让李天一在后山找到一个没人的合适地儿,他在前面挡着,她就在一块花生地里速战速决。

从那天开始,江蓝拒吃猪肉。她本来就对羊肉过敏,再不吃猪肉,就只剩下牛肉可吃,牛总归是吃草的吧?这总安全。

夫妻之间总会心有灵犀,大概也想到了这段往事,李天一"噗"的一声笑出来。"瞧你那副样子,你还是担心猪圈那回事吧?放心,过去那么多年了,农村虽然养猪,但是技术改进了不少,现在都统一吃饲料,与人厕也分开了,没之前那些事情。"

江蓝别过头去笑,被戳透了心思,总有些不好意思。

"不过咱妈这次真让我惊讶,你瞧带了这么多东西,"李天一喜滋滋地看着脚下的礼品,"我之前还害怕她又不让咱回家,没想到她这次准备得这样周全。"

"天一,我最不喜欢你用'没想到'这三个字。你以为咱妈是坏人啊,她是咱妈,可能坏吗?"

"是是是,她好得很,"李天一揽着老婆,"她要是不好,能有你这么贤惠的女儿吗?"

"那当然,我……"

"枚子!"

江蓝被这一声"枚子"吓了一跳,果真,抬头看去,站在那村头桥头上的,不是李天枚是谁?

　　刹那间,她的心提了起来。

　　按照道理,她是嫂子,天枚是小姑子,不管怎么说,她都高上那么一点。可是不知道为什么,对于这小姑子,江蓝每次见了都有点心虚的感觉。说心虚可能严重了点,就是每次都不舒服。天枚虽然年龄小,但那眼睛盛满了与年龄太不相符的历练与沧桑,远远地看过来,像是能看到人的心底。

　　她扯着嘴角跟她打招呼:"天枚,你来了啊……"

　　李天枚"哼"了一声,就算是答应了。

　　聊了会才知道李天枚这是打算回自己家,可是看到哥哥回来,这家肯定是回不成了。一行三人回家,兄妹俩走在前面,江蓝跟在后头,怎么看怎么都觉得自己像是外人。李桂宝倒还是记忆中模样,精瘦,脸色却很好。尽管江蓝想了一路讨喜的话,但是看到他那谨慎到生疏的眼神,满肚子的话像是棉花堵在了胸口,一句也说不出来。

　　可能也看出来江蓝被晒在一旁很僵,李天一赶紧凑过去为她说话:"爸,看你这样子,是不是惊喜得傻了?告诉你,这次我们回来,还是蓝蓝家出的主意,蓝蓝说想你了,这才把我扯回来。还不让我提前给你电话,说要给你个惊喜。哈哈,你说是不是,蓝蓝?"

　　伴随着话落,李桂宝眯起眼睛向江蓝这边看过来:"嘿嘿,是啊。"

　　"爸,你看,"李天一从包里掏出手机盒子塞给李桂宝,"这可是我丈母娘给你买的,说没有手机,平时联系不方便。来之前还让我问你好呢。"

　　李桂宝又看了江蓝一眼。

　　"蓝蓝,还不告诉爸这手机怎么使?"李天一飞过眼色,示意她过来。

　　江蓝定了一下心:"爸,这手机是专门给老年人用的,所以这键都设计得特别大,怕您老忘记我们的号码,我已经把这快捷键给设定好了,1是天一,2是……"

　　"我不要。"

　　"爸!"

"我说过我不要，你花那么些个冤枉钱做什么，"李桂宝一推手机，侧过身去整理东西，"打村里电话就挺好，咱离着也近。而且对门那盛然家也安电话了，如果你们觉得不方便，临走时抄个号码，以后打那个。"

江蓝完全愣住，抱着手机盒子，一时间不知道该说些什么。

"爸，你收下吧，好歹这是嫂子的一片心。"正尴尬的时候，耳边传来小姑子的声音，江蓝感激地看着她，刚想说些什么，没想到这人下一句话就呛了回来，"有了手机，时候长了问一句就行了，"她眼睛一斜，眉毛高高地提起来，嘲讽道："大事小情的，就更不用回家了是不是？"

"我……"

"嫂子，你可千万别多心，"李天枚笑，眼睛睨向天一，"我说的又不是你。我是在数落我自家亲哥哥呢！"

"枚子！"

"爸，哥，"天枚转身，"我去做饭。"

"天枚，等等！我给你帮忙去！"想起妈妈的嘱咐，要对人家好就要踏实地去做，江蓝便迅速将大衣甩到一边，赶紧跟在后面。

没有天然气，没有煤气，甚至没有蜂窝煤，用的是柴火，最原始的烧柴生火煮饭。一旁的墙角竖着一大堆玉米秸，李天枚迅速地整理了一下旁边的油盐酱醋料，抬起脚就朝外走，"我去找点柴火。"

"等等天枚，这儿不都有吗？"

"嫂子，这是生火用的，要是炒菜煮饭，这些东西，远远不够。"

江蓝心里有些不舒服，但也没说什么，还是低头着手切菜。江蓝第一次使用这么快的菜刀，薄薄的刀刃磨得极锋利，那落下的声音清脆而又利落，唰唰唰唰几下，那菜便齐整地切好了。

等了五分钟，找柴火的李天枚还没回来。

环顾一圈，锅盖旁边放了一个打火机，江蓝想了想，决定先生起火。李天枚那眼神不就是看不起自己吗？仿佛笃定了她不会干这些事，可这生火有什么难的？不就是点着了朝里面加柴火吗？说做便做，江蓝从旁边拣了一张报纸，用打火机点着，毫不犹豫地塞到灶洞里去。

真正做了才知道不是想得那样简单，先是报纸着了，柴火没着。再到后来是柴火着了，烟又太大，整个房间烟雾弥漫，像是燃着了火。江蓝赶忙冲出厨房，惊得李天一连忙跑出来，"蓝蓝你没事吧？屋子着了？"

江蓝弯着腰咳嗽，只顾着摆手。

耳边响起李天枚的声音，"怎么了这是？我刚出去了不到五分钟就着火了？"

"枚子你快去看看，你嫂子想帮忙烧火来着，不知道怎么弄的就成这样了。"

李天枚放下柴火，火速冲进屋，江蓝此时也恢复得差不多了，直起腰便要冲进去，"蓝蓝，不用了，"李天一抓着她的手，"你不会烧就算了，都知道你心好。"

事情解决得很简单，李天枚三下两下就将那沉在灶底的炉灰掏出了些，那火便像是被风刮过似的大肆着了起来，李天枚转过头，唇角似勾非勾，"嫂子，这儿我看着，你去洗把脸吧。"

这是她第三次摆出这样的表情，可江蓝没办法，出门去洗脸，这才从水的倒影中，看出自己多么狼狈。

洗完脸后重返战场，这才知道历练还在后头，李天枚边塞柴火边回头，"嫂子，你把我要炒菜的水给洗脸了，你再去提一桶吧。"

好，提水，没想到提水只是第一步，后面拿醋、拿葱花、拿油……

江蓝是看出来了，这小姑子就是要挑战她的极限，可劲儿地拿她使唤。若说平时以她的暴脾气，肯定要吆喝几句，但是此时不行，她好不容易回来一次，犯不着把自己弄成个恶媳妇德行。她一声不吭，任李天枚支使，没有抽油烟机，猪油煎炸的烟雾漫到鼻尖，熏得她想咳嗽，却努力抿唇憋住。

可就在这万分煎熬之间，手里的锅铲被人突然夺下。江蓝抬头，正想感激这人拯救她于水火，没想到却对上李天枚的眼睛，"嫂子，"她手下动作没停，过于沧桑的目光却异常犀利，"你说吧，今天来到底有什么事？"

江蓝一怔，"什么事？"

"什么事我还想问你呢，嫂子，你能糊弄得了我爸，可糊弄不了我，"她唇角挑了挑，还是那样毫不掩饰的讽刺，"说吧，今天来到底是要求咱爸什么事？"

"李天枚，"江蓝像是踩了尾巴的猫一样后退一步，"你这什么意思？"

"没事求咱爸，你能突然对咱爸这么好？"

江蓝完全愣住了，憋了半天才出来一句话："你多想了，我就是想孝顺咱爸……"

"我多想了？"天枚冷笑，"我哥傻，我爹憨，但我有脑子。嫂子，你觉得黄鼠狼突然变成看家狗，这事儿你信吗？"

好好的一顿饭成了这样，江蓝第一次意识到什么是狗咬吕洞宾，不识好人心。自己真心真意想回家看看却被猜度成这个意思，这简直是……实在是憋不住，江蓝也顾不得夏晓贤订好的票，当晚就赶了回来。甚至，连饭都没吃完。

一路上李天一就埋怨她走得太急："不是周末嘛，再说妈都把票买好了，这又不能退，咱们这多亏啊……就在家住一晚上你能怎么着，又不缺块肉，都说好了，这样走我爸多难受……"

江蓝本来是不想多说什么的，但在天一不断的嘟囔之下，又想起下午天枚的话，"你以为我想这样回来啊，要不是你妹她……"话说了半句，她便哭了起来。

一席话终于被她哭啼啼地表述完毕，李天一看着老婆梨花带雨的样子，又想到今天回去时妹妹的态度确实很冷，不由得把怀里的江蓝抱得更紧了。

这一通奔波，丝毫没体验到想象中"荣归故里"的气氛，反而吃了一肚子气。坐在家里的沙发上，想起老妈说回来要打电话通报的事情，江蓝拨通了手机。

夏晓贤被吓了一跳："你怎么现在回来了？"

"可别提了，我是想要孝顺，可别人不欢迎呢，"面对至亲，江蓝委屈得又要哭，"妈，你是不知道他们家天枚，我公公虽然对我爱搭不理的，但起码没讽刺啊，可那个天枚的眼神就像要砍了我似的，还说……"接下来又是一顿血泪控诉。

原想将这次行程视为"融冰之旅"，要是条件好点，还可以把李桂宝带回城里来，没想到这事竟是她之前想到的最坏结果。并非是事后诸葛亮，夏晓贤之前就想到了这个结果，但她觉得，再生疏，大家也是一家人，顾忌着情分，话和事也不应该弄得太难看。没想到这天枚居然是个不按常理出牌的人……她心里突然有了不祥的预感。

接下来的话，更证实了她的预料，闺女又抽打着腔调，"你不知道妈，她还说咱们去是别有所图，我都快委屈死了，就他家那么穷，我能图个什么呀。咱们买那手机他还不要，还是天一硬给他爸塞过去的……"

夏晓贤冷抽了口气，"她说咱们别有所图？"

"是。她说，要不是有什么事要求她家，为什么突然对她家这么好？妈你说就她家那情况，我有什么好图的嘛。"

"她还说了什么？她说咱们要图什么了吗？"

"没有，她还要说的时候我就被天一给拉走了。"

"那就好那就好……"夏晓贤松了口气，"好了好了，你别委屈了。你就该在那多待一天的，这么早回来干什么。"

"我不，我不要热脸贴人家冷屁股。别说我了，那是天一自个儿的家吧，听了这事，天一都不想呆了，非要给她妹妹打电话训她。"

"那电话打了没？"

"现在还没……"

"听着！蓝蓝，这事就此过去，"夏晓贤语气突然加重，"电话不能打，知不知道？"

"妈，为什么啊……"

"为什么？蓝蓝，你做事得有脑子啊，你这次去本来就是要和人搞好关系，要孝顺人家的，你现在让天一去凶她，一看不就是你撺掇的吗？你婆婆早没了，你家没婆媳关系，公公又寡言少语，这姑嫂关系就是重点！她不是说你不孝顺，别有所图吗？你要是吃不住气，不更中了她的套，让她看出你没个真心实意？所以啊，当下关头，是要赚个大度，别再闹出什么岔子！"

江蓝被母亲这么劈头盖脸一顿给说蒙了："妈，我不用巴结着她吧……"

"这叫什么巴结？这叫经营家庭关系，哪家哪户不是这样，这都得费尽心思琢磨。你这一告状自己倒是舒坦了，现在回家你那老公公顶多是懒言懒语对待你，等你下次回去，还不得拿个棒子赶你出来？"夏晓贤顿了一顿，语气缓和了些，"这样，那天枚不是不信你转好了吗？你这阵子就豁出去，给她证明你确实是改邪归正了……"

"改邪归正！"江蓝一听这个词就叫起来，"妈……"

"不准叫妈！我告诉你江蓝，你难道想做恶媳妇？"

"我不想……"

"这不就得了！"

这"得了"两个字说起来容易，可真要是做起来，怕就……

江蓝还没为今天这乱七八糟的事儿寻思出个开局，浴室门"啪"的一下被打开，那动静吓了她一大跳，紧接着李天一窜到她面前，头发尽湿，身上还都是没洗干净的泡沫，"你刚才是不是打电话了？"

"是啊，"江蓝一怔，"和我妈。"

"你和你妈说天枚的事儿了？"

惊诧于他的反应，江蓝莫名其妙地点头。没想到他情绪在下一秒激变得更厉害，"江蓝，我怎么和你说的？我说日子是咱俩过的，有事没事别老和你妈汇报。我知道枚子今天做得不对，但有我这个当哥的教育她，给你出气还不行吗？你这要是告诉你妈，就凭她的脾气，你是不是非想让她窜到我家，和枚子打起来才甘心？"

"我没……"

"你说你这个没断奶的毛病什么时候能改了！"李天一狠狠瞪了她一眼，捂着浴巾急得在房间里转圈，"我手机呢？我手机呢？不行，我得先给枚子打个电话让她有思想准备。万一妈再过去闹，她肯定对付不了……"

"李天一，你把我妈想成什么人了啊？"

"是我愿意把妈想成什么人吗？是妈之前的所作所为告诉我，她就是这样的人！"好不容易找到手机，李天一作势便要拨出去号码，"你忘记了？上次我就说了你一句，咱妈那电话不就直接打到了我们家，跟我爸说他没教育好我,说我一点规矩也没有……"

江蓝眨眨眼,好像……好像是有那么一回事。

"可妈这次不是这样的,天一,"趁李天一愣怔的工夫,江蓝夺下电话,"我刚才是和妈说了天枚的事情,但是妈说我做得不对,说我不该把和她的事告诉你,这无异于挑拨兄妹关系。"

"妈这么说的?"

"嗯,刚才还骂了我一顿。"江蓝委屈地瘪嘴,"今天真是憋屈死了,先被你妹妹激了一顿,又被妈给训了一通,到最后还被你……"

李天一彻底呆住了。丈母娘真是太反常了。依照之前的经验,她接着买张车票去讨伐李天枚才算正常,怎么也不会这样"吃气"呀。

当夜,按照老妈的要求,江蓝嘱咐了李天一好几遍,反正也没打起来,也没缺块肉,与天枚的矛盾就到此为止,不要再扩大深究。

可是事实证明,甭管好话坏话,男人的话都信不得。李天一是答应不追究了,从点头到嘴上,都是相当爽快。可隔天下午四点四十,她接到一个电话,那脑子"轰"的一下就蒙了。

是李天枚的电话。

从成亲到现在,这小姑子从来没给她打过电话。这次打电话肯定是不同寻常。

果真,是来告状的。

整通电话相当全面地展示了李天枚的优秀口才,让江蓝觉得这家伙没上大学去做个一辩二辩实在是可惜。而且,她哥哥天一平时寡言少语得都有些木讷,这个亲妹妹怎么就能把话说得不带脏字却句句戳人心尖咄咄逼人呢?

通话过程长约八分钟,其间,她被小姑子训斥得像个傻子。打完电话,江蓝坐在办公桌前忍不住掉眼泪。想给李天一打电话,但是想到昨天就说了那么几句就引发这个后果,要是今天再……那简直不堪设想。可越来越觉得委屈,还是忍不住给夏晓贤打了电话。

"我就说吧,我就知道会是这个结果,"夏晓贤听完闺女叙述,连连叹气,"所以才没让你说,这家里的事最忌乱嚼舌头,可没想到还是晚了。"

"晚了就晚了,妈,我听了你的话,也觉得之前做得不对。这不是想试着对他家好吗?你瞧天枚那态度,还全成了我的不对了。反正我不管了,他家爱怎么着怎么着,我又不是缺心眼,日子过得好好的,没必要上赶着找这个难看,你说是不是?"

"是什么是,"夏晓贤着急起来,"你听我的,蓝蓝。现在可是最关键的时候,你可不能前功尽弃,把事情都给误了。"

"什么叫最关键的时候……妈,姑嫂关系也不急于这一时。现在市政府要北迁,我还要负责跑这个消息,也没心情搞家庭关系。等我忙完再和这天枚好好……"

"不行。蓝蓝你这次必须得听妈的,妈是为了你好,为了你以后着想。这天枚不是对你有芥蒂吗?甭管你是真心还是假意,你必须得把这芥蒂给除了。她和你有矛盾,说白了是因为你和天一结婚。这样,你约她单独见个面,堵不如疏,把以前的前因后果都说清楚。"

"妈,这用不着吧……"

"什么叫用不着,你想以后有人戳你脊梁骨说你不孝顺吗?我告诉你,马上就要竞岗了,这德方面的考察可是一大项,你就算不想孝顺,总不想丢了工作吧?"

这还要怎么说?都上升到工作角度了,江蓝不情愿地应了一声。

"你把你小姑子叫来,为了证明诚意,今晚把酒店先给定了,干脆别让她回去。"夏晓贤迅速下达指示,"一个晚上,连敌人我都能撺掇他成地下党了,你呢?一个晚上够不够和她尽释前嫌?天一那边你就说加班。千万别让他知道。"

"我尽力吧。只是我这边积极,人还不一定来呢。"

"你先打刚才她给你的电话试试。"

"这……"

"家庭重要还是费用重要?"夏晓贤在电话那头一瞪眼睛,"我话都说这份儿上了,难道你还舍不得那电话费?"

挂了电话,江蓝立即找通话记录,接着就吓了一跳,8642154,以 86 开头,居然是她所在的市中区的号码。

她被这个发现给吓了一跳,难不成因为她哥哥叨叨了两句,这小姑子亲自要来讨伐了?不对啊,眼下正农忙,就这个小姑子的脾气,就算她有闲情接待,她能有那个闲心过来?天枚没手机,刚才打给她的肯定是公用电话。江蓝拨电话时"阿弥陀佛"不安了半天,只希望现在那姑奶奶还守在公话那儿,没走远。

祈祷应验了,电话响了四五声。接起来的,是李天枚。

第五章
要收服老的,得先劝降小的

"天枚,你在哪儿呢?"江蓝努力让自己的语气如春天般温暖。

那边传来的声音却不咸不淡,"嗯,我来办点事。"

"什么时候走?"

"这就走。嫂子,有事?"

"有点事,天枚,这样吧,你瞧,现在已经五点了,你要赶车回家得七点多了。不如今晚上咱姐俩找个地方说说话怎样?"江蓝怕她不同意,按照妈妈的话赶紧解释,"你放心,就是纯说话,和你哥今天说的那事没关系。我都进咱家这么久了,咱们姑嫂之间也不能老这么呛着茬,你说对不对? 我真有些话想和你说。"

话筒里突然静下来。

终于,过了大概五秒钟,判决下来了,只简单一个字,"好。"

江蓝松了一口气,接下来的语气都变得欢欣,"好,我马上去找你。你在哪儿呢?"

"市立医院门口的新源超市。"

市立医院距离深州报业集团很近,一看也快下班了,江蓝放下电话到附近酒店订了个房间,就直冲那里。她怀疑这小姑子就是来找她的,要不然怎么在这么个地方候着?

等去了,这才发现自己着实是自作多情。老远就看见天枚拎着个袋子站在超市门口,那袋子上面,鲜红的"市立医院"字样尤为瞩目。

里面满满的全是药,江蓝马上跑过去:"天枚,你怎么了? 生病了啊?"

"没什么病,嫂子。"

"不是,天枚,你要是有什么事就尽管说。"江蓝的目光坦诚真挚,"你别忘了,我爸还在这医院做医生,就算不是泌尿科的事儿,别的科室也会有些熟人……"

冷不丁的,李天枚抬头,"嫂子,咱去哪里?"

"去哪儿……"江蓝像是没反应过来,怔了怔才抓起她的手,"走,咱们先去吃饭。"

俩人找了个靠窗的位置坐下。

江蓝"啪"地合上菜单,冲天枚微笑,"我也不知道你想吃些什么,就按照你在家的胃口点了些东西。"

看着天枚情绪慢慢好了些,江蓝才缓缓开始话题,"天枚,其实你误会我了。我这次确实只想孝顺咱爹,没想图什么。"

天枚拿着筷子的手停了停。

"我知道我以前是不太像话,但是我这次是真的想改的。咱爸都这么大年纪了,我看着也心里难受。还有,那天那事我其实只是和你哥说说,相当于反省一下自己,并不是想告你的状。没想到你哥那暴脾气直接就……如果因为那事你不高兴,"她举起酒杯,正儿八经地向她道歉,"天枚,我确实不是故意的。"

这注定是场独角戏,江蓝的杯子举了半天,李天枚硬是动都没动,只是慢慢咀嚼着嘴里的东西。

"天枚,我们总是姑嫂,我希望你以后也别多……"没见过李天枚这个样子,江蓝心越来越虚,甚至有点词不达意,"我知道我以前做得不好,我希望你别介意。我们总是一家人对不对? 我们……"

"嫂子,你口口声声说自己不对,你知道你哪里错了?"

"啊?"

"你也别怪我说话难听,这话虽然不像样,但理是实在道理。你说你一个两年都不回家的人突然拿着东西大张旗鼓地回家,这事情谁能信? 你还记得我娘刚死的时候你办的事儿吗？作为长媳，按规矩你要跪三天，就连你家都得派人来送葬。可你们家呢，倒是出人来了，你妈看你跪着，就像我们多虐待了你似的，说的那叫什么话——说什么连自家父母都没跪过，凭什么跪一个死人。嫂子，你别以为你们躲在屋背后我就听不见了。你们说的那叫人话吗？谁父母不是父母，我知道你是城里人，活得娇贵，但是再娇贵，那也得知道人情！"

"天枚，我……"

"我知道，就算你和我娘没感情，哭不出来，可作为儿媳妇，你也总是要尽点本分。你都不知道多少人笑话咱家，婆婆死了做儿媳妇的连眼泪都没有。嫂子，你说你这事做得对吗？"

江蓝瞠目结舌，只知道自己与公婆家生疏，却从来没想到自己还有这么深的"罪孽"，她根本没来得及细想，那边讨伐又开始了。

"嫂子，你以前是对我不错，可是从那次起，我就觉你这人……"她拉长声音，话没有说下去，但从她的表情中，江蓝也知道这后面不是个好词。她的脸色开始变得难看，简直是硬着头皮听天枚继续声讨，"我这人对事也对人，你觉你那事办得像话吗？别人家孩子单门立户之后都是朝家里领人，逢年过节的，日子越过越热闹。可咱们家呢？自从你和我哥结婚，也就过年之前他自己回家一趟，连年除夕都没在家过过。更别提你了，好的时候还记得朝家里打个电话，不好的时候呢，连个问话都没有，那电话搁在村委会上，如果咱爹稍微慢一点，你这边电话就挂了，白白让老爷子跑一趟！嫂子我就想问问你，你读书多，见识也好，为人儿媳有这么个做法的吗？这天底下还有没有理了？"

"天枚，我……"江蓝脸色变红，"过去是我不懂事。我以后改，改不行吗？"

似是听了天大的笑话，天枚"哼"地一笑，"让一个黄鼠狼突然改了性子替鸡看家，我哥傻，我可不傻。嫂子，你要是能说，你大可把这些话再告诉我哥，添多少话说我多狠都行。别说他不在这了，他在这我也是这话！还有，你告诉他，甭有了媳妇就忘了娘！今天他说我的那几句话，我一句也不认！"天枚说完这话,转身就走。

"天枚！天枚！"江蓝一把抓住她的衣服,用力地拽,"是我错了。我现在就改还不行？你别走,先别走啊。"

"嫂子,这儿可是你的城里,搞不好还有你熟人路过呢,闹大了咱谁也不好看。"

这话太狠了,这样子确实不好看,一个女人拽着另一个女人,要是不明真相的,还以为她江蓝是个第三者在求大房给个活路呢。但是眼下情况紧急,江蓝完全顾不得了,"天枚你听我说,你不能一棍子敲死人啊。"她强把她拉回座椅,"真的,我们这次真的是特想孝顺。你想想,按照你的话来说,我们突然对爸这么好是因为有所图,但就看咱们家,我到底是有什么可图的？咱家什么情况,你比谁都清楚不是？"

天枚"哼"了一声。

"这要是豪门大户,我还能兴个心眼儿抢夺家产。可咱家根本就不可能啊……所以天枚,我真的是真心的。"

这一通话下来,江蓝发现李天枚脸色终于好看了些。

"说实在话,现在和你见面我是瞒着你哥来的,我就觉得以前的事都是我不对,你如果有气,怎么撒我身上都行。还有这个,"她从包里掏出张卡,"这是我给你订的酒店,晚上咱们说完话,你直接去酒店睡一觉。我就是想和你解开心结。"

若说前面的主动忏悔让李天枚惊讶,现在江蓝的掏卡动作简直让她石化了。说实话,天枚应下要和江蓝见面的时候便是准备大干一场的。她和她那老妈在后屋头上的那句悄悄话是引起她厌恶的种子,而后来办的事更是一个比一个不着调。多少年了,老人过节没人管,老人病了也没人管,这知道的知道李桂宝还有个儿子,要不知道的,还以为他是个可怜的鳏寡孤独。而且,这个不着调的嫂子还学会了向她哥告状。想起在家时李天一早上那不分青红皂白的电话,天枚现在还气得胃疼。第一个想法就是,进了城里,找个公话,先找嫂子把这气给撒了。

至于为什么不在家打电话——就她家这点破事,她觉得说出去,都让她自己家的婆家笑话。打给江蓝的电话她说得相当难听，把这几年对他们夫妻俩的怨言都洒了出来，就差直接指着鼻子骂江蓝丧门星与泼妇了。骂完她就扣了电话，想大不了以后再也不和这个嫂子来往。可没想到，这个嫂子接着打过来的电话竟是这样……

想到这些，天枚叹口气，"嫂子，我也不想和你说那么难听，毕竟咱是一家人，可是你自己想想，就过去你们结婚的这两年，你们俩像话吗？"

江蓝接下来的动作就是点头称是。她都没想到过去两年她做错了这么多事，可是在李天枚眼里，她的罪行累累，简直就是罄竹难书。每一件事说大吧不大，都没杀人放火，可不管从哪个角度来看，确实办得不地道。

从小到大，江蓝除了被夏晓贤教育，哪儿被人这样指着鼻子训过？但是没办法，这样的情况下，根本找不到话来说。所以，"是，是是……"成了唯一的话语。

江蓝看着天枚去洗手间离去的背影，只觉得大松一口气，与客户谈案子都不至于到这个地步，为了搞好所谓的家庭关系，只觉得自己里外不是人。不过从天枚最后对她那态度上看，她好像并不讨厌自己了。这样就行，一家人就是一家人，闹那么别扭也没好处。

想到这里，江蓝心里又舒坦了些，一晚上的口干舌燥低头忏悔，这也算有了结果，她低头刚想喝杯茶，无意中瞄到了天枚座椅上的塑料袋。

到底是什么病……值得上市立医院来？拿过袋子打开一看，调经促孕丸，克罗米芬，阿第……

还没看完，袋子就被夺去了，抬头一看，不知道天枚什么时候上厕所回来了，"嫂子，"她将袋子往褂子口袋一掖，"咱走吧。"

"天枚你打算要孩子呀？你……"

话还没说完，便被天枚给打断，"嫂子你说什么呢？是咱对门那叶家媳妇想要，她又不识字，我替她来城里捎的。"

"哦。"

今天真是繁忙的一天，将天枚安排完再回家的时候，已经九点半了。

江蓝拖着沉重的步子，几乎是哒啦着在小区的路上作着位移。平时编稿顶多算是日常工作，今天可好，如此烦乱的一天。正感叹着日子不容易，身后突然响起熟悉的声音："江蓝。"

只这两个字，像是凭空在天际来了个小电流射到她身上，江蓝立即停住步子。回头，微笑，"嘉平啊。"

男女之间，有些话就算注定是废话也要说出口，比如江蓝接下来的这句，"你怎么在这里？"问完又后悔，这个答案毋庸置疑，肯定是因为她。

大概因为夜色太暗，他又穿了件黑色西装，江蓝看不大清楚他的表情，可是他的那句话却如此得清晰，温淡，但又没法忽视，"我在等你。"

江蓝笑得若无其事，"有事？"

"蓝蓝，你就打算一辈子这样过下去？"他的眼睛盯着她，不甘地却更像是逼迫，"一辈子也不回头？"

既然对方把事情捅明白了，这就是故意不让她装傻。江蓝深吸一口气，"嘉平，上次的事你应该也知道了，我和我先生是出了一点问题，但是远没到家庭破裂的地步，我妈是神经过敏了，怕我没人要，想先给我找个后路，"她无所谓地笑，"但你也知道，老年人总有些有的没的想法。那完全不是我的意思。如果上次做的事情有什么让你误解的，我向你说对不起。"

韩嘉平眼神突然变得锐利，"难道这才是你的意思？"

"那什么才是我的意思啊，嘉平？难不成你真要我离个婚才算高兴？其实没什么啦，就是我们夫妻俩拌了个嘴，而我妈觉得天都要塌下来了，你瞧你，别摆出那个表情，"江蓝大大咧咧地拍他的肩膀，"老同学嘛，听我和我先生关系好时居然是这个表情。好像巴不得我们俩破裂似的。"

江蓝此举纯粹为缓和气氛，在她想象中，韩嘉平就该趁机下台赶紧滚走。却没想到手一紧，竟被他抓住，他的目光追随着她的眼睛，是毫不避讳的紧迫与热烈，"你知道，我一直有这个想法。"

"你和他分开，我不介意你结过婚。"

事情说清楚就可以，但是发展到肢体动作，这可就不行了。"你不介意我介意！"江蓝这下有些手忙脚乱，"你放开我，这在我小区呢！你不见人我还得见人！"

可他那双拉小提琴的手如铁一般坚硬，"你先听我把话说完。"

还没等她许可，韩嘉平就噼里啪啦地开始了，"江蓝，我在国内的时候想，出国的时候也在想，我就想不出，那个李天一到底有哪点比我好？输在其他人手里也就罢了，起码我还心服口服，但是在他手里，我不服气！"

江蓝冷笑："你不服气？"

"是。"

这一个"是"字，再配上男人坚定的表情，让整个事情冷却到了冰点，也让江蓝心里对他的那点儿愧疚完全消失，甚至还站到了他的反面。

韩嘉平错大发了。大半夜来到已是有夫之妇的初恋女友门口暗诉衷肠这不算错，大半夜劝人家小两口离婚并诅咒他们家庭破裂这也不算错，但是当着人家老婆的面毫无顾忌地表达对他男人的鄙视与痛恨这就是错了。江蓝护犊子，虽然没有孩子，但李天一就是她要护的那个犊子！

在一定程度上，江蓝甚至可以容忍人家说她种种不是，但是就是不能容忍别人对她男人指指点点！"论长相，论家庭，论学识，论背景，他都比不过你是不是？"眼瞧着韩嘉平要点头，江蓝笑了，"可是嘉平，我觉得他比你好。他再不好，也是我男人。"

韩嘉平的脸色暗了下来。

按道理这事情到这就是一个完美的结局了。她拒绝诱惑大步迈向丈夫怀抱，那个失意人表情落寞仓皇而逃。可惜啊，这世界总是不缺意外。

万籁俱寂的夜中，只听一个女生乍然一叫，那百灵般的妙嗓儿充斥着意外与欢喜，"韩嘉平？"

这声音江蓝不回头也知道，是丁幂的闺女贺京杭。她脑子里登时出现两个字——完了。

她觉得完了的不是如此诡异的夜晚，她与前男友和前情敌相见出什么事。最完的，是就冲贺京杭这音乐家的嗓口，大晚上的这声音如此具有穿透力，就凭她家李天一那耳朵，非得……

这非得的假设还没进行完，只听"哗啦"一声响。窗子拉开，李天一的脑袋从窗户里伸了出来。样子凶神恶煞，气势汹汹。

第六章

乱中有乱,在艰难中求发展

有些事情就没法解释。

上次离婚事件虽然过去很久,但是两人谁都知道彼此婚姻里已经有了个疙瘩。套用现在流行的句式:韩嘉平,在或不在那里,都像是一个阴影,不离不去。

江蓝觉得头疼,活了这么多年就没有一天像今天这么乱的。先是和小姑子承认错误,好不容易回来,又在家门口被"捉奸"。瞧吧,你不是说你加班去了吗?其实不是加班,是和旧情人韩嘉平幽会去了吧?要不然人家怎么还会送你到家门口?要不是被人从天而降戳破你们的密谋,你们是不是还得来个难舍难分,恩爱缠绵什么的?

凭借江蓝对李天一的了解,这肯定就是他现如今的整个思路。

果真,她这个想法刚在脑海里逛荡了一下,捉奸的男人杀气腾腾地从楼梯口下来了。只是没想到的是,手里还带着个扫帚。

江蓝一下子被这气势给呆住了,她想到李天一会下来找事,却没想到还会带着工具。而在这样的时候,扫帚和砍刀虽然物件不一样,但肯定是同样的功用。大晚上这要闹起来可就太轰动了,简直能上明天民生头条。江蓝快走两步,拉着他的胳膊就往楼道里扯,"天一,你听我回家和你说。"

他看她一眼,随即又瞪着眼前那个男人,"回家说?"三个字充斥着阴森的气息,话落,扫帚在地上一划,挣脱她的手便要向韩嘉平走去。

"李天一,那就在这说!"江蓝用力扯过李天一的胳膊,身子转到他的前面,随即猛地拉下他的脖颈,狠狠地将唇贴了上去,亲吻的动作大概维持了七八秒,江蓝这才扭过头,另一只手挎着天一的胳膊,"嘉平你看到了吧?我和我先生感情很好,感情相当好,感情特别好!所以,我谢谢你的好意,但是你要是想等我离婚,这辈子肯定是等不着了。"

说完,又猛地拉起李天一,拖着他往楼道里走。

整个动作利落狠厉,简直是一气呵成。

"我告诉你,韩嘉平,这是你小子的最后一次!"临到楼口,李天一还使劲抻着脑袋向身后叫唤,"以后要是再见你在这地方出现一次,我就打断你的腿!"

过了很久,楼道里还能听到男人骂骂咧咧和女人不断劝抚的声音。

楼下的男人仰头看着那扇窗户,那个熟悉的人再次映入眼帘,周围的布景是温馨漂亮的灯光。那是家才有的颜色。

"好了,别看了,"贺京杭看着男人,漂亮的眼里掠过一丝心疼,"还能跑过来看人家的事,不知道你是怎么想的。"

闻言,他轻轻勾了勾唇角,似是想笑,但那弧度最终没有蔓展下来,可比起刚才一动不动任人说骂的样子,整个人终于算是有了些变化,"你说,她是怎么想的?"

"什么……"

"你瞧见了没?他要身材没身材,要气度没气度,整个人就像是山村杀猪的屠夫,一点男人该有的涵养都没有,刚才就那样骂骂咧咧地下来了,连说话都带着一股土匪流氓味。"韩嘉平皱了皱眉,"我实在不明白,她怎么就看上他了?"

"很简单,婚姻不是单纯的条件配比,对眼就行,"突然对眼前男人的落寞感到非常讨厌,贺京杭语气也差了些,"王八配乌龟,李天一有匪气流氓味,江蓝她娘就是个刁悍泼妇,她现在是木讷了点,以后肯定也差不了多少。泼妇对土匪,天造地设的一对。"

韩嘉平眼睛扫过来,目光锐利。

贺京杭被他那眼神一刺,心里不知道涌上什么滋味,"怎么?你现在还是见不得我说她啊？韩嘉平你看清楚了，她是有夫之妇！"

"哦，我想起来了，"韩嘉平语气平淡，"你和她一直不和，你妈和她妈也是对头。对了，我记得你家是和她母亲家上下楼，可是这么晚你怎么跑这里来了？"

"我……我在做家教，给这边一个要参加高考的孩子做声乐辅导，"贺京杭有些尴尬地解释了自己的来由，但想起江蓝的事，又恢复了底气，"对了，我家和她家一直是有冲突，但是她家唯利是图也是事实！韩嘉平，你等这么个女人值得吗？她刚才分明就是无视你，而你呢，上赶着自取其辱！天底下女人就她一个吗，你非得这么作践自己，就差让别人扫地出门？"

她噼里啪啦地把一番话说完，声音虽控制得很好，但气势却相当义愤填膺。可是旁边的男人却看向前面，像是听进去了，又像是没有，反应漠然疏离。

这是人家不愿意听的预兆。

贺京杭叹了口气："你回来这么久，工作落实得怎么样了？"

"有几家意向单位，我还在选择。"

"如果有需要我的地方，就打电话给我。"

"如果我没记错，你刚才不是说也没工作？"

"韩嘉平，你……"贺京杭没想到他这么不给面子，一下子被呛了个正着，"算了算了，我本来是觉得我是本地人，虽然我这专业不好找工作，可万一能帮你个忙什么的。既然你不识好人心，你就尽情地当别人家庭的第三者吧，我才不管你！"说罢，贺京杭赌气便要走。

可身后却传来声音，淡淡的，像是在说给自己听，"天底下女人，就她一个吗？"

她蓦地回头。却见韩嘉平直起身，双手插在裤兜里看向江蓝家的窗口，唇弧微弯。那扇小小的窗口，不知道何时已然全黑，像是融入进了夜色里，完全藏匿了光亮。

江蓝就知道，凭李天一的脾气，这事怕不会轻易罢休。果真，从当晚上楼他们就开始了争执。好不容易睡了个比较安稳的觉，第二天早上，李天一又开始了声讨加辩驳这一无聊却又耗神耗力的循环。

这是江蓝早就料到了的。

这个李天一什么都好，就是两个毛病很难让人接受。第一是话多，爱嘟囔。往往发生一件事，甭管有价值没价值，他都能翻来覆去地嘟囔一个星期。这第二是从韩嘉平出现之后江蓝才发现的，那就是吃醋。一个毛病还可以理解，毕竟人无完人。但要是两个结合起来，江蓝认为，这就太娘们了。

"哎，我就不明白了，那韩嘉平怎么那么不要脸，还敢到咱家门口来，"他闷头喝了一口粥，"他以为他是什么货色，他还真……"

江蓝没说话，闷头给他夹了个馒头干。李天一将馒头干一推，"不用吃了，光气都气饱了，还用吃这个？"

"我没让你吃，我是想让它堵住你的嘴。"

李天一啪地撂下筷子，"嗨，江蓝你还有理了是不是？"

"我话说明白了，你爱信不信。"

"说实在话，我不介意你昨晚和他在一起，就最后你那行为也证明你的态度，什么都可以尽释前嫌，但是现在不舒服的就是你骗我。你至于吗？你明明和他在一起，还非得骗我说加班？你今天早上还没起的时候，我就朝董大姐那里打了个电话，人家说昨天根本就没加班！"

江蓝一口气憋住，差点没缓过来。她昨天在韩嘉平面前作出那个举动就是为了打消这个小心眼丈夫的顾虑，但是没想到这家伙如此欺人太甚，居然还打电话到单位去查她！"李天一，你……"

乍响的手机铃声将控诉拦腰截断。

江蓝气得就要哭出来："喂。"不过情绪马上就直转向上，这真是一个救星电话——李天枚打来的。

李天枚大早晨给她打电话实在是出乎意料，而更加惊讶的显然是李天一这个做哥哥的，"天枚？"

接完电话，两人径直来到酒店。

"哥，你怎么跑这里来了？"天枚完全呆住，"嫂子，我哥他……"

"你哥怀疑我昨天和男人在一起，"江蓝往天枚旁边站了站，"天枚，你要为我做主。"

"……"天枚叹气，"哥，你真的误会嫂子了，嫂子昨天一直和我在一块。"

"那你怎么到城里来了？"

"昨儿个来城里有事，正好嫂子给我打电话，说有事说，我就留了下来。"

"有什么事说？还有，你怎么不住在家里，好好的来酒店住干什么？"

"事情是这样的，昨天你不是训了天枚一顿吗，我觉得她心里肯定委屈，就想和她打开心结。我妈也是这样说的，说自家人没心结，那以后的日子才能过好。"江蓝解释道。

"你们敞开说事情，怎么不喊上我？"李天一仍觉得莫名其妙，"还有家不住，跑这酒店里来？钱多了闲的？"

"哥，这些事情你先别说，"见天一一个个问题抛出来没完，天枚一把扯住江蓝的手，"嫂子，你们这电视收台多，我刚才看新闻，说什么咱们这市府要北迁？"

"是啊，这几天我就在忙这事呢。"

"我虽然不认识咱这地方的地图，但是上面的字儿我还是认识的，我怎么看还要拆咱老家那地方？嫂子你是报社的，你信息多，你给我说说，到底这情况是咋样？"

"对，咱家基本也要拆。但是你放心天枚，如果咱爸被拆了房子，我就把他接来我家住。爸不会没地方呆的。"

"嫂子，这地方能不能不被拆？非得拆吗？"

"已经下了最初的文件，基本已经定了，"江蓝点头，"这是大政策，谁也改不了。"

"那咋办啊，那咋办！"听了这个消息，李天枚已经要哭出来了，"那地是咱爸的命啊，那要是被占了，咱爸怎么办……嫂子，你不是说这只是最初文件，那以后也有可能会改对不对？你在城里住，认识人多，看能不能别让他们占咱们的地方，嫂子，我求你了……咱全家就靠你了……"

江蓝没想到李天枚会问她这事，刚想说出"大政策无法改变"之类的场面话，但是看到她渴求的眼神，实在是说不出口。"天枚，我觉得我能力也不到,"她竭力将话说得包含希望,"不过我试试,我让我妈也找人试试。你先别急。"

出了这样大的事情,不急是不可能的,江蓝以前对这拆迁占地还没有概念。在她的印象中,这拆迁征地的意义无非就是把她老公公接过来住一阵子。可是从天枚的反应上看,这事儿简直就是生死攸关。

好不容易将天枚送走,江蓝动了动左手,到这会还被天枚抓得生疼。她转身要走,被身后的男人喊住,"你干什么去?"

"你不是说我藏人了吗?这次……"

"我那不是开玩笑的嘛,老婆,我知道你没问题没问题,"李天一笑嘻嘻地凑过来,"不过蓝蓝,天枚说的拆迁这事儿,你真得帮帮忙尽尽心!"

江蓝闷哼一声,脚步更加快。

"哎,你走那么快干什么?"

"尽心啊!"江蓝抿抿唇,皱眉道,"咱们认识的人少,想求人都没门路。我先去找我妈!天枚把这事托付给了我,我今晚去问问我爸妈有没有熟人,如果有路子,趁早先走一走。"

下午五点半,江蓝下班后就直接回了娘家。

事情说得言简意赅,如今北迁是深州的大事,大家或多或少都了解一点,"妈,你有没有熟人?"江蓝咬着唇,目光里有一些不忍,"今天天枚都要哭出来了,我想,如果咱家这方面有熟人,就算是不能阻挡拆迁,那早知道点消息也是好的。您看看……"

"熟人……"夏晓贤眯起了眼睛,忽然转头,"大成,咱们当时那同班同学张静,是不是就在规划局里?"

"这……"

江大成还没来得及说完,夏晓贤便转头对闺女笑靥如花,"蓝蓝你不说我还忘了,你爸和我确实还有几个同学操办这事。这样吧,这事就算在我们头上,反正咱们都是一家人,我们也会尽力帮忙。"

"那谢谢妈了。"

"你这孩子,和我还见什么外?"夏晓贤拍了拍闺女的肩膀,"不过蓝蓝,你这个星期再去三河乡一趟吧。"

"怎么还去啊，上个星期不刚去过？"

"要去，一定要去！"夏晓贤握着她的手，"你想，你这老公公多可怜。就算咱们找人帮忙，可这人要是不硬呢，这地和房子不还得拆？所以啊，你赶紧去看看他，他伺候这地都一辈子了，现在肯定特难受，正是需要你们这些小辈的时候。"

"呃……"

"你放心，妈给你在这边办好事，你前面就先做你的孝顺媳妇，好不好？"

话已经说到这份儿上了，那结局肯定就一个字，"好。"

江大成看着闺女远去的身影，赶紧折回来看自己老婆："你还真打算去找那老张呢……再说什么老张，我怎么不记得咱们有一个姓张的同学？哪个张，弓长还是立早的？"

"说你傻你还不信，哪个张都不是，我编出来的，"夏晓贤瞥他一眼，"我这不是为了安抚闺女的心嘛，胡乱编了个名。再说不胡乱编能怎么着？这都已经出台了的政策，虽然只是初稿，但绝对是板上钉钉的事情，哪儿是有熟人就能改的？"

"夏晓贤你可过了哈，你就这么骗你闺女？"江大成只觉得不可思议，"就你那些计划，你连亲闺女都不说实话？"

"废话！我不骗她她能听话吗？你也不是不知道你闺女那脾气，和个傻子似的，横竖就一个心眼。自个儿不经事儿吧，还觉得那良心比什么都重要。"夏晓贤微微叹气，"我要是和她说，她能遂了我的心思？要是被她知道了，还多个麻烦。"

"你……"

"现在好了，她在前面扮孝顺，我在后台当好人。我以为这李天枚是个疙瘩不好摆平呢，没想到事情比我预料得还顺利，"夏晓贤喜滋滋地眯起眼睛："这下好了，大成，此事一过，你就请等着咱家旧貌换新颜，过好日子吧！"

第七章
良心多少钱一斤？

　　江蓝很听话，周末一到，又回了三河乡。反正她只要想回，李天一是巴不得地乐呵。这到底是他的老家，让他天天待在那里都愿意。

　　看似和上次一样回家，待遇却大不相同。

　　上次天枚一见面就冷眉竖眼，可这次一回家，还没踏进门槛，便听见李桂宝的声音，"你哥你嫂子回来了。"江蓝这声"爸"还没来得及叫出口，李桂宝就奔了过来，紧紧握住她的手，"她嫂子，那天枚子回来说的是真的不？咱这地真保不住？"

　　劳动人民的手握得很紧，像是在抓住一个救命的浮木，手心都是厚厚的茧子，毫不夸张地说，握着的时候，真像是块铁砂布在包着她。江蓝憋足了劲儿才不让自己抽出手，因为眼前是老人渴求到凸起的眼睛，苍老的黄褐色眼眸里，她能清楚地看到血丝交叉横错，艰辛的狰狞。

　　她心里突然有些酸。

　　还是天枚走了过来，"爸，你先让嫂子说，嫂子是咱家人，肯定会帮咱家忙的，"她拉开江蓝的手，"嫂子，你说是不是？"

　　"对对对。爸，您就不要多想了。"

　　"怎么能不多想哟！"李桂宝一屁股坐在旁边的石阶上，抽出个烟袋往旁边"吭吭"地磕："你们知道天一上学靠的谁不？你们知道天枚出嫁靠的谁不？就靠的咱这五亩好地！原先咱家只有三亩，那两亩是头前结婚时你们的姥爷花六个铜板买的！要是那什么地方一旦迁过来，咱不光对不起咱自家的田地,连祖宗先人都给得罪了!"

"爸,你先别这么想,"天枚坐在老人旁边,细声劝慰,"嫂子家有熟人,这不是在想办法嘛。"

"对对对,爸,那天枚子走后,蓝蓝便回了娘家,蓝蓝,"李天一使眼色,"你还不快给爸说说情况?"

"哦,爸,"江蓝扯出个笑容,"我妈说了,上面她还有几个熟人,他们给咱想想办法。"

李桂宝一下子就站了起来,"真的?"

"当然是真的,爸,"天一接过话去,"蓝蓝一家四十多年都在城里,那见识得多,认识的人也多,你忘了吗?我那工作就是我丈母娘帮忙落实的,所以这事儿肯定也成!"

"真的?"那双褐色的眸子里又绽出几分光彩,李桂宝转头看向儿媳,"那蓝蓝,依你看,这事情靠多少谱?"

江蓝老实地回答:"爸,这不好说。"

李桂宝失落地"嗯"了一声。

"爸,您放心,"江蓝主动去握他的手,"我会尽力的。"

一句尽力的话落下,大家又劝了几句,李桂宝那眉间的褶子终于打开了些,"你们先说着话,"他提着篮子出去,"我先出去下。"

看着李桂宝消失的背影,江蓝问天枚:"爸干什么去了?"

"大概是点花生吧,现在这个天该种花生了,"天枚叹了一口气,"我觉得如果这地方真拆,爸估计得大病一场。"

"如果真要拆,我们也没办法。"

"怎么?"天枚扔下手里的玉米,"嫂子,你难道是听了什么信?这事情准了?"

"没有。"

"那你那天还说你家大爷大娘帮忙,现在又怎么……"

"我是说凡事都要有最坏的打算是不是?"江蓝看着她,又扯出笑容,"坏事没发生当然最好,如果发生了,我们也有应对的准备。"

"那嫂子,趁爸不在,你给我说说,这事到底办到什么地步了?"

"天枚,我老实和你说,这事……"

事情还没说出个好歹,李桂宝从外面回来了,依然挎着个篮子,佝偻着腰,连脚步都有些晃荡,那篮东西似乎很重,江蓝离得最近,赶忙起来去接,"爸……"

"来,她嫂子,我们这乡下地方水果不多,爸好歹给你凑了几样吃吃,"李桂宝拿出个苹果,先用手好好搓了搓,又在衣服上仔细蹭了蹭,递给她,"你尽管吃,这里还有。想吃什么,就让天一去买。"

"爸,那样哪能擦干净?"苹果没到江蓝手里,半道被天枚夺了过去,"得洗!"说完,就蹭蹭跑到井台边。

江蓝低头一看,原来他那篮子里都是水果,不仅有苹果,还有梨,甚至还有几个橙子。

不知道放了多长时间,水果皮都已经起皱了,像是老爷子脸上沧桑的皮。

李桂宝蹲下身,将篮子里的水果一个个放到地上,然后起身又朝外走,"爸,你不吃个?"天枚在后面叫唤,"我给你洗一个吧?"

连声"不"都没有,李桂宝只摇了摇手,就又佝偻着身子走出了门。

"嫂子,咱们这偏,农家人也没有什么吃水果的习惯,爸这几个水果估计还是从邻居那里凑的,你先委屈着尝尝,"天枚把洗好的苹果塞到江蓝手里,"要是想吃别的,一会儿我骑车去集上买。"

江蓝"嗯"了一声,咬了一口苹果,虽然皮皱巴巴的不成样子,可是里面却是出奇的甜:"爸带着篮子又去干什么了?"

"点花生吧,我估计这次是去点花生了。"

"去哪里点?"

"咱家地上。"

"哪块地?"江蓝想了想,"就是村桥头那一块?"

"对。"

江蓝忽地起身,那起身速度之急,把天一兄妹俩吓了一跳,"走,天枚,咱们去地头看看。"

"嫂子,你去那里干啥?"

"帮忙啊,"江蓝拍了拍手,低下头把裤脚卷了卷,"总不能老爷子在外面忙,就咱这几个年轻的在这等着。"

"蓝蓝,你别闹了,你又不会。"

"不会可以学!"看天一那样子,江蓝突然起了叛逆,大步走到前面,"你是生来就能考上大学的?"

到了桥头,果真看到李桂宝在那弯着腰,一个个地往坑里种花生。

江蓝让天枚给找了个篮子,里面放了两碗花生,也学着李桂宝那样挎在胳膊上。刚要下地,却又发现自己穿的是高跟鞋,赶紧让天枚找了双布鞋,蹬上就下到田间。李天一在地头看得是瞠目结舌,直到看着她已经到了老爷子旁边,这才知道老婆玩儿的竟是真的。这家伙平时在家里连花盆都不弄,居然要来地里干活。这让他相当震惊。

江蓝的出现也让正在忙的李桂宝吓了一跳,"哎,她嫂子,你怎么下来了?"

"爸,我想学学农活,您教教我怎么种这个吧。"

"你这个城里的娃娃怎么能做这个嘛?你赶紧回家去,天一,赶紧把你媳妇带……"

"爸,都是人,您干得,我怎么就干不得?我们几个年轻的在那闲着,这么大的地让您一个人干,这也不对啊,"江蓝说着便挽起袖子,"爸,我以前也在单位种过树,您赶紧教教我,两个人干总比您一个要快。"

看着种花生很简单,就把花生米往那事先弄好的坑里一扔就行了,仿佛连腰都不用弯。但是真正做的时候,这才发现完全不是那回事,起码,要比植树的难度系数高出不少。

先是点花生,然后再盖上土,然后再一点点地提着桶浇水,整个流程走下来,江蓝已经是腰酸腿疼,疲惫得要命。抬头一看,这才完成了不到一半。

为了照顾江蓝的身体,李桂宝带着她坐在地头上休息,身后是大片大片的杨树,明明风不大,树叶却发出飒飒的声音,此时田间已经很热,但是坐在树下面,却仿佛置身空调间,有一种说不出的凉快。

"这也是咱家的，"李桂宝指着远处的山，"看到那山没有，在山那边咱还有八分地。种完了这块，我就得去种那块。还有这树……这也是咱家的。"

对山那头的那块地没什么感觉，可是这片树林却着实惊了一下江蓝，其实说是树林也有些夸张，大概有一百多株树，就在这河滩上栽着，打眼一看，大概有成年人的大腿那么粗。

将儿媳的惊讶默认成了欢喜，李桂宝眯着眼睛，语气隐隐有些骄傲："咱家虽然穷，但是地多，所以在这庄里也是数一数二的大户。农村人都靠着这地活着，所以就冲着这地，别人家也不敢欺负咱们。"

"种地我能理解，可是这片树是干什么的？树又不能吃。"

"你个傻姑娘哟，种树当然是卖钱的，你看见那片没有？"李桂宝指向河滩的西南方，"那片已经空了大概二十棵树，知道为啥空的不？就是给我家天一娶你用了。"

江蓝瞪大眼睛。

"这河滩地水多，压根不能种庄稼。树这东西虽然长得慢，但是好货，撑折腾好养活，大了还能卖钱。咱家树本来还要多，那块给你俩结婚用了，还有那旁边的十来棵……上次我得病没钱，实在没有办法，只能砍了卖掉。人老了就没用哟，上次的病可惜了这些树了，"他眼睛里透出浓浓的惋惜，"花了两千多块钱。"

"这么多？爸您上次是什么病？"

"我也不知道是什么病，就是头顶上长脓包。"他轻描淡写，"以为长几个就下去了，没想到过了几天，后背上都是。"

"不是感冒？"江蓝看着他，"那你咋不和我们说？"

"咋和你们说？和你们说有用吗？"他看了她一眼，虽然没什么表情，但是看在江蓝眼里就是最无意的埋怨，"你们工作都那么忙，天一工作紧，你也不容易。当老人的只要不死，没必要麻烦孩子……"

江蓝心里像是被什么堵住了，硌硬得疼。

"你这孩子非要下地，你看你这脚肿得……"静了片刻，李桂宝心疼地看着她的脚，仿佛是想摸一下，但又觉得不妥，半道上又折了回来，"待会儿让枚子带你去卫生室看看，包个纱布什么的。"

李天枚的鞋子偏大，江蓝穿在里面脚直晃荡，沙子土啊便顺着后脚的宽缝溜了进来，时间长了，脚后跟便磨出了血。

江蓝低头看着自己的脚，"不用。"

李桂宝突然起身。

再次回来，手里不知道拿了个什么叶子，长得尖尖的，叶柄光滑，"庄稼人干活有时候也划个口子，我们都用这个，"他将叶子递到她面前，"你要不要试试？我们试了都管用。"

老爷子的眼里有希冀的光，江蓝明白他的意思，是希望她用，但却又怕她不信。

"我试试，"她接过叶子来，连看都没看，啪的一下糊到自己的伤口上，"以前在单位脚也常磨水泡，那都是高跟鞋穿的，自己找罪受。"

弄好之后，她笑嘻嘻地站起来，还跺了跺脚，"爸说管用就肯定管用。"

李桂宝呵呵地笑，看着她的目光宠溺慈祥。

嫁到这个家里两年，这是她第一次真正地融入到这个家庭，真正地与这个自己要喊"爸"的人说这么多的话。明明是之前恨不得逃离的家，此刻却生出了比娘家还要多的亲切感。

脚上糊了那个叶子之后，李桂宝说什么也不让江蓝再下地了，非得逼她回家。

回到家的时候，天枚在整理门口的菜园，江蓝找了一圈，却没看到天一，天枚一指房顶，才发现他在上面。

江蓝吓了一跳，"你去上面干什么？"

李天一在上面笑嘻嘻的，倒是丝毫不见紧张，"枚子说家里锅屋漏雨，我上来修修。"

"你可得小心些！"

"知道！"

说话看热闹的工夫，天枚已经收拾了一些柴，江蓝帮着抱过去一捆送到锅屋，不经意地问了一句："锅屋什么时候漏的？"

"早就漏了，我上不去，爸年纪大了，家里没个壮实男劳力就是不行。你瞧，这还是上个月下的雨呢，现在还潮。"

"干吗不早修？让专业的修房顶工来呀，"江蓝看着屋顶那个大洞，时不时地还能看见天一的脚，每看一下，都让她心里紧张得一个哆嗦，"不都有那种推着三轮车的房顶工吗？专修房屋漏水的，满大街都转悠着那样的车。"

"那个不得钱吗？咱爸舍不得，"看江蓝那紧张的样子，李天枚这才明白她的用意，扑哧一笑，"放心吧嫂子，我哥从小就是干这个的，他小时候就喜欢在屋顶上乱窜，他要是掉下来我接着！宁愿砸死我，也不摔着他行不行？"

话说到这份儿上，江蓝不方便再说什么，只能讪讪地笑。

看来确实漏得不轻，天枚找了几捆树枝都是湿的，怎么点都点不着。后来泄气了，只能去后屋再找新柴，看着她忙前忙后的样子，江蓝又帮不上忙，只能干着急，"现在不都烧煤了吗？"

"烧煤不得花钱啊？"

"那才几个钱，平时省省就省出来了？"帮不上别的忙，江蓝拼命地拿着扇子扇火，"也比这样省劲。"

"我之前也是和老爷子这样说的，可他说，要省钱给你们买房子，老住娘家的不是个事，你们娘家也不容易，"天枚忙得不得了，将大柴火掰成小段往里塞，"我那天还和爸说，我说你这样省，驴年才能有房子。爸说能省点是省点，按照咱农村的习俗，这房子本来是该男方置办的，哥娶了你却住你家的房子，这理就不对。所以现在他能省点就省点，时间长了，一年或许能攒掇个半平米的钱不是？"

房子修好了，一家人又吃了饭，也就不早了。李天一倒是无所谓，周末学生不上课。可是江蓝不行，这周她值班。

一家人送他们到乡里的车站。江蓝说什么都不让李桂宝送，可是李桂宝不听，偏要跟着来。这让江蓝有一种时光倒流的感觉，当初结婚来的第一次，他们一家人也是这样送的。只不过就那一次，以后她再也没有来过。

回城的车尤其多,车子不一会儿就到了。临上车的时候,李桂宝突然将江蓝拉到旁边,将一个纸包递到她手里。江蓝不傻,隔着那纸的质感,也能摸到这是钱。而且,还是不少的钱。

"爸……"

"拿着,这是两千块钱,你拿着去打点交际,"他看着她,"这年头办事,都要有个打点费用,家里拆迁的事就麻烦你家人了,要是不够,尽管再打电话过来,爸再想办法。"

"爸,不用!"

"听话!"

钱到底是没要,车子开动的时候,江蓝把那钱从车窗里扔了下去。她实在是不能拿这钱。因为事情办成办不成还难说。她也知道李桂宝的经济能力,不自觉地握紧手,手心似乎还有着那钱的温度,像是烧着了的火,从手心一直烫到心脏。

"爸这次是真喜欢你,"李天一握住她的手,作势要看她的脚,"忙了那么一大阵,脚要不要紧?你也真是的,看着就行了,非得自己亲自去做……那孝顺也不差这么一会半会的啊……"

她摆摆手,累得懒得说话。可是不巧,手机响了。

来电话的是天枚。

"嫂子,咱爸在这儿发老大的脾气,嫌你把钱又扔了回来,"天枚声音很小,显然是在避着她爹,"我悄悄告诉你,这事我也是刚知道,那钱是咱爸卖了他的十只羊换来的。他之前就指着这羊买化肥,买种子,现在为了这事都卖了。所以嫂子,你一定得帮帮咱家的忙。咱全家可都指着你了。"

江蓝半天才挤出一个字,"好。"

因为中间有路段修路,回城需要大概两个小时,李天一大概是累了,一路上基本都保持着闭目养神的姿势。江蓝也很累,可是却怎么也睡不着。

只要一闭上眼睛,满脑子便是李桂宝那满是褶子的脸。当然,还有那双黄褐色的,布满血丝的眼睛。

下了车,李天一先回家,江蓝抓起包就回了娘家,她爸妈都知道今天她回婆家,一见到她来吓了一跳,"你怎么今天就回来了?"

"妈,咱家到底有没有熟人? 负责拆迁这一块儿的?"眼瞅着夏晓贤一怔,江蓝又把目光投向父亲,"爸,咱家到底有没有熟人?"

没想到夏晓贤这时却看到了她的脚,"你这脚是怎么回事? 怎么走起来一拐一瘸的?"

"脚没事,"江蓝下意识把脚往后缩,"妈你到底……"

"我看看。"

"没事……"

夏晓贤一声大喝:"伸出蹄子来我看看!"

江蓝不敢反抗,只得把脚伸出来,夏晓贤的脸色越来越难看,最后难看到一定程度,几乎能和那灰白的墙有得一拼,"这都什么乱七八糟的东西,"夏晓贤将那已经烂糊掉的叶子一扔,"怎么你回了趟老家还瘸着回来了? 他们是欺负你了还是虐待你了?"

"没有啦,是我主动要求干活来着,哎,那你别扔,那是公公给我弄上的草药呢! 一路上一点也没疼,我就指着这个才走回来的!"

"什么草药,磨得这么厉害,万一发炎怎么办?"

"我看看,"正当这气氛急转直下之时,业界权威终于出面了,江大成看了看叶子,突然笑了起来,"你别说,还真是中药,民间的土法多是科学啊,还真没得说。"

权威都发言了,夏晓贤自然也没得说。

"你到底是怎么弄的?"夏晓贤把她的腿放到沙发上,给她揉了揉,"腿也肿了,你这还真去献身劳动了?"

"对了,妈,爸,咱家到底有没有拆迁方面的熟人?"

"你这半天就光这一句话,到底怎么了?"

"妈,如果有人,咱们得赶紧过去让他帮忙,"江蓝握住老妈的手,"真的,我公公一刻也等不得了,你不知道他今天有多可怜,那样子看得我都心酸,还……"

接下来的二十分钟,江蓝用饱含热情的语言,将今日的所见所闻详细叙述了一遍。想起今天的事儿，说得她自己都想落泪，估计也会闻者感动，泪盈于眶。

可是效果却与之相反，她妈夏晓贤在对面，面无表情地盯着她。

"妈，你要是有熟人就快带我去，花多少钱我给，真不行我就借。我这公公是真缺不得这地……"

"蓝蓝，我告诉你，事情没那么简单，这地怕真是要被占用，房子真是要被拆。如果那样，"她低下头看她的伤口，"你要有个思想准备。"

"妈，你之前不是说……"

"哎呀，老夏，她是你闺女，你还要骗她多久？"实在听不下去，江大成快走过来，"蓝蓝，爸告诉你，你妈根本就没什么熟人，不仅没熟人帮忙不拆地，她不找熟人多拆多占用就不错了。你妈就想得到你公公那地的赔偿款，她如意算盘打得叭叭响，根本就不会……"

这席话把江蓝给彻底震懵了，老半天才回过神来，"妈，你这真是……"

"你爸说得对，"没想到夏晓贤竟然态度坦然，"我是没熟人，不过要是有熟人，这房子这地也是该拆的拆，该占的占。"

"你……"

"本来我不打算告诉你，就怕你又什么道德良知的，反而误了我的大事。不过现在我反悔了，这事儿必须得告诉你，我是叫你去孝顺，但是你做做样子就得了，起码拉近关系！我没让你被他们洗脑！彻底成人家的人！"

"妈，你太霸道了！我公公他死的心都要有了，你居然还……"

"大政策在前，我告诉你蓝蓝，你公公要死是他的心理承受能力太差，与我无关。而我也不是要发不义之财，我是想抓紧机遇为你谋利。"夏晓贤的目光锐利而冷酷，"你给我听好了，从现在开始，仔细打听一下政策，想着怎么才能多捞钱。还有，搞清楚一件事情，不是咱要拆他李天一家的房子，是市政规划到那里，人家拆迁公司本来就要拆！所以不存在什么帮忙不帮忙，这根本就是已经决定的事情！就算你不想让人家拆，你能干涉得了人家政府，你能干涉得了人家房地产公司的决定？"

"我明白了，妈。我还以为你是要教育我做个好媳妇，"江蓝不敢置信地看着她，"其实是妈妈你巴不得他们的房子被拆掉，然后渔翁得利，教唆我现在好好讨好他们，等到以后一旦他们房子被拆了，拆迁款下来了，然后再狠狠地抢过钱来，是不是？"江蓝上前一步，头一次对母亲态度强势，"妈，你敢说这不是你的真实想法？"

应对她的，是"啪"的一声耳光。

母女间的对话顷刻崩溃。

只听"咣"的一声门响，江蓝疯也似的跑出家门。

第八章
攘外必先安内

那关大门的声音仿佛是个小型地震,江大成清晰地觉得地底下一颤,然后半声没吭,坐到夏晓贤的对面。

"你不用现在装害怕,话已经说了,还用得着这样干什么?"瞥见丈夫的没出息,夏晓贤冷笑,"再说,这话说的也正是时候。你瞧她那个样,觉得自己和个正义使者似的。你要是不说我也得说,这要是再这么下去,她就会假戏真做,彻底成了人家的人。到时候再和我来个针锋相对,那才是笑话。"

"你……你还没改主意? 你没看蓝蓝都这样了,老夏,"江大成诚恳地看着她:"咱别折腾了行不行?"

"这叫什么折腾? 这是在为她谋利! 我这是想一巴掌打醒她! 是,她有良心,她有道义。可是良心能卖多少钱,道义又多少钱一斤?"夏晓贤呼呼地喘气,"哪个人年轻的时候不是正义得很,可到了我们这个年纪,不都变得圆滑和世故了吗?"

"那你也不该打她呀,"瞥了一眼老婆还在发红的手心,江大成叹气,"你看你手到这会还这么红,挨到蓝蓝脸上肯定疼死了。"

"疼死她活该!"夏晓贤搓着自己发红的手,刚才不知道用了多少力气,只觉得现在火烧火燎地疼,"疼死她脑子好冷静冷静!"

"你瞧瞧你这脾气,都半个身子入土的人了,什么时候能改一改?"

"你也说是半个身子入土的人了,那我还有什么要改的? 我以前就是这脾气,还吃了不少亏,等以后死了再改这脾气吧!"

江大成见说不通自家老婆，只能换了个茬口唉声叹气，"哎，蓝蓝自小就没挨过打，你这次这么一甩，自己倒利索了，这孩子不知道冲哪里去了……"他越想越担心，赶紧披上衣服，"不行，我得去看看"。

"你敢！"衣服只套了个袖子，便被老婆一把给扯了下来，"人家现在处处为老李家想，根本就不是咱家的闺女了，你觉得她能去哪里？"

"……"

"我真该找个人算算我这是什么命！好好地养了二十多年的闺女，这可好，就一天的工夫，摇身一变成别人的人了！"

夏晓贤说的是气话，江大成安抚了半天，还是觉得不放心，趁老婆睡着的工夫赶紧给闺女拨了个手机，没人接。

他的心一下提起来了。

要知道，她这闺女其实是和老太太一个脾气。脾气不爆发还行，爆发起来三头牛都拽不住。

赶紧再给家里电话，谢天谢地，电话通了。

除了声音有点闷，倒是一切正常。

"蓝蓝啊，你那脸还疼不疼？"

江蓝"唔"了一声，没说疼也没说不疼。

"你也别怪你妈，你妈那脾气你也知道，她就是气急了，气急了什么话都能说，"江大成试着安抚闺女的情绪，"你都这么大了，自己也该明理，什么事儿你要觉得对了，就按照自己的意思做，不用听你妈的。"

这话一说，江蓝还没来得及回答，就听到话筒里传来尖利的声音，"什么不用听我的？江大成，你和你闺女联合起来对付我一个是不是？我告诉你江蓝，"话筒被夺了过去，母亲的声音近在耳边，"你爸的话说得也对，你有本事就去用。你不是想不让你公公那房子拆吗？好，好得很。那你就自己去走关系好了，他是你公公，不是我和你爸的公公！你想当好人尽可以当去，甭想拽上我们！"

"我本来也没想拽上你们！我……"

"唉呦，本来也没想拽上我们？"夏晓贤冷笑，"那我倒想问问，你头前儿刚下车就忙不迭地来我们家,那是什么意思?"

"那……那是我错了,"江蓝一下子脸被臊得通红,"放心,妈,上次是我看走眼了,以为你们能帮忙才去找你们!你放心下次我再也不去找你们便是!我江蓝说话算话,你放心好了!"

"但愿你说话算话!"

"一定!"

电话"哐"的一声被扣上了。

"你说你也真是的,都这么大年纪了,还和一个孩子生气干啥?本来这事我说和说和也就过去了,总是一家人……"

"谁让你去说和的?用你来充什么好人?"夏晓贤捂着胸口,"再说什么是一家人?你没看着人家要和咱们决裂,非得要和老李家的好吗?真是,真是,"她重重地捶打自己的胸口,"我真是没想到自己有这命,好好地养了一个闺女,到头来为别人家出头尽力,看自己家不是东西。我真是庆幸早把事情告诉她了,要是再晚说一点,人家指不定拿刀子来捅我了。"

"你也不能这么偏激,你瞧你那话,不是逼着她和人家站一起吗?"

"江大成,我逼她什么了?你倒是说说,我逼她什么了?我……"

"我"字之后的话,夏晓贤突然没有说下去。

江大成只看到她脸色通红,仿佛胸部被谁揍了一拳,紧紧地弯腰抱着肚子,"老夏,老夏……"医生的职业敏感让他猛地警醒,"老夏,你别吓我啊,你怎么了?"

"心……难受。"

江大成连忙将老婆就地放倒平躺,然后去药盒子里拿来了速效救心丸。几分钟过去,夏晓贤的脸色终于好了很多,"还要不要紧?要不咱去医院?"江大成紧张地看着老婆,"老夏,你要是有不舒服你就说,真不行我叫救护车过来。"

夏晓贤摆摆手,唇角扯出一个艰难的安抚性笑容,"没事,老毛病。"

确实是老毛病,夏晓贤有高血压和心脏病俩毛病,只不过之前都是高血压发作,如此气势汹汹的心脏病爆发,那倒是第一次。以江大成的从医经验来看,这样的慢性病,一旦发作了第一次就难免会有第二次,以后的日子里,绝对要好好保养。

他看着老婆,凑到不能再近,"老夏,这要是还不舒坦,你一定得告诉我,咱……"

"你这老家伙怎么这么啰嗦,我不舒服能不告诉你嘛,我又不想死,"夏晓贤一指茶几,"快点。"

"干啥?"

"给我倒杯水。"

连指使人都会指使了,说明确实没有大事。江大成端过水来,仔细地伺候老婆喝下去,随即试探地问:"你都这个样了,我是不是得告诉蓝蓝,你……"他原本是想借此来缓和关系,却没想到这句话一出口,完全起了相反的作用。

刚才还"奄奄一息"的女人突然再成巨人,夏晓贤"腾"地坐起身,"告诉她?告诉她有个屁用!要是告诉她,没准她还觉得我是故意装病来求饶呢!江大成,我告诉你,你要是敢告诉她,我就和你急!"

江大成勾勾嘴,无奈地笑。这下,他是彻底确定老婆没事了。

可是闺女那里呢?

怕是不太平。

挂断电话足有十分钟,江蓝还是在那呼呼地喘着粗气,这粗气喘得李天一实在看不下去了,"你到底和妈怎么回事?妈到底说什么了,你和她这么咬牙切齿地吵?"

江蓝瘪瘪嘴,话还是没说出口。不是不能说,而是没法说。她能怎么说?说自己发现自家妈想图人家财产,不是个东西?

"你倒是说啊。"

"没什么好说的,"江蓝烦躁地摆手,"咱家的事情,妈说了,她没熟人帮忙。"

"没熟人帮忙?她之前不是和你说她有关系吗?"

"谁知道!"江蓝起身,将外套往衣竿上一搭,边解扣子边朝卧室走,走了半路便被天一给抓住，"江蓝，到底是怎么回事?"

"天一你放心，就算是她没人，咱也能想办法，用不着去求她，"看到老公眸子里的紧张，再想想老妈的不讲理和跋扈，江蓝松了口气，"我和我妈一个单位，她的熟人大多我也认识。她不帮，我去求人帮。"

"你等等，你是不是惹咱妈生气了?"

江蓝肯定不会承认自己惹夏晓贤生气，所以就算是李天一翻来覆去三百六十度打听盘问，她还是一派烦躁，蒙着头钻进被窝里一声不吭。差不多两个小时之后，枕头边才传来了平稳的呼吸声。而李天一却睁着大眼，把一个内蒙古的羊都数完了，却还是睡不着。

看这阵势，毫无疑问，老婆肯定是和丈母娘吵架了。这倒稀罕，他"嫁"过来两年多了，何时见过丈母娘和老婆红过脸? 向来都是她们俩一直针对他这个"外"，内部却是无比和谐。可是从江蓝那红肿的右腮帮子看，这架不仅是吵了，而且还吵得不轻。不仅是动起了手，而且战线还相当长，江蓝回到家之后，这讨伐电话还追到了这里。

那到底是因为什么吵的? 他怎么问江蓝，她都不吱声。

他再是傻子也能看出来，这架吵得和他们有关系。按江蓝上次的说法，丈母娘还一派欢欣地想帮他们忙，现在却一副爱怎么着怎么着的样子。蓦地，那个已经问过江蓝的问题又闪了出来，难道是他们做了什么事儿惹着老太太了?

这个问题一在脑海里闪现，李天一就更睡不着了。

他从什么事会惹到老丈母娘生气的问题开始寻思起，一直想到惹她生气所引发的种种后果上。这两天到底做什么事情惹老娘不开心了? 他工作一直勤勉，生活作风也没出问题，难道是带老婆回老家? 这也不对啊，不仅老婆这次回家是自愿的，而且她带的那些东西，有一半还是丈母娘赞助的。这个问题寻思了大半夜也没琢磨出来，打开手机一看，已经三点四十了，李天一又把精力转到了下一个问题上:如果丈母娘就此当"甩手掌柜"，事情又会怎样?

这个问题倒是很快就解决了，因为一二三四五六七八九十……他单是想想，就会想出 N 种不好的后果。他家人已经把全部希望押到了丈母娘身上，丈母娘在社会混迹已久,交际圈很广,认识很多人,这要是她经手,就算是房子还得拆,那起码也能在待遇啊、条件上争取到不少优先。退后一万步说,就算什么也争取不到,他们也能得个早消息,所有的事情,都能提前来个打算。

同样的条件下,就算是能快一些,这也算是胜利。

李天一越想越觉得兹事关乎重大,好不容易熬到六点半,他匆匆地扒了两口饭就套上衣服要出去,"你干吗去?"江蓝在后面追着问他。

"去你家。"这便是李天一辗转反侧一晚上的决定,如果是因为他们的原因惹得丈母娘不悦,那么好,他就去认错去。

反正这样不明不白地认错,也不是头一次。何况这事还关系着他老李家的前途。

不仅他去,连江蓝也去了。

昨天所有的事情都在气头,经过一夜的沉淀,气也消得差不多了。早上看自己那还肿到有些透明的右腮帮,江蓝还在感叹,这到底是惹老太太生多大的气啊,当初和李天一要私奔她都是只关了自己禁闭,连根手指头都没舍得动自己一下。这次居然动了手,显然是气得不轻。

到底是自己的妈,虽然现在还觉得老太太不讲道理,但是把她气成这样,江蓝还是很内疚。

站在门口敲门之前,江蓝在脑子里寻思了无数句话:"妈,对不起,昨儿个事情是我不对……""妈,昨天是我气着你了,但事归事,理归理……""妈,就算是我气着你不对,但我还坚持自己的想法……"

如此种种理由在脑子里都浩荡地转了个圈,可是在推开门的刹那,江蓝便呆住了。她看到了茶几上那盒半开的"速效救心丸"。再看看四周,并没有老妈的身影。

"爸,妈是怎么着了?"她抓起那药盒,跑到江大成面前,"难道妈被气得去医院了?"

"你还知道惹了你妈生气?"虽说老婆不对,但江大成也很介怀闺女的态度,"你瞧你昨天那话,是对老人该有的态度吗?何况她不是别人,她是你妈!"

"爸,我错了。妈怎么样了?"

江大成转过头,没好气地说,"死了。"

江蓝眼里的泪水已经要掉下来了,"爸!"

"别爸了,大早晨起来被你妈惹得心烦,现在又被你喊得心烦,你们两个人,到底什么时候能让人省心,我早上一起来你妈就没影了,"江大成甩过来一个纸条,"床头柜上就留下这么一张纸条,你自己看看。"

江蓝低头一看,纸条上就留下五个字——我去三河乡。

三河乡?那不就是李桂宝家吗?

反应过来这个问题,江蓝与李天一面面相觑,半天没说出话来。

"江蓝,你昨天到底和妈说什么了? 她怎么大早晨去我家呢?"

坐在回三河的公共汽车上,江蓝刚打完请假的电话,内心正是一派烦躁,"我怎么知道?"

"她是你妈你怎么不知道?"李天一摸起手机,这才想起来自己也没请假,赶紧又给单位去电话,大星期一的突然请假,领导自然没好脸,只听李天一不断笑着赔不是,脸色一个劲儿地暗下去。"他妈的。"一切搞定,他终于爆出句粗话。转头又继续看向老婆,"这事情显然是你和她吵架引起的,你会不知道? 也就咱结婚时妈心血来潮地去过我家一次,这么多年了,你见过她什么时候去过?"

"我能和她吵什么! 我就是让她给咱家帮忙,她支支吾吾地来了几句,我就埋怨了她几句不尽心!"

"就这事? 就这事她值得甩你一耳巴子?"

"你还觉得是什么事?"

"是什么事你知道! 是你们俩之间发生的事才导致你妈去我家! 才导致我们俩大早上班都不上,随她回去! 是你吵架才导致的事情,你怎么会不知道?"

"李天一,我妈是土匪还是强盗? 是杀了你家了还是抢了你家了? 这什么事都还不知道,你至于不明不白地给我发这么大火?"

这话一落,李天一立即像是泄了气的皮球,彻底别过头去。

虽然江蓝句句不承认,但是却有一点是不可否认的,他们听到夏晓贤突然去三河乡这个消息的时候,确实很不安。

因为他们知道,他们这个老妈爆发起来有多么厉害。这是从与邻居丁幂,也就是贺京杭她妈搏斗的时候发现的。夏晓贤平时别看是从事文字工作,看起来温文尔雅,但是真正爆发的时候,那简直就是冲劲惊人。说话一个脏字都没有,但偏偏是堵得人都想心肌梗塞。仅看了一次与邻居的大战,李天一便领教了丈母娘的厉害。从而在以后的日子里树立了一定要听话的理念。

两个小时的路在这样的煎熬中,硬是给折腾成了半天的感觉。

原本他们就够担心的了,可是在给李桂宝打了两次电话没人接之后,那心更是悬到了嗓子眼,李天一将手机握得很紧,只觉得手机那角硌得自己生疼,但看到老婆那紧抿嘴唇的样儿,肯定是问了也说不出什么话,只能又作罢。好不容易到了三河乡,两个人一前一后,几乎是撒丫子就朝家里跑。李天一脚步大,自然跑到前面,跑到半路江蓝便看他呆住了,傻子似的站在田头。

她心里一咯噔,莫非自家老娘真的和天一家干起来了?

她连忙加快脚步。

没想到走近一看,发现自家娘和他家爹在田埂上坐着,言笑晏晏,眯着眼睛看着他们俩。

"我就说吧,亲家?"夏晓贤伸手揪了个大叶子铺在地上,示意江蓝坐在她旁边,"我说了,你还不信。"

李桂宝嘿嘿地笑。

"他们是担心我抢了你家的地,然后再怎么着欺负你呢,我说的是不是啊?"夏晓贤歪着脑袋看他们,轻笑扬声,"蓝蓝,天一?"

"这怎么可能,"李天一讪讪地笑,"妈,爸,你们在说什么呢?老远就看说得那么热闹。"

"我和你爸打赌呢,我说,不用接电话,让他放心,你俩肯定很快就到了。"

"……"

"这不，我前脚过来，孩子们后脚就跟过来了。你爸当时还不信。这不你接着来了？"

"……"

"然后我又说，恐怕一个孩子还不够，两人都得过来。接着就看到了蓝蓝也跟在后面。"

"……"

"是啊是啊，亲家说得可真是准。"李桂宝接过话去，"我就在这说，亲家可真厉害。"

"我可不是厉害，我是知道他们心里的想法，"夏晓贤眯着眼看着闺女，"江蓝，天一，你们专门请的假吧？"

江蓝不答反问："妈，你怎么突然要来这里？"

"不是你昨天要死要活地让我帮忙吗？"夏晓贤似笑非笑，"我也有点着急，想赶过来先看看。"

"我……"

"我"之后的话没来得及说下去，因为夏晓贤根本没打算和她说话，又把注意力转到了李桂宝身上，"你不知道亲家，这孩子昨晚回家就要和我拼命似的，非要我帮忙。我就缓了几句话，说尽力帮都不行，非得和我急。你看着她脸上那腮帮子没有，就是被我打的。我昨天也是急得没办法了，"夏晓贤叹气，"你说我又不是拆迁办，又不是市政府制定政策的，连开发商都不是，我哪能那么确定地说能帮上忙帮不上忙？"

"对对对，"李桂宝有些担心地看了江蓝一眼，"她嫂子挨打了？赶紧过来我瞧瞧，"皱着眉头看了下江蓝，李桂宝明显是很愧疚，"亲家你要是生气就只管朝我撒吧，都怪我逼着闺女逼得太紧了……"

"亲家你怎么说的？我这根本不是怪你。这俩孩子既然是夫妻，咱就是一家人。我就是纳闷蓝蓝这脾气，别说我还没说不帮忙呢，就说得稍微慢点，昨天都想和我拼命，亲家，我这闺女和偏驴似的，被我惯坏了，我倒是想知道你到底怎么和她说的？把她说得和要造反似的。"

"我也是实在没办法了，这不她嫂子说家里也许有关系，所以才有了希望……"李桂宝手一指，"你瞧咱家里就这点儿地，平时就指望着这些过活。我这也是没办法了，所以才……"

"亲家要我说根本不用急这个，现在拆迁，占用你们土地也不是白占用的，都有钱的。"

"就那些钱管个啥用？农村人还是踏着咱自家的土地踏实哟……"

江蓝目瞪口呆地看着老娘和公公这两个平日里八竿子打不着的人你一句我一句地聊得欢畅，不得不说自家妈是很有社会经验的一个人，每当江蓝觉得她透露出唯利是图、居心不良信息的时候，偏偏老娘笑声一过，下句话又回到了"我是在为你家考虑，咱们其实是一家人"的大局观念。

所以，别看江蓝没大插话，可这场谈话却耗尽她的心力，整个过程都十分不安。好在，两个人说话终于要告一段落了。

"本来我还想和你多聊一会儿的，但是你看俩孩子都跟着来了，现在赶回去，他们下午还能上班，"夏晓贤起身还和李桂宝握了握手，"亲家放心，你家的事就是我的事。所以这事我们会尽力帮忙。"

"你这样说我就放心了，那好那好。"

"就算是还得拆，这我们改变不了，我也会托熟人尽早打探些消息，这亲家你请放心，不过，"夏晓贤眉头一皱，"这托关系打听消息都要有点时间，因为这些人也只是认识，平常也没什么来往，咱不能上来就求人家办事是不是？肯定还得……"

"对了，亲家，上次我给蓝蓝这些钱，她死也不要，这些你拿下，"李桂宝从口袋里拿出那包钱，"我知道现在都缺不得这个，亲家你先拿着……"

夏晓贤貌似很为难，"这……"

"这个可能少是少了点，但是没关系，如果要用更多，亲家你尽管和我开口，"见夏晓贤犹疑，李桂宝赶紧把钱又朝她手里塞了塞，"只要亲家给我尽尽心，别说是钱，要啥都行！"

"这都是应该的应该的。"

来的时候是一个人，走的时候是三个人。一行人浩浩荡荡地回城，李天一倒是兴致高昂，可是江蓝却怎么也提不起兴致。"妈你怎么到我家了？"在公车上，李天一笑嘻嘻地问丈母娘，"今儿个听说您来的时候，我和江蓝还吓了一跳。"

"吓什么？"夏晓贤冷笑，"还真以为我吃了你爹？"

"当然不是……"

"不是就行，不过你说不是，某些人可未免不这样想，"夏晓贤睨了一眼自己的闺女，"如今可真是长大了，翅膀硬得我管都管不住……"

李天一意识到她说的是江蓝，她们母女俩的事情，也不好插嘴。

而那个女主角一直像是没听见一样，紧抿着唇，吭也不吭一声。

回到城里，李天一下午还要上课先走了，江蓝说也要去上班，走着走着，却是跟着夏晓贤回到了家，母女俩一前一后走着，踏进家门口，一路隐忍的情绪终于得到了发泄，"妈，"江蓝把包扔到一边，往前伸手，"把钱给我。"

夏晓贤似是预料到她这个举动，居然轻笑，"为什么？"

"钱？什么钱？"江大成在一旁问。

"没你的事，你一边待着去，"夏晓贤把一脸不解的江大成推到一边，转头看向女儿，抱着肩，仍是那副似笑非笑的样子，"你说，我凭什么把钱给你？"

"那是我公公的钱！"

"可他已经给了我！"

江蓝气得直哆嗦，"妈，你觉不觉得心虚？你明知道他家都那样了，你还……你那样说，这和明着要钱有什么区别？"

"他家怎样了？他家能吃能喝还能种地！江蓝，你这胳膊是彻底朝外拐了对不对？"夏晓贤捂着胸口，"我告诉你，这钱不是我抢的夺的，不是我强逼着他给的！所以我拿起来心安理得！"

"妈，你……你又不为人家办事！"

"对了，我还真不为他办事，不是不办，是这事根本就办不了。可是江蓝你知不知道？这钱我要是不拿，他今晚上指定连觉都睡不着！今儿个我拿了，他起码这几天还能睡好！"

江蓝安静下来，紧紧地看着自己的母亲，"妈，你太让我失望了。"

"失望就失望吧，"夏晓贤深吸一口气，不怒反笑，"你过段日子就知道我是为你好。"

闺女走后，江大成赶紧凑过来，"你俩这又是怎么了？怎么这几天老顶着闹腾？"

"你以为我愿意和她顶？"夏晓贤捂着胸口躺在沙发上，表情有些难受，"她是越来越随你这死脾气。"

"是，是，是，她好的地方都随你，坏的地方都是遗传我，"江大成十分无奈，"她老说钱，什么钱？你回去一趟，还拿人家钱了？"

"什么乱七八糟钱不钱的？你知道你闺女为什么和我吵架？"半坐起身，夏晓贤冷笑，"她这孩子现在正良心发现，视金钱如粪土呢！哈，视金钱如粪土，谁都是从那阵过来的，但是到后来不还是被现实磨得死死的？这年头，谁最后不为了个钱？"

"你这话也太牵强了，赚钱是重要，可这最后做事不还得图个良心？"江大成十分不同意她的意见，可是看老婆一副余怒未消的样子，又怕她生起气来心脏又出问题，"到底是你闺女，你难道就和她这么僵持着？"

"不用多僵了，我敢保证，不出十天她就得回头。"

"啊？"

"她以为她多能啊，她其实就是没受过难为，"夏晓贤眯着眼睛深吸一口气，"她是我掉下来的肉，我自然有治她的方法。"

第九章
卖了你还要你为我数钱

夏晓贤之所以这样自信，是因为她早晨回三河乡的时候，在公车站碰到一个熟人。

这个熟人她和闺女两人都熟，正是她之前的老同事，江蓝如今的上司——袁致敏。

两个人一见肯定是聊得痛快，袁致敏看她急匆匆地往车上赶的样子，问她要做什么。夏晓贤说是考察情况，袁致敏多精明的人呐，一听就明白是什么意思了，连连说恭喜。她便愁眉苦脸地说恭喜个屁，说和孩子正闹别扭呢。然后就把江蓝和她吵架的事情说了一通。

到底是别人的家事，就算是之前再好的朋友也不能多说，袁致敏只能不疼不痒地发了个感慨："现在的孩子啊，都是这样，不听父母的话，还真觉得自己特正义，对了，"她拍了拍手里的文件夹，"放心，这几天，你家蓝蓝肯定不会和你吵了，因为她很快就要忙正事了。"

"正事？什么正事？"

"咱深州报业集团这次来了个新领导，非要全体大洗牌，竞争上岗。这不安排我拟定细则嘛。不过大体看了看，在你家蓝蓝水平之上的可不在少数。"

"来真的？"夏晓贤大惊失色，"我家蓝蓝不会真……"

"老夏，你在这行摸爬滚打了这么久，怎么还会问这样幼稚的问题？"袁致敏脸上浮出模棱两可的笑容，"这事儿吧，说真就真，对有能力的人来说，也就是个过场……可这对于工作不到位的人而言，可就难说了。不过你家蓝蓝一直算是做得蛮到位的,再说还有咱俩的关系在呢,是不是?"

话说到这里,夏晓贤终于松了口气。不用说,蓝蓝基本属于"免检"的这一群。

中午仅睡了个午觉,夏晓贤便赶着去超市买了一堆东西,什么钙啊,脑白金啊,黄金酒啊,时下兴的东西都买了个遍,仔细看了看,竟花了一千五百多。

"你买这么多东西要干什么去?"江大成吃惊地看着这些东西,再看账单,只差晕掉:"你⋯⋯"

"钱没有白花的,"夏晓贤夺下账单,"蓝蓝最近脑子不清楚,我给她补补脑子。"

"补脑子? 这酒能补脑子?"

"什么都能补,"夏晓贤头也不抬,"你不用这么惊讶,等着看好了。"

江大成不惊讶是不可能的,要知道,她这老婆平日里连买根葱都计较得不得了,常常半个小时守在那葱摊子前面,就为磨下一毛钱来。

美其名曰,会过日子。

可这次花这么多钱,实在是⋯⋯

晚上过了八点,好戏终于开场。

此时夜色已经全部笼罩下来,霓虹闪烁,整座城市别有一种黑暗下的神秘之美。夏晓贤带着东西饱含激情地出发了,她的目的地,正是早上遇到的老同事——袁致敏家。

袁致敏一打开门,看到老同事这么大包小包的吓了一跳:"老夏,你这是⋯⋯"

"老袁,我有点事来求求你,"夏晓贤进门,"是关于蓝蓝竞岗的事。"

"哦,那事啊,"袁致敏拍了拍脑袋,"我早上和你说的怎清楚你都没听明白? 算了,我给你下个保证吧,就凭咱俩的关系,这深州日报编辑部的人就算是全下放了,你闺女也是硕果仅存的那个,这样行不行?"

"老袁⋯⋯"

"你瞧你还因为这点事带这么多东西来,太见外了,太见外了,"袁致敏忙着把东西往她手里塞,"这不就是一句话的事儿⋯⋯"

"不,老袁。"夏晓贤把东西又推回去,"我这次来,不是让你帮蓝蓝竞岗的。"

"啊?"

"我是让你帮我忙,先把蓝蓝给撸下来。总之无论如何,不能让她顺妥地上去。"

袁致敏彻底怔呆了,"什么? 你这是什么意思?"

什么意思? 意思其实很简单,夏晓贤觉得自从自己计划被戳穿之后,闺女气焰太盛,想让她吃吃苦头。

按照她的步骤,第二天,江蓝的历练就开始了。

竞岗初试居然没过!

江蓝是怎么也没想到,自己居然会在初试上摔跟头。

所谓初试,就是出了个试题,考验大家的理论与实际操作能力,无非就是考验新闻的写法和报道的编纂。作为一个有着三年工龄的老编辑,江蓝一直觉得,这不是问题。她虽然学的是历史专业,但在编辑方面却极具天赋,写的稿子通俗却又不乏犀利,因此没少受到领导的表扬。很多人甚至拿她和她妈比,说她是"青出于蓝而胜于蓝"。所以江蓝对自己的写稿水平很自信,怎么也没想到会在这关上出差子。

可袁致敏那表情认真得丝毫不像玩笑,"你这稿子领导看了,觉得特别浮夸,丝毫没有新闻该有的水平,至于这论点……那也不够深入,你也知道咱们这竞岗的规矩。所以,这次你……"

江蓝心已经到了嗓子眼,开始有了哭腔,"难道我被刷下去了?"

"嗯,"袁致敏点点头,正当江蓝觉得快要死掉的时候,又来了个大喘气,"但我找了领导,又把你救了回来。我和领导说,你这次八成是因为家里有事,所以准备得不够充分,你其实是很有天赋的。不过江蓝啊,你该知道……"她拉长声音,"我这是看在我和你妈的关系上才照顾你的。所以,你二试一定要好好准备"。

话说得如此委婉,却又毫不客气。

江蓝出来的时候,只觉得腿都短了半截。

回到家,江蓝连饭都顾不得吃,马上投入到了二试的准备中。她不敢想象二试没过是什么后果。但是不想并不代表事情不会发生。如果二试不过关,她就会没有工作,没有工作的话,仅靠李天一那点死工资……日子根本过不下去。

而二试,迫在眉睫。

就在后天。

虽然当时是托了她妈的关系才进的报社,可江蓝一直以为她那工作是铁饭碗,虽然工资也不高,但是总能养活自己。她一个女孩子家,又不是奥特曼要拯救民众,日子过得温饱即可,也不需要多少钱。

可她从没想到,有朝一日,这铁饭碗也可能不保。

二试她准备得很充分,也回答得相当仔细,如果没有意外,应该没有问题。可是她没有想到,该来的意外,总会来的。

二试考完的第二天,她又被叫到了办公室——

"小江啊,这次你……"袁致敏皱紧眉头,"你这次是不是还没调整好心态?"

"主编,我难道又没有过?"

江蓝多么希望回答她的是摇头,或者干脆来一句斩钉截铁的"不是",可是她失望了,袁致敏点了点头:"小江,下午收拾收拾东西,不要来了。"

"主编……"

"你上次答得不好,我可以以你心态不好为理由和领导们说说,把你留下来。可是你这次还是这样差强人意,于情于理,实在是说不下去,走吧,"袁致敏挥手,"你先回家想两天,仔细想想自己该怎么做。等过几天,人事部会给你电话,到时候再来办离职手续。"

"主编……"

"出去吧。"

不知道怎么捱到的家,江蓝回家看到李天一就抱着他大哭,"怎么了?"结婚至今,李天一还没见过老婆这个样子,一时间也慌了手脚,只能一下下轻轻拍打着她的背,"好好的哭什么? 在单位里受欺负了? 还是被别人挤兑了?"

江蓝只是闷头哭，不断摇头。

"你是不是真被欺负了？要是被欺负老公替你报仇去，"李天一想不通她怎么还哭，只能笨拙地琢磨出一个最可能的点进行安抚，"你放心，不管发生什么事情，老公肯定站在你背后。"

还是摇头。

"是不是工作不顺心？"

"难道是咱妈妈又难为你了？"

所有的猜测都被江蓝的摇头尽数打破，男人本来就没有哄人的兴致，见江蓝还是这样越说越哭，便渐渐没了耐心，放在她背上的手也是有一搭没一搭地拍着。他以为所有最坏的结果都已经想到，却没想到最坏的还在后面。

"我……我把工作……工作丢了。"江蓝半天抬起哭得梨花带雨的脸哽咽着说。

"江蓝，你可别吓唬我，"李天一眼睛里全是紧张，"你真把工作丢了？"在李天一的词典里，江蓝丢掉工作等同于以后买房子没谱，以后要孩子没谱，以后奔小康没谱，说得严重些，相当于以后生活永远没有出头之日。

这看起来或许离谱了些，但却完全是现实。这便是生活。

现在他俩的工资虽然也不高，比起人家中等工薪阶层，俩人能比上人家一个，但总比靠不上谱要强。他俩工资合起来五千五，就算除却一千五的生活费，还有四千可以自由支出。他们以前还想着，有这四千块，就算是没钱交首付买房子，起码可以要个孩子。他们俩也该要个孩子了。

可是这一切都是在俩人工作稳定下进行的，其中一个没了工作，这都是扯淡。而且这"淡"扯得还那么厉害，扯的是比较大的那个。按照李天一的话说，给人一种"大厦将倾"的恐慌。

现实就是那么残酷，如果是其他的事情，李天一或许还可以安慰安慰，出出力气，但是碰到这样的事，他再花哨的安慰也失去了效力，而且随时还有转向的可能，说着说着，这"不要担心啦，还有我呢"之类的安抚就变成了埋怨，"你说你一直挺有数的，怎么就能没了工作呢？"

"我怎么知道……"

"你还是平时工作没有谱，肯定是在领导面前没尽心。平时我说你你还不信，你有时候就有做事浮夸的毛病，站着说话不腰疼，眼高手低，好高骛远……"

"我没有！"

"你没有怎么会被辞掉？你要是有能力，一个人能顶五个人的工作，人家是闲得拿辞退你耍着玩儿？"

"我可以找工作！工作又不是就那一个！"

"得了吧，江蓝，"李天一脸上露出讽刺的微笑，"就你那专业，要不是你妈帮忙，你能找到工作？"

这简直就是恶性循环。连打带闹，两人都到了半夜两点了，这才到床上睡下。这次轮着江蓝睡不着了，她的眼睛肿得和鱼泡似的，明明眼皮重得要死，却怎么也合不上。满脑子都是那个问题：工作没了，以后怎么办？李天一那话虽然说得难听，但却是事实。

工作没了，人却还得吃饭。第二天早上去买油条，江蓝特地带上了墨镜，就怕给人家看出来她的惨象。可是很可惜，还是被人认出来了。就在她拿着一斤油条、两碗豆腐脑晃晃荡荡地往回走的时候，身后有了一个声音："小江？"

是之前同事，董华，董大姐。

江蓝听出声音，恨不得抱头鼠窜，或是学会遁地术，彻底消失在这个地方。此刻她最不愿意看到的就是昔时同事，她害怕那些人嘲讽的目光，还有那些别有深意的眼神。

可是董华似是看穿了她的想法，"我就知道是你"，她猛地拉住江蓝胳膊，"你跑什么？"

"我……"

"啧啧，哭了吧？"董华突然拿下她的眼镜，"谁碰到这样的事都得哭，你大早晨还戴眼镜干什么？"

"董大姐，我……"

"你不用说了，我知道你委屈。"董华叹气，"我是没想到啊，这么多人，倒霉的居然是你。这老袁也真是的,亏她之前和你妈关系还那么好,拿谁开刀不行,非得拿你开刀!"

江蓝原本是不敢见人状,听了这些话,脑子突然有些蒙,"董大姐,你这是什么意思?"

"也是,人在利益面前都是现形的,谁让人家都送了礼,你什么都没有呢?也活该是你。要我说江蓝你这么个女孩儿,平时看着挺精明的,怎么关键时刻掉链子呢?"

"停停停!"江蓝瞪大眼睛,"董大姐,您是什么意思?"

"你现在还不知道?"董大姐作诧异状,"你难道不知道你是因为什么才被刷下的?他们都给老袁送了礼,就你两手空空和傻子似的什么东西也没送!"

"什么?"

"我告诉你,我那天都看着了,"董大姐看了看四周,突然凑到她耳边,"咱办公室和你差不多资历的人都递上了卡,要不然就半夜里给人送东西。我不和老袁住一个小区吗?头几天天天见!"

江蓝只觉得脑子被人劈了,"可袁主编说,我是因为业务不精,心态不好,才被刷下的……"

"要不然她怎么说?她能直接问你伸手要钱?小江你这个傻子,领导要想要你,自然有千百个理由让你说不出来对错。对对对,你是二试刷下来的对吧?"董大姐突然一拍脑袋,"快去,你赶紧去送礼,没准还有门!"

"可我已经被赶出来了啊……"

"你是两天不上班了,可是这正式手续没办吧?这也没在职工面前开大会说你走了吧?这就是领导给你个讯号,暗示你做准备工作呢!等你这工作做得入人家眼了,她就会随便来个理由,说你的成绩录错了之类的,然后再让你上岗!"

"董大姐,你可别骗我,"江蓝觉得人生又有了点希望,"真是这样?"

"我和你无冤无仇,骗你干啥?我告诉你,你要是不抓紧时间,那可真是完蛋了啊!还有,"她朝外走出去两步,突然又转过头,小声道:"千万别告诉人家是我告诉你的。我这是看了你妈的面子上,这才……"

"我知道我知道，"江蓝像是抓到了救命稻草，"董大姐，您再行行好，您告诉我，这礼要送多大的？"

"这年头送礼品太招摇，还是送卡吧。你现在都到这个时候了，"董华抿了抿唇，"我觉得下一万块钱怕是拿不下来。"

董大姐这个结论是让江蓝又希望又绝望。

回家放下油条，江蓝就开始翻箱倒柜找存折，打开一看，上面还有一千五。

"天一，你卡上还有钱没？"

"还有八百。"

江蓝"腾"地一下子站起来："你怎么花得这么快？"

"春天是结婚高峰，我有仨同事结婚，一个同事封礼钱二百，这就六百没了。这单是喜事，还有个倒霉的爹死了，又得给三百白事钱。这一下就是小一千。再加上上个月的电费、物业费是我交的，我一共两千块钱工资，江蓝，你算算我还能剩下多少？"

"可你这是上个月的工资，你还有上上个月呢？"

"很不幸，上上个月是过年。春节的时候到处拜访，你别忘记了，咱俩的工资加一起都没够串门的，后来还是提前向妈借了两百。"

"我的天哪。"江蓝抱着头，"天要亡我。"

"你光说我的工资，你的呢？你工资可是比我多一千五。"

"你忘记了？上个月是咱们结婚纪念日，我花八百给你买了个包，这还剩下两千七吧。然后咱俩闹离婚，把妈妈气病了，住院的五百块钱是我交的，这还剩下两千二。那七百……"

"对，那离一千五还有七百呢？那七百哪里去了？"

江蓝绞尽脑汁，完全想不到这七百的影子。

"家里费用都是我交的，生活费也是花我的钱，你的钱上哪里去了？"李天一皱起眉头，"江蓝，以前我说你你还不承认，你就是有乱花钱的毛病。"

"好吧，就算是我乱花钱，但现在又怎么办？我的一千五加上你的八百，这才不到三千，距离一万差大了！"

李天一已经吃完饭,抿了抿唇,冷静地说:"问你妈借。"

"可我刚和我妈吵架!"

"那怎么办?你也知道,我爸为了那两千块钱,可是把羊卖了才凑出来的。"

江蓝真想说,我真是后悔死了,和你这家人结婚。可是她现在不能说,工作问题虽是大事,但是上升到婚姻问题那更是大忌。

江蓝咬咬牙,"反正我不问我妈借钱。"

"那好,那就贷款。可是贷款拿什么抵押呢?房产证?"李天一看着她,"但是这房子也是你妈的名字,你要是想抵押贷款,还得去找你妈。而且为了这几千块钱就去办房产抵押,这事情有点……"

"不能贷款!"

"那只有一条路。"

"什么?"

"你失业。"

绝对不能失业,绝对不能失业,万一失业,这日子就真的毁了。

接下来的两天,江蓝拿出电话本,把每位同学的号码都拿出来打了一遍,除了那些一句话也没说过的,只要在有生之年说过半句话的,她都或多或少地透露出了借钱的信息。

可是现在人都精明得很,一听有这点苗头,便都迅速装傻,或者来个更直接的拒绝——挂掉电话。

人在职场飘,还是有几个死党可以依赖的。江蓝去找最死的党名曰陈容,不愧是死党,话刚开了个头,人家就完全意会了其中的意思:"你是要借钱的吧,蓝蓝?"

"是,真不好意思,陈容,我这次实在是没有办法了……你放心,我下个月发了工资,一定会还你。"接受了过去 N 次借钱失败的经验,江蓝先给好友扣了一顶顶高高的帽子,"本来我也不好意思说这话,但是你知道,我就和你关系最好,别人我还装装,在你面前就完全不用装了,也不怕丢人或是献丑。这二来嘛,谁不知道你嫁的男人好啊,一个月工资赶上我们八个月的,所以啊,你手头总是宽裕些。"

"你这么说，我真得把钱借给你了。"

江蓝心里一跳，想这好话果真起了作用。

可是下一句话，便让事情完全向相反的方向发展。

"但是蓝蓝，和其他人借钱也就罢了，和好朋友借钱总有点儿……你总知道钱这东西，害人不浅的。一旦朋友之间掺杂了钱，就感觉友谊有了杂质。江蓝，你是不知道我多么珍惜咱俩之间的感情，所以吧，不熟的朋友还可以，熟的朋友半点钱也不能掺和……"接下来是……关于借钱伤害友谊的千般论证。

江蓝头一次知道，友谊居然是妨碍借钱的一大利器。自己的朋友是完全不行了，李天一的朋友……更是别指望。

世界上最可悲的事情不是没钱，而是需要钱的时候，连个能借给你钱的人都没有。

这两天半分钱也没借到，不仅没借到钱，反而还搭进去不少电话费和公交费。江蓝窝在沙发里又一遍遍翻着电话本，所有借不着的人都在名字前面打上了勾，现在乍眼看过去，红勾一片。

难道这次，真的要向老妈低头？

她正想着，电话突然响了起来，江蓝以为是同学回心转意了，看也没看便拿起来接，同时配合的是欢喜的声音，"喂。"

"哟，我以为小江会万念俱灰，没想到心情还不错嘛。"

是袁致敏，一听到这个声音，江蓝心凉了一半。

"是这样的，小江，明天下午你过来办下手续，顺便把工作交接一下……"

"袁总，事情没有回旋余地了吗？我真的就被辞退了？"

"你瞧瞧这话说的，什么真的假的，其实什么事都有可能性，就是怕年轻人没觉悟，把事情给想死了，其实啊江蓝，到任何时候，只要努力都会给自己一线生机的，就看你把握不把握得住，是不是？"

江蓝又想起董大姐的话，万分确定，袁致敏这就是伸手向自己要礼的暗示。

"不过这事儿可得要抓紧啊,时间不等人的,不如你再仔细考虑一下,江蓝?"

还用考虑什么,别的都是假的,别的都是虚的,唯有生存是大计!

挂了电话,江蓝套上衣服,闷头就要朝外面冲,刚打开门,就看见自己要找的人正站在门口,看到她时也是一脸惊讶,"蓝蓝?"

"妈,你怎么来了?"丢工作的事情江蓝一直瞒着没跟老妈说,这次她来,还以为她是得到了消息前来支援,因此前几天吵架的阴云顿时在脑海里烟消云散,"妈,你是来帮我啦?"

"帮你?帮你什么?"却没想到夏晓贤一派冷静,看了看四周,唇角甚至露出有些讽刺的笑容,"你那么大本事呢,我都被你定性成唯利是图了,你还需要我帮?"

"妈……"

夏晓贤迈进卧室,"我是来搬东西的。"

江蓝呆住。

"你也知道,家里的冰箱老早就坏了,因为要省钱,你爸那书房也一直没空调,这次也想安一个。现在商场里都搞家电以旧换新,家里那个老冰箱正好可以补做四百块钱当买空调的费用,至于这冰箱,就把你们的搬回家得了。虽然旧了点,但也凑合着能使。"

"妈,你要干什么?"

"我说得这么清楚你还不明白?"夏晓贤云淡风轻,"我来搬冰箱啊,对了,小刘,你快进来搬一下。"

话说着,从身后真的出现了个年轻人,作势要去搬冰箱。

江蓝这才意识到夏晓贤不是在开玩笑,挺身挡在冰箱前面:"妈,你搬了,我们用什么啊?"

"你们不是不在乎钱吗?自己再买一个就是了,蓝蓝如果我没记错,你们这一套家具都是我和你爸给你们添的吧?现在我们要回去凑合着用一下,不也纯属正常吗?"

"妈,你这算是什么?趁火打劫?!"

"蓝蓝,怪不得你会被辞掉,亏你还是搞文字的,那我这个老前辈就告诉你"趁火打劫"是什么意思! 如果我是趁火打劫,我不仅会要了你的冰箱,还会把你从这房子里赶出去! 你要记着,这房子除了你俩是自己的,其余全是我和你爸的! 甚至,连你都不是你自己的,而是我和你爸生出来的!"

"我……"

"如果是趁火打劫,我们就会趁你丢工作的时候做得更狠一些,现在,"她挥手一摆,示意人上来搬冰箱,"我已经是手下留情了!"

"妈,你怎么这么无情无义! 我是你闺女啊! 你的亲闺女! 你肯定知道我现在快没有工作! 所以才这会……"

夏晓贤打断她的话,"第一,我从来就没有不承认过你是我的亲闺女,还是那话,你要不是我亲闺女,就凭你之前不听话那一套,我早把你从这房子里赶出去了,还用得着和你在这儿废话? 至于这第二,"她顿了顿,"失去工作有什么好难受的? 现在这工作遍地都是,你那么大一个人,又那么有能耐,至于连工作都找不着?"任谁都能看出,最后一句话里,夏晓贤特浓的讽刺意味。

耳边只听"啪"的一声,那人已经将冰箱开关拔下,费力地往身上背。这房子原本便不足 80 平米,此时这么个大冰箱被挪走,就和空了一块儿似的,说不好听的,虽只是一个冰箱,却给人一种被敌人"三光"后的感觉。"妈,你是故意的对不对?"江蓝抹了抹眼睛,已经有泪水流出来,"你是故意要教训我,所以才在这个当口上要给我难堪对不对?"

"我再说一遍,你是我闺女,让闺女难堪就是让我自己难堪,我犯不着。蓝蓝,"夏晓贤看着她,"我只是想让你看清楚现实。而你现在这个处境,有利于你更好地认识现实,你自己好好反省一下,你的那些大道理,你的那些世界观,是对还是不对。"

"妈……"

"看来你还没想清楚,那用不着叫妈了,唉,小心点,小心点……"夏晓贤指挥着抬冰箱的小伙子,"好歹也是两千多的东西呢,你仔细些! 哦,对了蓝蓝,"她回过头,作势要走,"你如果来不及买冰箱,有易坏的东西,可以往家里放。"说罢,便抬腿要走。

可是只走了两步,胳膊便被拽住,"妈,我认输了。"

夏晓贤站住不动。

闺女低低的声音在耳后盘旋,因为太低,更像是呜咽:"冰箱不要搬走,我和天一以后还要用。"

"只要认错就是妈的好闺女。"夏晓贤并不回头。

"还有,妈,你可不可以借我一万块钱?"

夏晓贤似乎很惊讶,"你要钱干什么?"

"我竞岗被刷下来了,董大姐说,是因为他们都送了礼给袁编辑,就我没送,所以才……"她觉得这简直是在丧权辱国,每一句话都说得没有人格,但偏偏还得说。在饭碗面前,没必要顾及面子,"董大姐说,现在送礼还不算晚。妈,我不想失去这个工作。"

"原来是这样?老袁这个混账东西,"夏晓贤一咬牙,"你放心,这钱妈给你交了,不用你去送礼,妈给送去。"

"妈……"

"你好好在家等着吧,把自己收拾收拾,等着过几天好好上班。"她拍拍她的脑袋,"妈这事肯定给你搞定了!"

"谢谢妈……"她没有看到转身之后,自家母亲唇角浮现的得意笑容。

第十章

坏人都是被逼的

"我和你说吧,不出十天蓝蓝就得回头,这哪儿用得着十天?"夏晓贤喜滋滋地翻着日历,"满打满算五天就解决了!"

"你真这么做了?"江大成很是惊讶,"你不怕蓝蓝以后看出来?"

"老袁和老董都是我最好的同事,他们肯定都不会说,接下来就是你了,要是她知道,那肯定就是你这张老嘴没堵住。再说,我也没打算瞒她一辈子,我只是想让她面对现实。"

"说到这个,我觉得你也别太乐观了,"江大成笑得有些讽刺,"以蓝蓝那性格,顶多会认识到钱重要,但也不至于为了钱去上赶着要人老李家的拆迁款。依我看,你的如意算盘怕打得也不会那么顺畅,蓝蓝可比你有良心。"

"那要不要打个赌?"夏晓贤突然来了兴致,"就算是蓝蓝现在不想打她公公的主意,但早晚会有那么一天,你信不信?"

夏晓贤这点估计得没错,重回到工作岗位的江蓝,确实相当感谢自己的这个母亲。只不过她爹江大成分析得也对,她现在只觉得钱重要,但还是不想违背自己的良心,也就是说,不想拿李桂宝的拆迁刻意做文章。

她以前也知道钱重要,但没想到居然重要到这个份儿上。可是她还是有底线,那就是在母亲眼中一文不值的道义和善良。日子似乎又回到了原来的轨道,她还在上班,冰箱也没被搬走。

一切都像是没发生过。可是她不知道,很快,一切事情,都要改变了。

在重新上岗的第二天,江蓝就收到了重磅消息。继那拆迁的最初文件下达半个月之后,她看到了关于拆迁的三条消息。

第一条消息是市政府做了关于行政机关北迁的决定;第二条则是对区域属性作出了概括性的划分,对哪里是公共区域,哪里是行政区域,哪里是商业区域,有了比较明确的界定。至于这第三条,则是对商业区域着手进行招投标。

"小江,上两次的新闻都是你拟的,上面比较满意,你把这次的也拟了,"袁致敏递给她资料,"记住,要体现政府的公正性,基本要保证和上两个新闻一样的口吻和水准。"

江蓝连连答应,看袁致敏走后,连忙翻到这次活动的区域,看完之后,忍不住深吸了一口气。如果她没看错的话,她公公的家和田地,正好位于这片商业用地招投标活动的边缘上。江蓝盯着那图,重重地坐回沙发。与其说前面两次决定的下发只是冲锋号角,那这次则有点真枪真刀上马的意思,事情已然迫在眉睫。

这样的事情根本没法瞒下去,只要明天,她拟的报道就会在这个城市大幅度地铺开。江蓝思来想去,还是给公公打了个电话,起码让他先有个心理准备。果然,李桂宝那反应就像要被凌迟似的。挂完电话,江蓝又有些不放心,赶紧给天枚打了电话,让她过去看看,别刺激大了,再出什么事情。

一通电话打完之后已经过去了半个小时,江蓝看着那通知重重叹气,现在这时候,说帮忙那也顶多就是口头安慰。通知都要公示了,这就好比是"病危通知书",死了的话纯属正常,不死才属于大命。

怎么办,现在去求老妈吗?她和妈闹成那个样子,还让她交了"上岗钱",眼下这话,根本就说不出口。就算是说出口,这事情也是玩完。如果是行政片区也就罢了,一般行政机关都有明确到精准的规划数据。可如今这通知多是对开发商的号召,你怎么知道是哪家开发商看上了那块地?又怎么知道开发商要开发多大面积?

一切都是未定,眼下只能听天由命。

她在这里着急,天一家更像是着了火。

刚拟定完新闻送去审稿,前台突然喊有人找,江蓝连忙跑过去,怎么也没想到，来的人竟是刚通完电话不久的天枚。

天枚很显然是赶着来的，刚刚四月，头上就满是大汗。"天枚，爸出什么事了？你怎么这么急来找我？"

"送钱，"往口袋里掏了半天，天枚掏出个布卷来，"这里面有一千块钱，爸让我抓紧时间送给你。"

"给我钱干什么？"

"爸听了你的电话，急得不得了，让你再帮忙给出出主意，"她不由分说地将钱往她手里塞，"现在拉关系托熟人哪个不需要钱？爸让你尽管用，如果不够了，真不行你先给垫着，他再想办法。"

"忙肯定是会帮，但是估计希望也不大。"江蓝推脱着钱，"再说，咱们都是一家人，帮忙也属于分内的事……"

"嫂子你拿着吧，只有你拿着了，我们才能安心……你都不知道咱爸刚才急的，就差……"说着说着，天枚眨巴了一下眼，眼泪就要流出来了。

看她这样，江蓝忽然想起夏晓贤的话，我收了钱他们才能睡个安稳觉，我要是不收钱，指不定他们还要更难受呢。好吧，她将钱收到口袋里，反正这个星期也要回去和他们说说详细情况，到时候再把这钱还给他们。

接下来的几天，江蓝利用自己手里的关系，四处打听关于李桂宝那片地和房子的情况。得到的答案多用四个字概括——凶多吉少。

这是倍感煎熬的一个星期，先是经历了离职的风波，后半个星期又为李桂宝家的地奔波。又到了星期六上午，江蓝和李天一计划回三河乡。不管事情如何，总是要把最新情况给李桂宝分析一下。

一路上，江蓝都在琢磨听到这一消息，李桂宝会是怎样的表情。果真，听了她的这些话，李桂宝闷头抽了两口烟，嘴角抽搐了两下，"我就知道……哎。"

一个"哎"字道破一切。

江蓝现在也不能说"爸，您别急，我们会尽力想办法"的话了，现在再那样说，连自己都觉得敷衍。她劝了两句，突然瞥见锅屋墙头边有个影子，心里一惊，"爸，你们先聊着，我去外面看一下。"

李桂宝没心情多问什么，只"嗯"了一声。

江蓝快速跑出了院子。

"妈，你怎么又来了？"果然是自己的妈，江蓝心里一急，连忙把她扯到一个僻静的草垛后面："你来干什么？"

夏晓贤把戴着的草帽拿下来，"怎么？你还真以为这是你家了？这地方你能来得，我就来不得？"

"妈我告诉你，天——家子都难受着呢，你别过去给人家添乱！"

"有什么好难受的？难不成这房子真要拆了？"

"八九不离十。"

"那你怎么不告诉我？"

"我就怕你过来捣乱，找他们家的麻烦，才不告诉你，"江蓝深吸一口气，"再说，我就是不告诉你，你现在不也知道了吗？新闻早就遍地都是。"

"我以为经过上次的事你改了脾气，没想到你还是个榆木疙瘩。"

"妈我告诉你，不是榆木疙瘩不榆木疙瘩的问题，而是人要有良心，他们遭到拆迁本来就够不幸了，要是再被人打主意就更不幸了。对了，妈，你这次来又是要做什么？"江蓝想到母亲的所作所为，越想越觉得悬，"我告诉你啊妈，你现在不能乱来！我公公家……"

"我乱来什么？我现在没乱来就已经被你说成没良心了，不过蓝蓝，"夏晓贤的眼睛突然一眯，"这良心本来就是个很玄乎的词。有良心没良心，不是你自己一个人说了算的。"

"妈……"

"你以为你这样就算是有良心了吗？你想没想过，如果要让他们知道你这么三番五次地来他们家是想得到他们的拆迁款，你这么处心积虑地对老头好也是因为想得到他们那些钱，你觉得他会怎样想？你要是让他们知道，你白收了他们的钱，却没给人办事，他们又会怎么想？"

"妈！我什么时候那样说……"

"蓝蓝，我还是那句话，良心不是你说有就有的，关键是旁人看你，人家要说你有良心，那才叫有良心！要是别人看不见一切都白搭！"咬牙切齿地说着，夏晓贤突然间却变了表情，"天枚，你说是不是？"

江蓝心里一惊，蓦然回头。

果真见李天枚站在后面，脸色苍白，愤恨地瞪着自己。

那一刻，她浑身冰凉。

愣了半天才挤出一句话："天枚，你是什么时候过来的？"

"嫂子，你做得很好啊，我都没想到你做得这么好，你真是太会装了……"天枚走到她面前，愤怒地挥起了手，就当她紧紧闭着眼睛，以为这巴掌马上会扇下来的时候，却听到夏晓贤厉声喝道："我闺女由我教育，还用不着你这小姑子动手！"

天枚举起的手停在半空，恶狠狠地瞪着江蓝，突然间，转身跑回家。

"天枚，你听我说！我不是……"

回答她的，只有那急速穿过乡间小路的风声。

毫无疑问，家里大乱。

夏晓贤说完那番话就已经回城，速度之快，像是没有来过一样。而家里正开着对她的批判会，江蓝发誓，她这一辈子，都没有这么尴尬过。

"爸，我告诉你，我真听了她和她妈的话了，她根本就是不想帮咱，她巴不得咱家被拆，她想要的是咱家的拆迁款！"

"我没有……"

此时的"我没有"已经完全淹没在了天枚愤怒的指控中，"你敢说你没有？江蓝，我真是错看你了，我还以为你从那天改好了，没想到你还是和以前那样！你还敢说你没有？你和你妈说的话我明明都听到了，好，就算我有可能诬陷你，但你妈能诬陷你吗？"

"你看错了，我妈没来！"

"枚子，你给我坐下！"李天一揽着自己已然梨花带雨的老婆，"你还大胆了啊，现在不叫嫂子，改直接叫名字了。你吃疯狗药了是不是？"

"不是，哥。你不知道她多么……她是骗你的！"

"我是不知道她多么坏，我对她的了解比你差远了，"李天一冷笑，"她是我老婆，我和她在一张床上睡了快三年，我还不如你了解她是不是？"

"哥，我是你妹妹啊，我难道还会骗你？"

"是，可是她是我老婆，她难道还会害我？"

江蓝窝在李天一怀里泣不成声，耳边是老公和小姑子一声高过一声的车轱辘战役。面对众人的批判，她这个当事人是不知道该怎么说，可现场还有个安静的，那便是李桂宝。自从这个战役爆发，这个老头就异乎寻常地沉默，只是在那一口口地抽着闷烟，有时候出了点声响，那是旱烟袋往地上磕的动静。

仿佛他的耳朵失聪了，这一声比一声尖利的话从来不曾听到。

可江蓝却悬着心。她知道，这老头，恐怕是不言则已，一言惊人。一言既出，必定就是对她的"判决"。

"爸，你看我哥他……"天枚见众人都不信她的话，急得跺脚，"爸，你知道我，我从来都不说假话的。这个女人根本就不是要帮咱们的忙，她其实是……"

一直沉默不言的老头这次终于有了点反应，他抬起头，慢慢地挥手，"天枚，你住嘴。"

"你要上天是不是？她是你嫂子，是你哥的老婆，你怎么一口一个这个女人，还直呼人家的名字？"说话的工夫，李桂宝突然从身后抽出个鞭子，猛地甩向李天枚，"你还长能耐了，想要翻天对不对？"

"爸，我……"

"给我滚一边儿去！"

江蓝吃惊地看着李天枚被威吓着赶到了墙角的一个凳子上不甘地坐下，心里空前地紧张，先收拾完自家人，接下来必定是自己了。她深吸一口气，抬起头，果真撞入了李桂宝的眼睛，那双黄褐色的眼睛似是凝起了剑一般的冷锐，紧紧地盯着她。

"她嫂子，这到底是怎么回事？你是好孩子，"他顿了顿，"可我也知道我闺女，天枚也不是胡扯八道的人。"

"爸……"

"你好好说，只要你说，爸就信你。"

"爸,这是你后来给我的一千块钱,我一点也没花,现在给您,"江蓝抽了抽鼻子,将那一千块钱递到他手里,"我本来就打算这次要还给您的。"

"不是钱的事。"

现在没有办法了,已经被逼到了死胡同,江蓝脑海里闪现出八个字——不是你死,便是我活。她心里突然涌起难以抑制的悲哀,却不得不把话说下去:"天枚,你口口声声说看到我和我妈说话了,我想问问你,如果我妈来了,她怎么有可能只在门口待着,不到咱家来坐坐?"

天枚没想到她问这个问题,一时愣住,"这我怎么知道?"

"上次,我妈和咱爸聊得还很欢,不光你看到了,天一也看到了,那样好的情绪不是装出来的。而且我们俩家是亲家,她至于到了家门还不进吗?"

"江蓝,你不要不承认!我明明就看你和你妈站在一起,你俩还说话了……"

"那么很抱歉,"江蓝目光平静,"天枚,我只能说,你看错了。我是跟个问路的说过话,但那不是我妈。"

"就是就是,"李天一拍着老婆的肩,跟着附和,"我丈母娘要是来,至于连话都不说一声吗?枚子,你眼睛肯定是花了,我丈母娘早上还在市区呢,不可能来……"

"哥,我没有!"天枚又站起身,"爸,我没有!我明明看见她喊了'妈'的!"

"天枚,我不是傻子,不会随便管人叫妈,如果你一再坚持我妈来过,并且和我说了那么多话,我只能怀疑一件事情了,"江蓝垂下头,"其实我知道你一直和我不对,看我不顺眼,甚至还骂过我。可现在我想说明白,我真的一直没动过你家赔偿款的心思。所以,你也不用觉得,我是你这方面的大敌。"

"你这什么意思?"李天枚瞪大眼睛,"你意思是我想要我家的拆迁款?我什么时候……"

"我没那样说,天枚,我再和你说一遍,我没想要你家赔偿款。我真的没有。"

"江蓝……"李天枚气得大叫她的名字,哆嗦着便要扑过来,"我……"

李天枚出手速度很快,江蓝来不及躲闪,便结结实实地挨了一个耳光。

这下彻底把李天一给激怒了:"枚子,你要造反是不是? 你敢打你嫂子?"手刚伸出去,有一个人比他速度更快,李桂宝伸手拿起扫帚,"你给我滚!"

一家人几乎混战起来。

李天枚恨恨地瞪了她一眼,转身就跑出了屋。

天枚走后,屋里陷入了死一般的沉默。坐在中间的那个老人更像是泥塑一般,机械地抽着烟,任何东西仿佛都是静止的,唯独那一圈圈盘旋的烟雾缭绕着几个人的气息。

"还疼不疼?"看着老婆明显高起的脸颊,李天一无比心疼,"我还没这么动过你呢,你瞧她把你打的……"

"她嫂子,"李桂宝深深吸了口烟,"你和天枚到底是怎么回事?"

"爸,这我知道! 枚子老早就看我们不顺眼了,上次蓝蓝回来,她不但给她脸子看,在家还打电话给我,你是不知道,她把我一顿臭骂! 你想,她对自家哥哥都能如此,对她嫂子,不更……"

"天一,"江蓝打断他的话,"是我的错,是我。"

"就算是我们的错也不该骂人啊,爸你不知道,上次蓝蓝为了缓和跟她的关系,还带她去酒店,开导了她一个晚上,没想到她还……蓝蓝! 江蓝!"

李天一控诉他妹妹的话还没有说完,江蓝头一歪,居然晕了过去。

再次醒来,已经是第二天上午。

江蓝抬眼就看到自家老公那憔悴的神色,"蓝蓝,你吓死我了,"他一把抓住她的手,"你怎么就晕过去了呢?"

江蓝笑笑。

"你现在舒服些没有……"天一话还没说完,外面突然响起了敲门声音,"哥,是我。"

"这死妮子!"天一簇起眉头,"你还来干什么?"

"哥,爸让我给嫂子送饭……"

"这儿不需要你的饭,你差点把你嫂子给揍死了,现在又来送什么饭? 我们可吃不起……"

"天一,别把话说得那么难听!"江蓝戳了戳丈夫,"天枚,你进来。"

不知道熬了多久,开门便闻到很浓郁的鸡汤味道。李天枚将那一大碗鸡汤放在桌子上,"嫂子,汤我先放在这里。"

"天一,我忽然很想吃冰糖葫芦,我看村口有卖的,你给我买一个去。"

眼看着天一离开的房门被关上,江蓝抬眼看着天枚,"好了,现在有什么话就说吧?"

"你怎么知道我有话要和你说?"

"因为我也有话和你说。"江蓝看着她,眼神坦诚真挚,"天枚,我真没打你家赔偿款的主意。我真是为了爸好,我真的是……"

面前的女人"哼"了一声,"那我再问你,你昨天的晕,是真的还是假的……说老实话!"

"假的。当时你太逼人了,我……"

"你……"天枚深吸一口气,"最后一个问题,你妈说的是不是真的?你最早来我们家那次,就是想图我们家拆迁款?"

"不是,我根本就不知道我妈她……"

"那你的意思是,你不图我们家这东西,你妈图了?"

江蓝瞠目结舌,突然回答不出这个问句来。

"心虚了对吧?现在你心虚了是不是!"天枚又叫起来,"你们原本就是一伙的,你妈都承认了,你还装成对我们家好的样子,走,去跟爸说个清楚!"

"天枚!李天枚!我是真想为咱家好!"

"鬼才信你!"

这样的对话再循环下去没什么意义,江蓝深吸一口气,更加用力抓紧被子。"那好,你不相信我是不是?你想戳穿我的真面目是不是?那好,你去戳穿啊!你昨天不是也戳穿了吗?可爸信了吗?就算你说我妈来过,你又没有录下影音,怎么证明你的话是真的?再加上你之前对我的态度,天枚,没人觉得我坏,但是人人都觉得你不是东西!你是在诬陷我!"

“你……”

“我还是那句话,我没有。我以前没有,我现在也没有!”

“江蓝,我再相信你就是傻子!”李天枚走到门口,却又突然转了回来,“你不是想要赔偿款吗？我告诉你,就算是被拆了,那拆迁款也不会是你的！你不要忘了,老李家不是只有一个儿子,还有我这个闺女在！我告诉你,有我李天枚在,这老李家的钱,你就甭想沾上一分!”

第十一章

战斗吧,就像是对敌人一样

当天下午,江蓝便和李天一回城。等下了车,她看看李天一,"你先去上班,我去妈那一趟。"

"蓝蓝……"抓住她胳膊,李天一目光有些犹疑,"天枚那脾气也是偏了点,她已经被我训了一顿了,在妈面前你别再……"

"我知道,我不说是被她打的,"她笑了笑,"我只是有事情想问问我妈,你赶紧去上班吧。"

车站距离夏晓贤家很近,不过二十分钟,出租车便到了,夏晓贤早在窗户里看到自家闺女从车里出来,提早守在门口,"你这是要兴师问罪还是怎么着?都迫不及待地打车过来了。"

"妈,我……"

"等等,蓝蓝,你这脸是怎么弄的?"

从李天一的电话中,她知道闺女无故晕倒,却不知道还会负伤,"谁打的你?"她把江蓝猛地扳过来,"我闺女我打都得寻思寻思,这谁这么大的胆子,还……"

听到这话,江大成也从书房赶了过来,"蓝蓝,怎么回事?"

"怎么回事?"江蓝苦涩一笑,"报应。"

"啊?"

"什么报应我妈知道,妈,"江蓝抬头,"这次回三河,您是有意的吧?您是有意在李天枚面前说出那些话,对不对?"

"我就知道你是来问这个的,"夏晓贤一怔,随即变得淡定,她靠向沙发,一副无所谓的样子,"是啊,我就是。"

"妈,你这是什么意思?你难道非得逼我……"

"对,逼你。江蓝,你从事文字工作也这么多年了,就这次这个'逼'字用得最好。我看你顽固不化,就是要逼你,逼你认清楚现在的状况。我以为上次的逼能让你面对现实,认识到钱和良心的关系。没想到我高估了自己女儿的感悟能力,你还是一块非要死守你那所谓底线的石头,怎么?"她冷冷一笑,"我很想知道,这次结果如何?你认识到了你现在的处境没有?"

"妈,我到底有什么地方做错了!"

"你做得都很对!不过江蓝,你现在还不懂我的用心是不是?"夏晓贤声音乍然提高八度,"你别以为我想要钱。我都已经这么大岁数了,我要钱做什么?我和你爸俩人工资差不多八千,已经足够我们的吃喝拉撒用!可你不行,你的生活才刚刚开始!就凭你和你家李天一那点工资,以后一旦有个事情,你们怎么办?你们现在还没有孩子啊,以后难道就打算两人吃饱一家不饿地这么过着?还有,再往远处点考虑,我和你爸现在身体虽然不好,但还没有什么大问题。李桂宝那老头子也一样,身体也还凑合。你想没想过,有朝一日,我们仨老人全都病了,你们怎么做?就凭你和天一的能力,你俩能负担起上有老下有小的生活吗?!"

"妈,我……"

"我知道,你这孩子从小就正义,有良心,妈也不是要你没良心,但是妈想让你以后过好日子,起码过不愁吃不愁喝的好日子。不过蓝蓝,就算是你不承认,其实你早就想好路怎么走了。所以才在这个事情发生的时候,努力撇清自己的同时,还不忘给自己留后路。要不然,你和天枚闹翻多好,怎么还非要在你公公面前做个好人?"

江蓝不得不承认,知她者唯母亲。她的一系列心理活动,虽然夏晓贤没有看到,却分析得十分精准。那巴掌确实是能躲开的,她只要头一偏,李天枚就打不到她。那晕也是故意装的,其实她是睡了一晚上。但她没办法,当下那处境,只有这样装可怜,以退为进,才能抵御天枚如此凶悍的"袭击"。

除非,以后的日子不过了。两家彻底闹翻脸,桥归桥路归路。

"得了,你不老说我逼着你嘛,我这次也不逼你,什么事情你都自己想,"将闺女的脸色敛进眸中,夏晓贤舒了口气,"我还是那句话,你不要把你妈想得多唯利是图。没有父母不盼着儿女好的,我只是想要我闺女过上无忧的生活。就算以后我不在了,我闺女也能生活得很好,起码不会为了那点工资就吃不下饭,不会到了关键时刻,连借钱都成问题……"

"还有,"夏晓贤似笑非笑,"我还得提醒你一下,我知道你现在特别想回去证明自己的清白,可你觉得就现在这阶段,他们还能信你吗?"

回到家,江蓝又是一夜未眠。她满脑子都是自个妈的话,配以辅助的,还有最后李天枚那近乎于诅咒的咬牙切齿。

事到如此,该怎么办?

她睡不着觉,刚想翻身,眼前却突然一阵亮光,耀得她睁不开眼。好不容易适应了,正撞入李天一那漆黑的瞳子,"江蓝,咱们可是两口子。我问你一句,你得保证对我说实话。"

江蓝心里一哆嗦,立时有不祥的预感,"你说……"

"天枚说的话是真的不?"他紧盯着她,"你表面上是为我家好,其实是巴不得拆我家房子,想图我家拆迁款?"

"你这什么意思,天一?"

"我没什么意思,我就想知道真话。你说妈没去,可我妹妹我了解,她从小就是个直肠子,半句瞎话也没编过。她那眼睛也是 1.5 的,根本就不可能看错……妈是不是真的去了?"

"你这意思是我说谎了?你光信你妹妹的,就不信我?"

"我没那么说,我就是想听真话!"

"李天一!"

江蓝肯定是抵死不从,前面话已经说出口了,就不能说自家妈去过。自从"离婚"事件之后,俩人第一次产生战争。战争结果很不愉快,江蓝抱着枕头去沙发上睡了一晚。

她太了解李天一了,话都这样说了,说明他已经开始不信任她。

第二天去上班,江蓝接到通知,招投标活动在即,这次为了公平,要采取公开招投标的方式,这样大的活动,自然要选个记者全程报道。鉴于之前这一系列的报道都是江蓝操手,袁致敏便又派她去办。

具体活动日程表已经到了手中,江蓝认真看了看表,眉头越皱越紧。看似这活动还得有五六天才举行,但是谁都知道,一旦开始了,这就像是滚下雪山的雪球,只是眨眼的事情。

可是李桂宝那边……虽然上次走的时候,李桂宝并没有显露出什么情绪。但他口口声声说"了解女儿",肯定觉得天枚的话并非"空穴来风",虽然她上次侥幸逃过去了,可是这一段时间呢?这一段时间,天枚万一又在他耳边吹了不利于她的风,那又该怎么办?

她再亲,也毕竟是个外人。

江蓝越想心里越烦,当下之际,只恨不得现在飞去三河乡探探虚实。但是昨天刚从那里回来,今天怎么能又去呢?去得这样勤,不就是证明自己做贼心虚吗?

江蓝脑子一团乱麻,实在忍不住又摸起电话,"妈,我想回老家一趟。"

"这不刚回去过吗?"夏晓贤一愣,"我告诉你啊蓝蓝,我明白你想要讨好他们的心思,但是凡事都有个度。你上次刚和小姑子闹了这么一遭,如果现在就去了,你公公肯定以为你心虚,到时候你怎么着都不是人。"

"可我心里慌。"

"怎么?"

"就算天一不和我说我也知道,这几天他那妹妹总给他打电话,而且他接了电话就往外走,从来不在我眼前接,回来就不高兴,连句话都不想说。妈,天一那性子你是知道的,什么事都闷在心里,可是面上谁都能看出来不对。我已经和他吵了一架了,这几天虽然没吵,但这样闷在心里也……他是我老公,连他都有些不高兴了,你想我公公会怎么样?"江蓝叹气,"所以我想回家看看,心虚也罢,探风也好,要不这样心老悬着。"

"你说得也对,但是现在去的话……"夏晓贤顿了顿,"除非有个由头。"

"由头?"

"哎,你妈我想出法子来了。蓝蓝,你现在卡里还剩下多少钱?"

"三百……"

"你啊你,像是过日子的样吗?连个上千的存款都没有,整天在刀沿儿上过。这样吧,你下午先回家,我给你想了个好法子。"

夏晓贤的"好法子",看起来让人很不理解。她让江蓝先把那两千还回去,再让江蓝拿钱去买羊,多买几只,还要挑大个的漂亮的,然后再连夜租车给李桂宝送去。

"妈,这不用吧……咱还那两千也就罢了,还要朝里面搭钱?"

"钱,钱,钱,你就知道钱。现在的钱算是什么?不过是些小钱,而你妈这计就叫做放长线钓大鱼。她李天枚不是想给她爹你贪她家拆迁款,想让他家地和房子被占的印象吗?越是这样,你越要反着来!你这次去就说上次那忙咱没帮成,可能房子还得拆,所以把这两千给还了。他这两千不是卖羊得来的吗?你干脆再买几只羊给他送去,再说几句好听的话。你想,你都把羊运过去了,一看就是让他打再在那养羊的谱,你如果想要他家的田地都毁掉,至于还让他养羊?如果你是你公公,你还会觉得这孩子别有居心,光想拆他们的房子吗?"

听完了这些,江蓝这才恍然大悟,"妈,你好厉害。"

"什么叫厉害?这叫善用其道!蓝蓝,接着!"夏晓贤把存折往身后一扔,面色得意,"里面的钱任由你去取,密码是咱家电话!"看闺女乐颠颠地已经到了门口,夏晓贤又把她喊住,"记住,别太小家子气,那羊别买太少了,多买它几只!运的时候雇个车,场场面面的,千万别累着自己!"

这招确实见效快,回到家江蓝就扯着李天一去买羊。别说她公公了,这招先把天一说服得痛快:"江蓝,咱这不用吧?"

"肯定要用,"江蓝看他,"天一,你别以为你不说我就不知道,这几天你妹妹老朝家里打电话,你是不是也不相信我了?欠妈的钱我可以还,但是这清白一旦被玷污可就惨了。我这次就是要用钱还自己个公道。"

"我信你,我信你不成吗……"

"你都快要不信我了,咱爸还不知道把我想象成什么样,"江蓝抿唇,扯着李天一就朝市场里走，"咱们速战速决。"

确实是速战速决，买羊再运羊，不到三个小时，拉羊的车就浩浩荡荡进了村口，等回到了家，江蓝看到，李桂宝简直都呆了。

"天一，你们这是在做什么？你们大老远的这是……"

"这话我不好说，"李天一摆出十分无奈的笑容，"您问蓝蓝吧。"

"她嫂子，你——"

"爸，这是上次的那两千块钱。我妈虽然走了不少关系，但事情也没办成，为了怕人说闲话，先把钱还给您。"江蓝走上前去，把那个装钱的信封递到公公手心，"至于这些羊，是补您当时那两千块钱的缺。您当时不是说卖了羊才凑出来两千吗？既然事情没办成，我就又买了些羊，相当于又还给了您。"

"这……这算是什么道理？"李桂宝听得云里雾里，"不，这钱我不能要！"

"爸！"

"你虽然没帮成我的忙，但已经走了那么多关系了。这里里外外跑的，哪项不需要钱？咱之前又不是说只要跑关系了就一定能成功，哪儿能不行了就让你们掏钱啊。"李桂宝把钱往江蓝手里塞，"还有这些羊就更不能要了！谁让咱家没钱呢？只能卖羊。哦，没办成事便让人还钱买东西，这天底下哪儿有那样的理啊……"

"不，爸。您一定得把东西给收下，"江蓝苦笑，目光扫了一下旁边的李天枚，"您是觉得这样的理不对，可有人不这样觉得呀。爸，我要是不把这些还回来，没准有人还以为我是为了贪图咱家的钱，巴不得咱家快被拆迁掉呢……"

"这……"听得出她话里有话，李桂宝那脸色立即暗下来，"她嫂子，咱不至于……"

"爸，我只想让您知道，我要是巴不得您家被拆掉，我还至于大老远地运羊过来。就算是运来了，如果您家房子被拆了，那也养不了几天啊，对不对？"

"是是是。"这话刚说完，就听李桂宝一声大喝："枚子，快来给你嫂子道歉！"

"爸，我……"

"爸什么爸，枚子，你也是该和你嫂子道歉了，你说你上次说的是人话吗？

还说你嫂子图咱家的钱！你倒是说说，咱家有什么好图的?"听到这里，李天一也觉得气愤，"我本来不想让你嫂子来，可你嫂子心心念念地惦记着，就怕你在咱爹面前再吹风，不知道把她形容成个什么妖魔鬼怪，所以这才请了假回来澄清情况！枚子，不是哥说你，你说说，你上次的事情像话吗？你还天天给我打电话说你嫂子不是，我告诉你枚子，这也就是你嫂子，要是换作别的女人，指不定早和我离婚了。"

一时间，千夫所指。所有声讨的声音，愤怒的眼神，都如剑一般向李天枚指过来。

江蓝只看到这个盛气凌人的小姑子不甘地看了她一眼，那眼神明显还是饱含怨怨，可是事实逼人，到底还是垂下头，"嫂子，那天是我错了。"

第十二章
谁挡我路，见谁杀谁

刚回到家坐下，江蓝就听到自己手机响。她看了一下，随便找了个理由跑去外面接听。

来电的是个陌生号码。但是凭直觉她知道，肯定是李天枚。她深吸一口气，事情已经到这份儿上了，相当于她被逼到了死角，只能硬扛过去，没有第二条路。

想到这里，江蓝按下通话键，"天枚。"

里面是劈头盖脸的一句话，"嫂子，你今天的戏演得真好啊，你是故意的吧？你……"

"天枚，"看着窗外妖娆的夜色，江蓝顿了顿，"尽管你不信，我还是想告诉你，我妈是动过你家的念头，可我没有。"

"你别用这样的话来骗我了，"李天枚在电话里咬牙切齿，"我哥也不是傻子，你蒙混得了一时，他早晚会知道的！我告诉你，有我李天枚在，你就别想占我家的便宜！除非我死了，这东西才都归你！"

又是一通不愉快的电话，李天枚那人固执得很，非要觉得她是蓄谋已久，挂了电话之后江蓝忍不住苦笑。也是，自家妈明白地说出那些话，谁能相信做闺女的能脱得了干系？

经历了"送羊事件"，甭管在李桂宝那里效果怎样，但在李天一身上还是体现得不错的，小两口又恢复了蜜里调油的日子，关系和好如初。

而接下来的几天，招标会终于开始了。

江蓝带着摄像记者深入采访，说是采访，其实就是记录整个过程。这次国土局把新区划成了七个小片区进行招标开发拍卖。就和电视上播出的那样，上面的拍卖师展示所拍卖区域，下面的房地产商们喊价。

从江蓝进门，她便盯准了李天一家附近那块地。与她之前见到的那图相同，除了他家现在住的那房子完全囊括在里面，其余的田地还处于线边儿上。

这块地被标为 A43 号。

江蓝终于见识到了如今房地产商的气势，平均不到五秒钟就要举一次牌，每当她以为这次数额已经够高了，但是眨眼间便会有更高的数额来颠覆她的想法。她算了算单价，就是这其中最小的一块儿地，也是动辄数亿，可这"数亿"的钱在这群开发商眼里貌似就只是个数字，他们面不改色，对于自己看中的地块，每个人都志在必得。

这其中，自然包括李天一老家的 A43。

江蓝以前觉得李桂宝家穷得底儿掉，但是没想到，这块地现在居然有这么大油头。轮到招标这块地的时候，她目不转睛地盯着那牌子。随着拍卖师一声比一声声调高，房地产商们似乎也较上了劲，举出一个比一个更令江蓝瞠目结舌的数字。最终，这样水涨船高的数字终于在某个时刻定格。江蓝深吸了口气，不由地去看最终的金额。

完全呆住。

李桂宝家所在的 A43，竟拍卖出了全场最高单价！

拍卖会进行完毕，江蓝踏出会厅就忙不迭地给夏晓贤打了电话，"妈！你猜李天一老家那块地拍了多少！"她声音里充斥着难以掩饰的激动，"真不敢相信啊，就那个破地方，居然拍了全场最高价！"

"对对对！没有骗你！我就在当场搞记录呢，恨不得鼻子、眼睛、耳朵都长这块地上了，我能听错？"

"是啊，我也不敢相信！妈，你说就那么个破地方有什么好的？居然拍了那么高！"

"我旁边人的老公是国土局的，她都说这个价格算是破纪录了！"

"啊？就是因为沿河才会那么多钱？就那河那个样，值这么贵的价钱吗？

好好好,妈,我不说了！我得赶紧回单位写稿子!"

来开会的时候是柴油,走的时候就像是换了 97 号优良汽油。江蓝扣上手机,脚底生风般回到了单位。若说她以前还没动过拆迁占地的想法,但一看这价格,也确实有点心动了。

这样的心动直到吃晚饭时还没有消除,下午夏晓贤打电话让她和天一回家吃晚饭,与她的情绪不同,李天一还有些愁眉苦脸。做饭的时候,他的电话响了,一看到那个号码他便脸色微变。

"你去看看,"夏晓贤示意了一下女儿,"到底怎么回事。"

"能怎么回事?"江蓝苦笑,"是他妹妹呗。"

"他妹妹还没折腾完?"

"是啊,看来不让我身败名裂不会罢休,"江蓝扯了扯唇角,虽然预料到会是李天枚,还是偷偷跟在天一身后。果真,只瞧见李天一的脸色黑了又黑,声音是刻意隐忍的烦躁。"枚子,你到底有完没完?"

"我能被她骗?我还是那句话,我和她睡了两年了！她身上差不多每个细胞我都看清楚了,我能被她糊弄住?"

"枚子,她是我老婆！你能不能别这么说她?"

"你是不是该去看心理医生了,枚子?"

"好好好,我当心好吧,我知道了,我不让她骗我,这总好了吧?"

天一的声音步步降低,步步无奈,到最后,简直有了绝望的味道。眼看着李天一要扣电话,江蓝闪身,赶紧躲到房间里,等了半天却不见他进门,又抻头,他居然在楼道里抽起了烟。

"妈,你看那李天枚都把她哥逼成什么样了,"江蓝转身,气呼呼地走进厨房,"天一都多久没抽烟了,现在居然愁得在楼道抽闷烟!"

"你那次回过家之后,她还老给天一打电话?"

"可不是?天一虽然没和我说,但我那天无意中翻了他手机,妈你都不知道,那一溜通话记录,全是三河乡的。你说就这么点事,她到底有完没完?她是不是非得让她哥和我离了才好?"

"没完。要我说,这事还早着呢,"夏晓贤放下刀,"她没完,你也得没完。"

"妈……"

"你先告诉妈,你现在还想着帮你老公公不?"

江蓝面有犹豫,"我……"

"自从你上次闹了那么一次,你们家大概都觉得是她不对,但她天天这么说,是正常人就会觉得非空穴来风。到时候还得再把怀疑的目光戳你身上来,你刚才不是说了吗,天一挂电话的时候说他会当心。他看似是在哄她妹妹,实际上心里已经是做了妥协了。"

江蓝拿着棵芹菜揪叶子,"没那么邪乎吧,妈?天一什么人,我还能不知道?上次他就信了我的!"

夏晓贤转身,把她手里那棵芹菜夺下来,"你看过脑白金的广告没?"

"啊?今年过节不收礼,收礼只收脑白金?"

"对,就是这个,"夏晓贤叹气,"看过的人都说它低俗,就那么几个人物,就那么几句话,翻来覆去地倒腾一年又一年,连味道都不变。但时间长了,没人不会记不住这个。那么多华丽的、好看的广告,多了去了,大家都记不住,一说起广告,却都想起脑白金这个词儿来。蓝蓝,你说这是因为什么?"

江蓝已经明白了些许母亲的意思,"妈,你的意思是……"

"对,重复。甭管事情是真的假的,说的次数多了,几乎没人会不信。这世界多的是白的说成黑的,黑的捣鼓成白的。"夏晓贤深吸一口气,"我相信天枚就是用的这个策略。她肯定在想,你不是能装吗?你不是会演戏吗?你天高皇帝远的,你还能天天回来演戏?我天天在老头子面前说,天天在老哥面前说,不信说不出个真理来。"

听到这里,江蓝已经冷汗涔涔,"妈,妈,你别这么吓唬我……那她这样,我该怎么办啊!眼看着这拆迁马上就开始,我……我身正不怕影子斜!我不要他家钱行不行?"

"瞧你那点出息,还没开始又打退堂鼓。"额头上猛地一痛,江蓝挨了母亲一拍,"你今天也说了,他那块地拍出了全场最高价,那就说明这事有油头!路已经走到这步了,现在就算是当好人他们肯定也不信。所以不如狠下心,干脆来个利索决断。"

"怎么个决断法？"

"她不是只动用嘴皮子来到处说你坏话吗？你就来个狠的，作出实际行动来。"

"怎么做？"

"生个孩子！"夏晓贤一抿唇，"她说你坏话的目的无非就是想让你公公、你男人讨厌你，可你偏要用生孩子来讨好迎合这爷俩。没老人不想抱孙子，我看事情到最后，谁算计过谁。"

江蓝被母亲这个想法吓了一跳，"妈，可是我一点没准备。"

"那有啥要准备的？今晚吃饱喝足了，回去和天一做功课去！"

"妈，我还没想过要孩子呢！"

"什么想过没想过的？你难道还真要一辈子不生？江蓝啊，妈不会骗你，"夏晓贤凑过来，苦口婆心，"你也知道，这都开始投标了，接下来拆迁赔偿都是马上的事情。你现在怀上孩子，等真开始赔偿的时候你肚子里的孩子就差不多四个月了。母凭子贵，你怀了他李桂宝的孙子，你还怕干不过天枚那张嘴？到时候还不是任你说话！"

江蓝犹疑了，不得不说，夏晓贤的计策相当具有建设性。可是建设性倒是有了，冲击性也很大。不是不想要孩子，可是就他俩目前这个经济情况，要是怀了，怎么养活？

但是夏晓贤说得也对，如果有了赔偿款，她再适时生个孩子来，到时候别说是养活了，开个幼儿园恐怕都没问题。

不是不想要孩子，是他们一直都要不起。如果有了孩子却不能给他好的生活，这孩子还不如不要。不过以现在来看，这情况可就不一样了……

前景太诱人。江蓝被老妈的这个计策弄得饭吃得都不利落。回到家躺床上，两个人都心事重重。

江蓝戳了戳李天一，"你睡了没？"

"没睡。"

"那咱们说说话吧，"江蓝抿了抿唇，伸手揽起他的腰，一只手在他的肚脐处画着圈，另一只手则悄悄地潜下去。床第之事，她很少主动。这样倒腾了差不多五分钟,李天一还是没反应。就在她灰心丧气的时候,男人终于猛地翻过身来,用力压住了她的身体。

"说说话?"他眯起眼睛,"还是运运动?"还没等她说话,他的唇便贴了下来。

一切都很顺利,可是这当口她却发现一件极其严重的事情,"哎,你嘴里怎么有这么大烟味?"江蓝被他带过来的一口气熏得眼晕,"你没刷牙……"

他像是极其烦闷,埋头在她身上哨,"做完再说。"

"不行!"江蓝发疯一般地推开他,"去洗!"

结局当然是江蓝获胜。只不过回来之后,李天一便一头栽在被子里,仿佛洗漱占用了全部的精力,再也没有重振雄风卷土重来的气势。

第二天,李天一说有公开课,要提早去准备,因此不到六点半就起床。他走了之后,江蓝便在床上继续睡,直到被电话铃声吵醒。

她抬头一看表,不到七点,号码显示是她妈。

"你还在睡?"夏晓贤的声音充满期待,"昨晚办成事了吗?"

"办事?"

"你这个傻孩子!孩子的事啊!你别告诉我你忘了。"

"哦,没忘。"江蓝打了个哈欠,"你大早上打电话就是为了这事啊。妈,真有你的……我和天一昨天本来要做的,可是……"

"没做成?"

"他嘴里有味,我让他下去刷牙来着,等他刷回来,我就睡着了。"

"你啊你,你除了吃和睡到底还有什么用途!"对于闺女的反应,夏晓贤十分生气,"他嘴里就是有烟味能把你熏死还是怎么着?你就不能忍忍?你……"

"妈,你这么大脾气干什么啊?这事情又不是一日之功,那也不是勉强得来的啊。"

"其他人都是一日之功,就你得十天八日!所以你就落后!我就因为你这事一晚上都没睡着,就想着今天能听个好消息,然后还寻思着中午带你去你爸医院拿点测孕试纸和保胎药什么的,以后……"

"妈,你真是想孩子想疯了,还买保胎药,哪儿有那么……"

"怎么没那么快?"

"不是,妈!你刚才说什么?买保胎药?妈,"江蓝突然叫起来,"你说要买保胎药是不是?"

"是。"

江蓝一拍脑袋,"坏了,我想起一事儿来!"

江蓝想起的事就是上次约天枚吃饭的时候,她那塑料袋里拿的药。药名虽然不熟悉,但是明眼人一看就知道那是有关怀孕的药。那时候天枚是说了什么来着?眼神躲闪,对!还说是给邻居拿的!

江蓝被这突如其来闯入脑子里的情境激得一蒙,"妈你说她的话是不是假的?她其实是想要孩子对不对?"

"你这个孩子,你可气死我了!这么大的事情你不说!这事儿明显的,她是在给自己拿药,自己想要孩子!不行,蓝蓝,你今天无论如何也得把事情给办成了,知不知道?"

"不至于吧……就算是她要孩子,我干吗要和她比?"

"你真要气死我是不是?她那阵就在准备怀孕,指不定已经怀上了!你还在不紧不慢,等她孩子一岁了,你的还是个卵细胞,你到时候拿什么和她争?"

江蓝终于被她妈"成功"地说谎了,"妈,那你说怎么办?"

"先把一个问题搞清楚,蓝蓝,你还记不记得她拿的那药的名字?是保胎的,还是使人容易怀孕的?"

"我……"

"这样,你把这药的名字给写下来,下午回家让你爸找妇科的人看看。如果是催孕的药那还好了,说明她那时候还没怀孕。咱们的时间还多一些!如果真的是保胎的药,说明人已经怀上了。江蓝,我告诉你,那你就得赶紧怀上!咱们已经落下不少了,必须得尽快赶上来。还有,"夏晓贤顿了一顿,"你必须怀的是儿子,懂不懂?"

懂,当然会懂,这样狂轰滥炸之下,再不懂就是她智商有问题。

偏偏这时,夏晓贤又是沉重地一叹,"你这事就该早告诉我……哎,我怀疑这李天枚,是早就准备好要装了。咱们现在觉得是设套让她钻呢,其实她早就弄好了个网让咱钻!"

"什么意思?"

"她其实是早就想要这赔偿款了,偏偏装出一副为家里考虑的样子,把坏事都赖到你身上。另一方面暗地里偷偷要孩子,她知道她爹想要第三代,你这不想生,那她一旦生了,那就是纯正的孙子!"

不行了,不行了,再琢磨分析下去,江蓝就得疯……"妈,你放心好了,我晚上就和天一那个……"江蓝下了保证,"我们肯定行!"

晚上终于"如愿以偿"了,与李天一大战一个小时。夏晓贤还总对她有没有"那个"抱有担心态度,其实她不了解自己闺女,对于江蓝而言,勾引李天一从来不是难事。

依照李天一之前的体检报告,这家伙的种子没有大问题。所以接下来,便要看她这方土地肥不肥沃。夏晓贤急得不得了,拉着江蓝的手去问她爹,从撒种到萌芽,得多长时间才能看出来? 江大成说快的半个月到二十天吧,一般都是一个多月。

"没有更快的办法?"

"这肯定没有,"江大成扶了扶眼镜,幽幽地说,"你想想,你撒个花种子还得五天七天的发芽证明它活没活呢,何况人这么个高级动物。"

"那种子还有化肥呢,人没有?"

"很抱歉,几乎是没有。不过老夏,我就不明白了,你急得像个耗子似的,就不能等上个十天半个月?"

江蓝也跟着附和:"是啊,妈……"

"妈个脑袋!"夏晓贤狠狠地瞪了两人一眼,"我就不明白你俩怎么想的,都到这个时候了,居然还能不紧不慢。这要是真怀上孩子了,这半个月一个月的还能等得,这要是没怀上呢? 再来个循环,一来一去的,不两个月下去了?"夏晓贤重重地坐到沙发上,"而这两个月,你们知道李天枚那边能做出什么事情?"

让夏晓贤这么一分析,江蓝脸也白了,"妈,那怎么办? 你快说怎么办?"

"能怎么办？被动！完全被动！江蓝我也不想说你，她去医院拿药的时候你就该着手准备，这下好了，一步错，步步都跟着错。"夏晓贤抿唇，思考半晌才说道："江蓝，你吧，时刻注意你身体的同时，要更加关注着这拆迁和李天枚的动静。一旦他们有个风吹草动，即刻告诉你妈我，知不知道？"

　　"哦。"

　　"对了蓝蓝，你上次告诉我，那个竞得你公公那块地的公司叫什么来着？"

　　"华夏，华夏置业。"

　　"哦，"夏晓贤若有所思，"华夏。"

第十三章
老娘上马，一个顶仨

对于深州市而言，华夏是个新公司。

这不光是夏晓贤一家觉得，整个深州市房产界都这样认为。之前深州市的大房产公司也就那么四五家，只要是在深州待得久了，都可以叫得出名字。唯独这个华夏，仿佛突然间冒了出来。

当前情况下，一般的房地产公司拿下这么块地都得寻思寻思，可是华夏……想起来那天华夏的竞拍，一声声喊价非常具有底气，不紧不慢，从容地就拿下了整场的最高价格。一看就是后备力量雄厚。

这可不是新公司的风格。

听完闺女的讲述，夏晓贤上网，在百度上敲下"华夏"两个字。怪不得实力雄厚，这个公司竟是本地最大的电力企业和某外资跨国企业合资，"蓝蓝，蓝蓝！"看着网上的信息，夏晓贤喜悦感越来越足，"你快看看，咱们这次要发了哇。"

江蓝以为是发生了什么大事，赶紧跑过来，"妈，你搜这个干吗呀？"

"你这个孩子，"她指着电脑屏幕，"你瞧这华夏成立的日子，2011年3月，这分明是个新公司！而新公司拿下的第一个项目，就是你公公家的那片地！你想想，万事开头难，这公司拿的第一块地，不得好好做？做好了，这就是门面工程！而这家公司实力这么大，那就不缺这赔偿的钱……"

"是吗？有这么玄乎？"

"当然是！对于一个动辄数亿的公司来说，这一两百万的拆迁款算是什么？那就是九牛一毛！"

"哈，那敢情好。"

"好什么，"说着说着，夏晓贤突然又降下语调，恨道："真是可惜，这好便宜让那女人也给占了。"

能让老妈突然这么咬牙切齿的，只有一个女人——丁幂。

江蓝讶异，"让她占了什么？难道她在三河也有房子？"

"你以为我上次去三河干什么？单纯就逼着你那点事？"夏晓贤叹气，"我是去考察情况了。你知不知道，贺京杭她妈，就是那个死女人丁幂在三河乡也有个房子！"

"哎，她怎么会有？她又不是三河人！"

"她不是，她那死去的老公也不是！"夏晓贤眯着眼睛，"你知不知道她老公是怎么死的？是车祸，为了护另一个人，自己硬撞车头上去了。那个人只受了点轻伤，可她老公当场就断了气。那个人是三河人，人家为了报答他的救命之恩，就给了她这么个房子！那房子你可能也见过，就是村西头那空院子，虽然是丁幂的，可她也没去过一回。"

"怪不得我不知道，原来竟是这样。"江蓝叹了口气，"这丁幂也是够惨的。不过，妈，既然贺京杭他爸死得那么早，那贺京杭是怎么出来的？"

"傻瓜，你没听说过'遗腹子'这个词？"

"那她从来没见过她爸？"江蓝惊讶，"真可怜！"

"可怜？"夏晓贤冷哼一声，"我告诉你这些，可不是让你知道贺京杭身世多悲惨。你说我多背啊，因为你爹，和这丁幂先结下了梁子。然后在一个单位，又和她死抠着做对！除了抢来了你爸，后来就跟遭报应似的，就连分房子这样的事情都抢不过她。好不容易到你了吧，原指望你给我争争气，把她闺女看好的韩嘉平给抢过来，你可好，让我白惊喜一场！这不，又到现在……"夏晓贤开始喋喋不休，"好不容易有个发财的机会，她又这么离奇地给插了一杠子！这丁幂简直就是阴魂不散！"

"其实也没什么啦……"江蓝觉得自家妈说的话实在是不中听，"妈，我觉得你对丁姨有偏见，她其实挺好的。还有那贺京杭，其实她也不错。我们还是同学呢,她……"

"她什么? 她要是好,还能做那事来?"

"她怎么着了?"

"上次,不就是因为她在楼下喊了韩嘉平的名字,你和天一才吵起来的吗?"

"那都多长时间的事了,你还记得这个……人家贺京杭也许是完全无心的呢。"

"无心! 我看这全天下就你是无心!"夏晓贤狠狠瞪她,"她要是无心,这大晚上的,声音能喊得那么大? 大到天一那耳朵都能听到了? 她要是无心,至于专门在你家窗户底下说话? 我告诉你,她就是故意要让你难看呢! 这不最后也得逞了不是? 天一和你吵,还以为你和嘉平有外遇了。"

江蓝觉得以这个推理法,实在是有些"阴谋论"的嫌疑,刚想说些什么,却见夏晓贤眯眼一笑,"不过这次,我注定要比她强一回!"

"她那房子才多大一点? 比起你公公家那么大的地,简直就是个鸟窝! 这次等着瞧吧,我不整得她说不出话来,我连夏都不姓了!"

夏晓贤将来姓不姓夏那是后话,可以确定的是,耳边突然有人喊了一声: "京杭!"

是丁幂的声音。

夏晓贤一听这动静,赶紧朝阳台上跑:"蓝蓝,你快过来! 贺京杭刚才上那车了!"

"上就上车呗,这有什么好看的?"

"你这孩子……她家贺京杭没男朋友,怎么还会在这么晚了上人家的车? 蓝蓝,我看着那车型不错啊……你瞧瞧人家,不找便罢,一找便找个有车的……"

话还没说完,那车子已然开始滑动,在夜色下,尾灯闪烁出模糊的影子。

"妈,"江蓝拿起包就要往外跑,"我先走了!"

"哎,你今天不是要在家里住吗?"

"我到家再给你打电话!""砰"的一声门响,她已经快步跑了出去。

江蓝跑得速度很快,但是更快的,是广场上那个四个轮子的东西。像是在故意耍弄她一样,等她下去的时候,那车只留给她一个模糊的车屁股影。可江蓝却从这车屁股上得出一个结论:那是韩嘉平的车!

现在已经十点多了,这个时间,贺京杭上了韩嘉平的车! 难道是贺京杭痴心不改终于奏效,两人旧情复燃?

只不过她没想到,与车外江蓝略显落寞的身影相比,车内却是言笑晏晏的另一副情境。坐在车里,贺京杭眯着眼睛盯着后视镜,看着那人影慢慢地成为一个句点,忍不住笑了起来。

"你笑什么?"韩嘉平看她,"有什么开心的事?"

"还能有什么开心事啦! 不就是因为你现在喊我出来? 要知道,你可是很少约我出来的。"

"我们可是同学,你别把我说得这么无情。"

"好,有情的人呐,大半夜叫我出来肯定是有事情……"贺京杭笑了笑,"你有什么话就说吧! 只要我知道的,知无不言,言无不尽。"

"我们先去找个茶馆谈。"

贺京杭想过,这个男人找她的话题,必然是关于那个女人——江蓝。

她是多么希望今天来个例外,但是事实证明,她的预感真是残酷得准。可是,切入点却有点不大对头。

原以为是会问江蓝的婚姻感情状况,没想到上来却是另辟蹊径。"贺京杭,我记得你上次是说什么来着? 就是她家拆迁那事。"

"拆迁那事?"贺京杭愣了两秒才反应过来,"你什么时候关心她家这事了?"

"想打听一下。"

"哦,就是她老公李天一那个老家三河乡,正是现在市政规划的新商业中心,以前她妈嫌她公公家穷,都不让江蓝管这老头的事,现在可好,一个星期就回家一趟。你想,新建商业中心就要拆迁和占领一部分耕地,这占用了就得给赔偿款。所以她那妈就觉得有油头了,非得让江蓝朝老家那边靠。她妈以前看李天一鼻子不是鼻子,脸不是脸的,现在可好了,待他比亲儿子还亲。"

"阿姨以前不喜欢女婿吗？"

"何止不喜欢,简直就是讨厌死了。我家不就在她家楼下吗？我妈每次都看到李天一去她家之前,都要先在门口深呼吸两次,一看那样子真是可怜哟。你出国那么长时间,肯定是不知道的。她家李天一是深州报业集团有名的孝顺女婿,说孝顺那是表面好听的,其实大家都背地里说,他活脱脱地把女婿当成了孙子。"

韩嘉平皱了皱眉,"是这样?"

每个人都有在背后乱七八糟说人家八卦的天分,尤其是女人,更尤其是女人面对自己所讨厌的女人。"当然是这样,我告诉你啊——"贺京杭凑近一些,"传说,江蓝她娘嫌李天一没本事,还曾经想给她换一个老公呢。后来不知道因为什么事,搁浅了。"

茶馆里灯光昏黄,外面的霓虹灯透过窗户,在他们脸上勾勒出一个个斑驳的光影,韩嘉平整个人都落入那团光影中,似是沦陷了一般,并不容易看清楚他的表情。

"对了,你怎么问起这个?"

"我很纳闷她家的地有多少,如果真的被占用,会赔偿多少钱?"韩嘉平没有回答她的问题,"值得她家这么大张旗鼓,欢呼雀跃的。"

"我妈说,如果房地产商把她家的房子全都占了,地也给占了,那可得不少呢。"贺京杭抿了口果汁,"得有二百多万吧。"

"二百多万？那么多?"

"是呢,要不然她妈和她怎么像着了魔似的靠起那边？二百多万呢,以我这个样子,一辈子加起来,不知道能不能赚到这么多。"

"踏踏实实安安稳稳最好,"韩嘉平与她碰了一下杯子,"对了,庆祝我吧,我要工作了。"

"啊？什么工作?"

"之前还没确定,不过刚刚,和你说话的那一瞬间,我突然想通了一些事情,"他抿唇一笑,"今晚上多点些吧,我请客。"

"不是,嘉平……你怎么说找就找到了工作?"贺京杭仍有些反应不过来,

"是哪家公司？"

"华夏房产。"

对于深州市民而言，最近有两个变化简直是深入人心。第一，就是这新区北迁的新闻，政策批了，地也招标了，各部分都准备到位了，一切就绪，只待开工。作为这城市的主人翁，人人都期待新城的变化；第二就是这媒体的报道，大概一个星期内，名为"华夏房产"的企业突然出现在各大媒体上，报纸、杂志、电视、户外广告，甚至连电梯外的小屏幕都有他们的宣传。比起深州传统的大房产企业景扬、嘉业等公司，这个名不见经传的企业——华夏房产，实在有些不鸣则已、一鸣惊人的感觉。

于是，夏晓贤又多了一个习惯。只要旁边有华夏的广告，她都会说："蓝蓝，你看哟，人家这大公司，就是气派，光这广告费，你瞧瞧，瞧瞧……那得多少钱啊。"

这不，这次两个人出来，见到公车电视上的华夏招聘广告，夏晓贤又开始了："瞧瞧，人家招聘广告都做得这么有品位……"

"妈，"江蓝有些无奈，"你低调点，这要是不知道的，还以为这华夏是你开的呢。"

"我是说，买地这么干脆利索，做广告又这么大手笔，蓝蓝你说，"她凑近她耳朵，"它给赔偿款能不大方？"

"妈……"那声"妈"之后的感慨没来得及出炉，江蓝的手机突然响了。

"谁啊？"夏晓贤不经意一问，却见江蓝脸色微变，赶忙凑过去，"你公公？"

"嗯。"

"那你还嗯干什么？快接呀。"

"接了说什么？妈，我这公公轻易不给我打电话，"江蓝转头，着急道："你说他是不是被天枚说动，发现我要做什么了？"

"你瞧你那个没出息劲儿，他发现了能怎么着？有证据吗？再说他上哪去找证据，我们只是想想，还什么都没有做！"

"妈，我害怕……"

"妈什么妈，你要是再不接，他更觉得你有鬼，"夏晓贤一瞪眼，"你不接我可接了啊……"

这句话管用,江蓝按下接通键,马上放到耳边。

电话的内容很出人意料,不是声援李天枚,也不是声讨江蓝,而是求援。就在刚刚,另一个房地产公司嘉业的人找村民老贾谈话了,他家的地正好位于李桂宝地的旁边,是嘉业中标的地盘。人家过来谈了价钱,又连威胁再诱哄地说了要限期搬迁和赔偿的事情。这不李桂宝听了,马上着急起来。

"她嫂子,你得想想办法啊……我看人家带了好几个人过来,那阵势可吓人了,眼看着都已经拆到咱旁边了,那拆到咱家,不就是明后天的事情?"

江蓝没想到事情会运作得这么快,距离上次招投标也不过半个月时间,"爸,您稳住点,您先别急。"

"怎么能不急!他们都找上家里来了。"

"爸,您先缓着点。您放心,我……"

话说了半截,手机突然被夺了过去,夏晓贤瞪了闺女一眼,口气倒是有些循循善诱:"亲家,我告诉你,这事急也没办法。这是上面政策的事情,政策你懂吗?那就是板上钉钉!"

"妈,你别——"

夏晓贤一摆手,"我告诉你亲家,你现在有着急的工夫,还不如赶紧想想你的赔偿底限是多少钱,争取能损失少一些。反正这拆迁已经定了,我们家蓝蓝怕你难受没和你说,上次招标,你家那块地完全被卖了出去。"

"还有,亲家!"夏晓贤见闺女老想拿电话,干脆朝旁边站了站,"现在的大政策就是这样,你可千万别学那些农村人,动不动就一哭二闹三上吊,地不让拆迁,还弄什么自焚。我告诉你啊,那些事情都是没用的!这拆迁根本就是大方向,你那个位置,拆也得拆,不拆也得拆!"

"我还告诉——"

"怎么了,妈?"

"挂了!"夏晓贤不可思议地看着电话,"你公公居然敢挂我电话!"

"要我我也挂你电话,你怎么能这么对我公公说话呢?他本来就不希望房子被拆,你先别告诉他这些多好……"

"不告诉他这些,那地也保不住!他还敢挂我电话!"夏晓贤愤慨地嘟囔几句,又恶狠狠地打开手机,"我就不信了,我得打过去问问他,他为什么要挂我电话!"

"妈!"

说话的工夫,电话已经拨了出去,江蓝只看到母亲大人的表情又变回目瞪口呆,"妈,这又是怎么了?"

"我就说他不敢扣我电话嘛,"她将手机塞回江蓝手里,"停机了。"

下车,他们本来第一个任务是要去药店看看有没有催孕药的。现在这头一个任务,变成去移动营业厅。

"充三百。"

"妈,不用充那么多吧?我也没带那么多钱。"

"你没带那么多钱,我带了。你懂什么?"夏晓贤瞪大眼睛,"你想,听他这说法,这拆迁工作已经开始了,接下来的几天乃至几个月,我们都要和他加紧联系,搞不好一天都要打十几二十个电话,这样才能了解情况。"她掏出三百块钱递到柜台,"你公公知道咱给他充了话费,咱还能赚个人情使。"

江蓝勾了勾唇角,说不清楚是赞同还是苦笑。

两人一同出了营业厅,按照原来计划,要去对面的药店。可是江蓝临时改了主意:"妈,你先自己回家吧,我想去趟车站。"

"你去车站干什么?"

"我想来想去不放心,"江蓝皱紧眉头,"我公公把那地看得和命似的,你那么毫不掩饰地说现在的情况,我担心他会出事。想尽快回家去看一下才放心。"

"江蓝,你别以为你这样是好心,是孝顺。你现在回去,你那小姑子还以为你是竭心尽力想要他家财产呢。"

"我不管她怎么想,我公公对我不错,我得问心无愧才成。"

"那也好,你去订两张票。"

"我去就行,天一不用去,他这几天忙考核呢,也没时间……"

"我没说天一,我是说我。"

江蓝忍不住叫："你去掺和什么啊？"

"你不放心你公公，我还不放心你呢！"夏晓贤塞给她一百块钱，"这是车票钱，你买最早最快的那班。咱争取明天就走，至于工作那边，我替你向老袁请假。"

去三河乡的车都是流水线，如今又不是春运高峰，车票自然好买。因为是第二天早上五点半的车，江蓝干脆没回自己家，就在娘家住下。

"妈，我刚才和天一打电话了，"她握着手机站在夏晓贤卧室门口，"明天早走，我先睡觉了。"

"哦，那你去吧，"夏晓贤背对着她，头也不抬，"明天早晨我喊你。"

"这都十点半了，你还不睡？"

"我做些准备工作。"

江蓝乖乖地回卧室睡觉去了，可中间上厕所时，却发现书房还开着灯。她低头一看，居然已经两点十六分了。"妈，你要做什么……"

却见夏晓贤好似被她吓了一跳，还没等她靠近，便猛地转过头来，"你大晚上乱转悠干什么？还不赶紧睡觉去？"

"你还不睡？"

"我这马上就好了。"

到了三河乡，江蓝终于知道了"准备工作"的含义。任谁都猜不出夏晓贤带的什么东西，等她拿出来之后，江蓝差点栽倒地上。竟是一堆报纸啊杂志之类的广告，都夹在一个文件夹里，整理得细致又全面，放满了整个文件夹。

文件虽然多，但都有一个共同特点——"华夏房产"。

更加奇异的还在后面，夏晓贤居然带了笔记本，打开电脑，将事先备好的 U 盘插到接口上，"妈！"江蓝忍不住将夏晓贤扯在旁边，"你这是在做什么？"

"我做什么，你到现在还没看出来？"夏晓贤边说边向李桂宝那睨，"我是要给他做动员工作！"

根本由不得江蓝抗议，夏晓贤转眼间已经投入到激情的工作状态。"亲家，蓝蓝是怕你想不开，再急出病来，非得过来看看你。可亲家，这拆迁的事是已经定了的，这中间你不知道蓝蓝找了多少次领导，都没戏。所以啊亲家，你还不如想开点，与其搞得自己难受，还不如配合工作。"这只是个开篇。

"亲家，你看着没？这都是我搜集到的资料，负责咱这块地方的是个新房地产公司，名字叫华夏。你不知道这华夏可了不得。别看是新的，但后台硬啊，据说是跨国公司到咱这办的。你瞧这广告做得……"她啪啦啪啦地将文件夹翻开，"这我收集的还不到三分之一呢，这么多广告！亲家，你想想这以后，那得多有前景！"

李桂宝已经处于半怔状态，"不，亲家，你这是……"

"你看，人家不仅做了平面广告，还有这动态的。你看看，这是在咱深州电视台上投放的广告……"夏晓贤十分利索地调出 U 盘上下载好的视频，"你看看，这是在公交车那电视上的广告。"

"不，亲家，他广告是他的事，和我啥关系？"

"亲家，这就说到关键问题了，还是那句话，咱们这块地是已经保不住的。不仅保不住，这国土局还把这地给拍卖出去了，得手的就是这华夏公司。拆迁这事已经不能改变，你还不如改变角度，争取咱这地被占用也有个好价格，起码……"

李桂宝"腾"地站起来，"怎么？亲家这次是来劝我拆房子卖地？"

"是。"

"如果是这样，那我们这边不欢迎你，你可以走了。"

"怎么？看你这意思，是决定抗争到底，死也不挪地方？"

"我们三代都在这里，连他奶奶、他妈都埋在这里！我们怎么挪！"情绪愤慨，李桂宝眼里已经有了血丝，"再说，凭什么要我们挪！"

"这凭什么问得很好，"夏晓贤起身，"市政规划，这是大政策上的事情，作为公民，我们每个人都有建设城市的义务。当然，这是大话。但是老李，你这么一心偏到底，是觉得蓝蓝他们日子过得太好了吗？"

"我不挪就不挪，和他们有什么关系？"

"有什么关系，哈！"她冷嗤一声，"你难道希望蓝蓝和天一都丢工作？"

"妈,这和我没……"

"大人说话,小孩子别插嘴!"夏晓贤一记眼光杀过来,"现在这社会上多少这样的事。好,做不通你的工作,干脆拿你儿子儿媳下手。不是不挪吗?好,不挪,我就不让他们工作!你和他们是一家人,就是拴在一条绳上的蚂蚱!"

"这天底下还有没有天理了?我儿子儿媳日子工作得好好的,怎么就不让他们工作?"

"他们想要你丢工作,有的是借口让你滚!老李啊,我的好亲家,"说到这里,夏晓贤声音终于降低了些,"你不为自己想也要为孩子想啊。蓝蓝那工作我就不说了,她是我闺女,我累死也是活该。可你不知道,天一那工作我帮着找时费了多大的劲!别看这工资不高,可那是铁饭碗!要是一旦这工作因为你有了差缺,你这心里能好受?"

"我……好吧,我在这死撑着不打紧,可不能耽误孩子……"李桂宝扯起唇角,落寞地坐在门口那石头上,又拿起了那个已经被岁月磨得锃亮的烟杆,"没想到啊,我这房子、这土地不是埋在那群混蛋手里,倒是埋在自家孩子手里了。"

"这也不能这样想,亲家,"看他松了口气,夏晓贤气也缓了下来,"我们都活到这把年纪了,哪个不是为子女想?"

他扯了扯唇角,算是同意。

"还有,亲家,既然你这也答应挪地方了,咱这地方也不白挪,咱得商量商量条件,按道理你家的事是不应该和我这外人来商量的,但你一个农民老实巴交的,我毕竟在外面工作了这么多年,多少也见了点世面。虽然都有统一补偿价,但我觉得,能多要点就多要点……"

"一共就那么多地,能多要出多少?"

"这你就不懂了吧?这地一共那么多,但是在地上能做出的文章可不少呀。"夏晓贤坐正身子,声音隐隐有了些兴奋,"我来时候看着咱那地,现在好像都种了什么?那是花生?"

看到李桂宝点点头,夏晓贤接着说:"干脆把那花生都拔掉,咱啊,在上面先建上房子。这房子可比……"

"什么？要把花生拔掉？这不行！绝对不行！"李桂宝重重磕了下烟袋，"我都伺候了一辈子地了！到了最后，你连这最后一茬花生都不让给善终？"

"账不是这样算的，亲家——"

"在我这里，账就是这样算的！"李桂宝抬头，眼里突然抹过一丝严厉和烦躁，"如果亲家觉得不对，那先走就是了，我这午饭就不留了。"

第十四章

自 掘 坟 墓

好不容易将夏晓贤拖到了站牌，"妈，你怎么能这样说？"

"我不这样说我咋样说？"

"你没说是来劝我公公挪地方的！"

"我也没说来不做这个！蓝蓝，光凭你那个步调我看了都费劲，你这个孩子，就知道表面和那个天枚咬牙切齿，其实一点事情都做不出来。这不，妈赶紧出手帮你一把。"

"这叫帮我一把？你这就差把我卖掉，让我成个不仁不义的人！"

"嗨，你说的叫人话吗！你到底是谁的闺女？你有本事买个房子住啊，你有本事买辆车啊……就知道和我吼。"看着闺女越来越差的脸色，夏晓贤声音更加讽刺，"刚才也不知道是谁，公公一竖眼睛，就吓得屁滚尿流了。"

"妈，"沉默良久，江蓝才说出一句话："我只是觉得咱们这样做，不大厚道。你没看我公公他……"

"我不仅看了那双眼睛，我连瞳孔眼白都看到了，可我除了'没出息'三个字，什么都没看出来。蓝蓝，感情丰沛不是你这么个丰沛法的。我再说一句，不是我们逼着他迁，是上边房产公司逼着他迁，我们只是在给他出主意。"她突然轻嗤一声，"也怪不得你公公过成现在这样，到底是真傻还是假傻啊——花生和房子这点账目都算不透。"

"他可能没想明白吧。"

"等他想明白了那就晚了！早就被人占去了先机！"夏晓贤皱眉，"不行，我不能任由情势这么发展下去。"

江蓝被她妈这突如其来的决心又给吓住了，"妈，你又要干什么？妈，我告诉你，这次可别再胡来了！"

"我活了这么大半辈子，胡不胡来我心没数？"夏晓贤一甩袖子，"放心，只要达成目的就好了。"

历经夏晓贤突然闹的这一出，江蓝从此对她娘的"随机应变"有了全新的概念。她恨不得天天监督在夏晓贤旁边，或者一天打八个电话，就怕她再突然有什么事情。虽然她也赞成利用拆迁多获得点赔偿款，但是只想劝劝李桂宝，并不想强逼。

好在，夏晓贤回来之后没有说再去三河乡，也没说再给李桂宝打个电话之类的事情，又过了三天，江蓝接到电话，"蓝蓝，你那还有没有钱？"

"妈，你忘记了？上次买羊的那钱我还是借你的，上次给老袁送礼也是你弄的。我什么时候有过钱？"

"哎，瞧你这日子过的，这么大年纪了，连个存粮都没有。对了，你那有没有做空心砖啊，水泥之类生意的同学熟人？"

这话题变得太快了，"啊？"

"我是说你有没有做空心砖，水泥之类生意的熟人？"

江蓝坐在办公桌前，越想越觉得不对，以她妈那性子，要是没有什么目的绝对不会无缘无故打电话过来。那到底是什么目的呢？她抓起手机，刚想拨过去，手机响了。

一看这号码就头大，是天枚。

江蓝深呼吸了两次，才做好应对艰苦卓绝战役的准备。果真，李天枚上来便是劈头盖脸一顿训斥："嫂子！你这样够好啊，你不是说不图我们家吗！你可真是我们老李家的好儿媳！"

"你有话好好说。"

"我还好好说？我再好好说我们老李家的东西就全都成你江家的了！你做得很好啊，你还把你妈喊来，劝我爸挪地方。挪地方干什么？好腾出地儿来给你们弄钱是不是？行啊，你们不还要在这儿盖房子运砖吗？很好，不怕死的就来好了！我告诉你，我李天枚就在这儿守着，我倒是要看看，你们这房子盖不盖得起来！"

"你等等，李天枚，你说什么？什么我们家盖房子？"

"你妈都把丈量的人给领来了，你这还装蒜？"

装蒜？这是什么意思？

挂下电话，江蓝刚想拨过去仔细问一下夏晓贤情况。这边刚扣下，电话又响了，这次，打来的是李天一。

江蓝隐隐有种不祥的预感，这肯定也是来兴师问罪的。

果真，拿起电话，李天一那语气就很冲，"江蓝，你到底和你妈在背后做什么手脚了？刚才天枚给我打电话，说你妈都带人回家丈量土地了，听说要盖房子。江蓝，那是我们家哎，是我们老李家！你们老江家人怎么能这么不管不顾，跑我们家地上兴风作浪来了？我知道你们老江家管事多，但没必要管这么多吧！"

这一顿训又是头昏脑胀，江蓝好不容易挂了电话，以迅雷不及掩耳之势，给夏晓贤打了过去。"妈你怎么回事？你是要在天一家盖房子？不行，这不行！绝对不行！"

她急匆匆一肚子话说完，那边声音却是出奇的平静，"你都听说了？"

"我能不听说吗，妈！"她这样事不关己的样子，江蓝心里更火，"先是李天枚告状，然后又是李天一，妈，你能不能做事和我商量商量，这样下去，你让我怎么在他老李家做人。这可好，天一还以为我是在装，以为我是在瞒他！妈，你这样到底要我怎么和人交代啊？"

"你不用交代，我来交代就成。"夏晓贤接着扣断了电话。

活这么大，江蓝觉得这是自己最憋屈的一天，被小姑子无辜骂了一通不说，自家老公还要造反，这都不是最惨的，最惨的是这一切都是因为自家老妈而起。自己完全被蒙在鼓里。

下午下班，江蓝慢吞吞地收拾着东西，只听到办公室外一声大喊："江蓝，姐夫找！"

抻头一看，果真是李天一来了。看来心情还是很坏，连对其他同事的应酬性笑容都没有,抓着她,就像拎小鸡似的,一路拖到报社外面。

"你这是干什么? 有事不能回家再说?"江蓝喊道。

"回家再说? 我一下班就过来了,就在你这门口蹲守。就怕你不回家,下班就窜到你妈那里,再撺掇什么阴谋诡计出来。"

"李天一,你注意影响。"

"我再注意点,家就要被你给败光了,你让我怎么注意?"

该庆幸,这报社距离他们家极近,要不然就凭这走一路吵一路的精神,还没等回家俩人早已成了深州一景。

"你说你们缺不缺德啊……我以为你回去是看我爸,没想到是劝他挪地儿!"等上了楼梯,李天一还在批判,"江蓝,你最好赶紧寻思寻思,回家该给我怎样的解释。"

楼上传来悠悠的声音:"不用寻思了,我给你解释。"

两人蓦地抬头。只见夏晓贤站在门口,双眼微眯地看向他们,不怒自威。

"天一,你是我家女婿,你也知道,从你和我们家蓝蓝谈开始,我就是把你当儿子养的。我自问我这个丈母娘虽然严格了些,但不至于被人戳脊梁骨,被说没良心。但是听你刚才那话的意思,貌似是对我有不少意见。"

她这话这样一说,李天一反而不知道该说些什么,"妈,不是……我知道您对我好,就是这事……"

"这事怎么啦? 如果做的有什么不对的地方,你说出来,我改。"

"妈,您没有什么不对的地方……就是有些事儿吧,您最好和我说一声。要不然,您会让我很被动。就是这事,我被天枚教育了一通,一个当哥哥的被妹妹提溜,我觉得特别没脸。"

夏晓贤斜睨他,"我都被你们骂缺德呢,你说我有脸没脸?"

"妈! 我不是……"

"先别管是不是的,我现在就来给你们解释。"

然后,两口子就瞠目结舌地看夏晓贤从包里掏出个文件夹,当然,还是上次江蓝见到的那个。打开文件夹,里面出现的是一沓 A4 纸,头一张的标题是现工资收入总计。江蓝的 3500,李天一的 2000 均在列,就连他们年终奖 500

都计得清清楚楚。

"天一，你看看，这是你们全年的收入。蓝蓝一个月 3500，乘以 12 那是 42000。你一个月 2000，乘以 12 那才是 24000。按照去年你们的年终奖金，蓝蓝是 300，你才 200。你们一年的收入 66500，这里面有个前提，那就是你们不吃不喝，纯进钱。但是显然，"她顿了顿，"你们不是貔貅。咱先不算这个，除了你们穿衣服，你和蓝蓝全来我家吃，没问题。但以后呢？蓝蓝已经 28 了，该要孩子了，而你更大，都快 30 了。最佳生育年龄是 29～32 岁，你们这个孩子打算拖到何时？"

"妈，我们……"

"停！"夏晓贤将右手食指杵到左手掌心，"现在咱们就按照最便宜的纸尿裤算，那也得至少一块五一片。还有奶粉呢？奶粉可是大头，孩子越小奶粉越贵，一个月下了 1500 是拿不下的。更别说小时候还要做抚触啊，游泳啊各种训练。还有孩子的床，小车子，衣服，还有……"

这次叫停的是李天一了，"妈，停！"

"对，是该停了。现在不停，你们这个收入也承担不起。"夏晓贤扶了扶花镜，将第一页 A4 纸翻过去，偌大的标题是用红色笔标注的：占地补偿后的收入情况。

李天一一看这个题目，脸色就变了。

夏晓贤将女婿的神态敛进眼里，趁他跳脚之前，先给憋死在萌芽状态，"天一，你先别激动，如果要激动，等妈说完也不迟，不差这一星半点的。"

"先明确一个情况，上次也和你爸交代过。现在你家这房子，你家这地，是必须要被占用，不被占用就违反了国家政策。这已经是板上钉钉的事情，除非你打算当钉子户，否则没有例外。"

"这是你需要明确的情况一，情况二是上面要占用你家土地，不是我和江蓝，也不是我们江家任何一个人，我们没恁孬种，拿自己家人开刀。"

"至于这情况三，如果你们当钉子户，按照你妹那路线走，没关系，你爱拆不拆。他们虽然表面上不为难你，但私底下呢？你大概知道上次蓝蓝丢工作的事吧？你还真以为她是纯粹没给送礼那样单纯？"

"妈,难道是……"

"不是难道,就是。"

"可上次蓝蓝丢工作的时候,我们家那还没确定要拆啊……"

说到这里,夏晓贤微一脸白,但老将就是老将,即使那一瞬间脸白,过几秒钟脸色便恢复正常,"也不知道是谁放的风声,传到老袁那里了,说你家会拒不拆迁,这不,老袁就想先给个教训,拿蓝蓝下手。"

"是这样?"

"当然,你妈什么时候骗过你? 现在说正事,我大概算了下,听说现在一平米的拆迁补偿款在 1200 左右。你家那么大地方,光房子得有 100 多平米吧。按 100 算,这 1200 乘以 100,那就是 12 万块钱。这是你们两年的收入!"

"这还是一部分,你家还有地呢! 算上山头山后,你家有五亩地。一亩地按 660 算吧,这就是 3300 平。如果按照耕地算呢,顶多是按照庄稼赔,那钱就很少了,不过六七千块钱。"

"那我们还不如……"

"那你们还不如就这么死耗着,就不挪地方是不是?"完全将女婿的心思掌控在脑中,夏晓贤微微一笑,"天一,最关键的账目来了。"

"如果是把你们这五亩地都盖上了房子,那情况就大不一样了。"

夏晓贤抽出一张崭新的 A4 纸在上面运算如飞,"如果盖上房子,我算了算,一亩地能至少盖 450 平米。这要是五亩地,那就是 2250 平米,咱们按照 2200 算。就算不赔 1200,按照 1000 来赔付吧,"她眯起眼睛,抱肩笑看自己女婿,"你算算,得有多少?"

"200……200 多万?"

"对头!"夏晓贤猛拍一下桌子,"就是这么多钱,你没算错,也没看错。账目就是这样,这也是我为什么不再劝你们家死守着那块地的原因。天一,别说你爸爸了,就把你爷爷种的地也加起来,把你在地底下祖宗八代的地也加起来,也未必能种出这个价钱吧? 当然,就别说你和蓝蓝了。这算来算去,这得多少年才能混出 200 万来? 你一年 20 万,还得不吃不喝十年呢!"

李天一不说话,只是死死盯着那白色的纸出神。

"这账目其实很好算,看不透的,就一种情况——傻子。"

良久,李天一终于抬起头,"可是妈,在地上盖房子那也得有成本吧?那些砖,水泥什么的,咱们怎么可能有钱?"

夏晓贤抿唇一笑,"那个不需要你操心。"

"那我要做什么?"

口干舌燥地说了半天,这孩子终于上道了。"你需要操心的就是,怎么说动你爸把那地上的菜给毁了……当然,如果他不同意,我们硬施工也可以。但是你知道的,咱们这都是好亲戚呀,那样也说不过去不是?"

"恐怕这个工作很难,我爸爱地如命。"

"难不难就看你了,赚钱难不难?恐怕这个世界上除了吃饭和睡觉,就没有容易的事。这样吧,天一。你要是愿意得钱呢,你就麻利去劝你爸。这可是事不宜迟,人家那邻居都被劝拆了,你爸这边还没有。咱们要在华夏劝拆之前赶紧把房子给盖起来,那样才能有个保障。等人家说拆咱们再盖,那盖的房子就是违法建筑了。"

"妈,我明白了。"

此次谈话简直具有划时代的意义。谈完话之后,李天一就不停地在卧室内踱步,嘴里念念叨叨的,像是在算账,又像是在思忖什么。

"妈,你可真是厉害,"厨房里,娘俩一起咬耳朵,"你都不知道回来的路上天一看我和仇人似的,我还怕出什么事呢,没想到你几句话就化解了。"

"怕出事?所以说你没出息,就这点事,就他那性格,能出什么事?"

这话多少含了点讽刺的意味,江蓝有些别扭,"不过我看这也不一定,你看李天一在卧室内转了半个钟头了,指不定人家怎么想的呢?"

"怎么想的?"夏晓贤一竖眉毛,"铁定是在想怎么说动他爹!"

"可我们真能赚到200多万吗?"

"只要你们乖乖地听我的,"夏晓贤回头看了眼闺女,"只多不少!"

不得不说,姜还是老的辣。夏晓贤这计策十分高明,接下来的几天,李天一甚至请假去三河乡做工作。

但是,人是去了,结果却差强人意。

第一天灰头土脸还可以理解，毕竟那父女俩的顽固大家都见识过，说通他们也不是简单的事情；第二天还灰头土脸，江蓝便想任务艰巨，天一又嘴笨，肯定要有个例外。可是这第三天第四天他还是这样回来，这就……

没想到更不可理解的，还在后面。

周五下班，因为第二天是周末，因此江蓝很高兴，哼着小曲就上了楼。可是到门口就傻了眼，公公李桂宝和李天枚一左一右并排在门口站着，那样子简直就是俩门神。

她吞了吞口水，愣在楼梯上半天才反应过来："爸，天枚，你们俩怎么来了啊……"

"我爸体谅孩子，觉得让我哥天天往家里跑费劲，不如主动自首一回。"天枚第一句话就带着刺，"我们主要还是想看看，嫂子您这是什么功力，让我哥非得把家里那几亩花生给毁了。"

"枚子，你说话别这么难听！"李桂宝低声训斥女儿，"别让你嫂子不高兴！"

李天枚不甘地瞪他一眼。

敌我悬殊，人家两个人，她是一个人，何况李天一还没回家。江蓝暗暗憋气，掏出钥匙先开门。

然后第一个动作，是钻进卧室打电话。

电话打完，刚打开门，就被杵在门口的李天枚给吓了一跳。"你干什么啊，天枚？你吓死我了。"

"嫂子，你先别和我哥打电话，这几天听我哥的话听得太多了。"这次，她的话倒是没有了那么股酸味，但是脸色极差，"我爸说，想和你先说说话。"

于是江蓝就像个木头桩子似的坐在李桂宝面前的沙发上，态度恭谨却又浑身别扭。她有一种被审判的感觉，仿佛做了坏事，被人抓了现形一般尴尬。

"他嫂子，"李桂宝先是看了一圈这个房间，"这就是你妈的那个房子？"

"是。"

"就这样的房子，得要多少钱？"

江蓝不懂他的意思，只能胡乱编了个数字，"至少五六十万吧。"

"那么多？"

"是，现在房子很贵了。一般人买不起。"

"那……"李桂宝话锋一转，突然叹气，"江蓝，爸知道你是好孩子，爸问你件事，你得说实话。"

又是这样锐利的，不容人虚假的眼神。江蓝心里一揪，只觉得呼吸都要在这样目光的逼慑下停止了，这高帽儿后面，必定是一个令人难熬的话题。

果真，"天一那些话，算的那些账，是你算的？"

"爸，是我……"

门开了。

三人都回头看去，来者是江蓝的妈——夏晓贤。李天枚刚才以为自己猜得准，其实是千错万错，江蓝根本没有给李天一打电话，她觉得这时候能拯救她于水火的人是她妈。看到妈来了，江蓝松了口气。

"哎呀，说什么说得这么热闹？"夏晓贤笑着快走过来，"这位是天枚吧？就蓝蓝结婚那次咱们见过，感觉那时候你还是小姑娘呢，没想到这两年没见都这么大了。"没等天枚回话，她又看向李桂宝，"亲家你也真是的，来也不提前说一声，我们也没来得及好好准备。"

"亲家，我这次来是……"

"江蓝，你这个不成器的孩子！你小姑子和公公来了多久啦？连一杯茶都没有！"

"是，是，是，我去泡茶。"

"记得泡上次我给你带来的那茶哈！那500块钱一两的！还有，那茶的第一茬要泡二十分钟再倒掉，要第二遍的才最好喝，你记住了？"

"记住了。"

当然是记住了，如果这时候，她还悟不透老娘的意思那真是要怀疑一下她是不是老娘亲生的。夏晓贤的意思很明显：以下谈话涉及敏感内容，闲人莫入。

她就是那个闲人。

江蓝随便从茶叶桶子里揪出十块钱一袋的茶叶放进茶壶,趴在窗台上仔细地听着外面的动静。过了一会儿,差不多时间到了,江蓝深吸一口气,刚要进去,就听李桂宝斩钉截铁地说:"不行。"

她一惊,吓得又撤了回来。

"别的还能商量,这点不行,"李桂宝的声音十分冷硬,"绝对不行!"

"你说你这老头子,咋那么倔呢?明摆着一本万利的事,你非要这么……"

"什么一本万利?我是庄稼人,我知道那地亏不得!就算是要被逼着挪地方,那也得花生熟了再说!"李桂宝站起身,"我这地祖祖辈辈养了快一百年了。那地伺候得又肥又壮,怎么能这样就毁掉?"

"可这……"

"别可不可了,江蓝她妈,你管得也有点太宽了,不管赔多赔少,那都是我老李家的事情,和你们老江家没有一点关系。我不知道你是怎么和天一说的,但是他糊涂,我可明白得很。而且,他是他,我是我。自古老子管儿子天经地义,可儿子却管不了老子。"

"他是他,你是你?"夏晓贤的语气也开始生硬,"难道你们不是一家人?"

"他再这样下去,我就当他是你儿子了。白送给你个儿子,他这么个不孝子,天天就想我那点花生拔掉然后盖房子,我不要也罢!"

"好,很好。李天一这个儿子你不要,"夏晓贤突然笑起来,"可是孙子呢?孙子你要不要?"

"孙子?"

伴随着这句话落,只听"哗啦"一声,大家回头看去,只见江蓝抱着手蹲在了地上,神情无比痛苦。原本还白热化的战争经此插曲,大家的注意力立即向江蓝看来。

"蓝蓝,你怎么了?"先是夏晓贤跑了过来:"你没事吧?"

刚才听了"孙子"一词,江蓝被惊得没拿稳茶壶,滚烫的水浇了下来。"妈,孙子……"她惊诧地看着夏晓贤,"我……"

却听夏晓贤声音突然提高,"怎么?肚子难受是不是?你肚子不舒服了?"

"妈……"

"你要是有什么事就直说……"夏晓贤着急地冲她挤眉弄眼,"我告诉你蓝蓝,这事可马虎不得。你要是不舒服,咱马上去医院……"

这下连李桂宝也跑了过来,"她嫂子,你怀孩子了?"

"爸,我……"

"江蓝,你这个死孩子,你还要瞒到什么时候?"夏晓贤声音乍然升高,暗地里还用力拧了一下她的胳膊,那动作之大,再加上烫伤很疼,逼得她眼泪立即流了出来。"你非要不说不说,怕耽误你爸拿主意,说不想让他因为这事而勉强自己。可是现在呢?人主意早就拿好了,你考虑的一切都是多想的!你还不赶紧老实交代?"

"爸……"被逼得没办法,江蓝泪眼蒙眬,"我是有孩子了。"

天枚也觉得不敢置信,"什么?嫂子,你有孩子了?"

"亲家你也看到了,这江蓝,你们家的儿媳妇有了孩子,你可能觉得我嘴损不仗义,但我家这孩子却是个秤砣心,实心眼儿的。你还记得我们俩一起去你家那次吗?那次回来她就觉得不舒服,去找她爸一看,居然是怀孕了。这事儿连天一都不知道,我家孩子说,不想因为孩子来左右您的决定,那样会觉得愧对您。可是亲家,我还是那句话,咱们当老人的活到这个年纪,哪个不是为了孩子?你知不知道蓝蓝为什么不要孩子,就是因为穷!现在的情况,他们根本养活不起!他们……"

"亲家,别说了,"李桂宝摆手,"你如果觉得好,按你说的那个办就是。"

夏晓贤大喜过望,"真的?"

"真是真的,只不过我有个心愿,我家不是五亩地吗,其余那些任你折腾,给我留一亩就行,我好不容易种上的花生,这么拔了我心疼。"他叹了口气,转眼看向儿媳,"我信你的,为了让儿女好过,我让你盖房子,可是蓝蓝既然是我李家的儿媳妇,就是我李家的人。一亩地留给我做个想头,这也算是孝顺吧。"

"爸,谢……"

"亲家，"夏晓贤挺身，"一亩地就是660多个平方，按照我刚才给你算的账，能盖300多平米的房子，那就是……"

"个人心里有个人的账，江蓝妈你也不用说了，这就是我的账。如果这个不行，那那四亩地也算了，反正穷了一辈子，也……"

"那好吧，先四亩地。"

"爸，"天枚不敢置信地瞪大眼睛，"你就这么把这些地给卖了？"

"天枚，什么叫卖了？"

李天枚不听夏晓贤的话，"爸，在这么多地上盖房子需要钱，钱呢？话好说，咱们上哪里弄钱去？"

"钱咱再凑……"

"不用凑了，钱好说，"夏晓贤插话，"只要亲家想通，钱不是问题，我负责解决。"

李天枚脱口而出："你那么好心？"

"哈，我那么好心？天枚，你这话说的。亲家，你培养的孩子就是这么和长辈说话的吗？"夏晓贤冷嗤一声，"我当然也不想这么好心，你们如果有钱，我自然可以不这么好心。但是你们不是没有吗？眼前有个发财的好机会，如果不赶紧抓住就会溜走。何况现在都是这样，有出地的就有出钱的。我还没觉得我自己吃亏呢，白白地要凑这么多钱。"夏晓贤看着李天枚，"我算了算，这一下就要三十多万呢，女婿没钱闺女怀孕，我们朝哪里凑去？"

"那亲家多操心，我们先走了，"李桂宝拿起烟杆，转身走到江蓝那边，"她嫂子你好好养胎，至于钱什么的事，有爸给你想办法。还有，我这次来，回来就和天一简单一说就行。就说我答应了，让他放心。"

"爸！"江蓝心里莫名地愧疚，"你在这里再多待两天吧？"

"不用了，我收拾收拾地。"他拍拍她的肩，"你要是有事，再给爸打电话。"

第十五章
舍不得爹来套不住狼

　　"终于走了，"从阳台上看爷俩远去的背影，夏晓贤念念有词，"蓝蓝你说得对，他家这个李天枚真不好收拾……"

　　身后闺女悠悠地道："妈，那咱们好收拾吗？"

　　"哎，你这孩子……"

　　"妈，你为什么要骗他们我有了孩子？"

　　"你觉得那阵势，要是不说你有孩子，他们能轻易答应盖房子吗？"夏晓贤坐到她对面，"我见过的倔老头多了，没见过这样的，居然不要钱只想着那点地。要是不来个强势消息，我估计他这个堡垒还没法攻破。"

　　"你消息倒是强势了，可你想没想过以后？这太荒唐了，居然说我怀孕了，"江蓝抱着脑袋叫唤，"别人倒是好糊弄，你就不怕天一看出来？"

　　"他怎么看？他又不是 B 超。他还能抓你去验 B 超不成？他如果抓你，你就说你爹说的，老做 B 超有辐射，对孩子不好，我看他还敢不敢带你去！"

　　"妈，你难道不知道除了 B 超之外，这世界上还有个东西叫试纸？"

　　夏晓贤从钱包里掏出个长条来："我怎么不知道？"

　　江蓝彻底呆了，因为上面两条红线如同血一般蔓延，如此显眼。

　　"你这是怎么弄的？"

　　"我早就料到你这老公公不好糊弄，所以提早备了一手。又怕他怀疑你这怀孕是假，来之前赶紧去同事那里借了个试纸条。没想到这东西没用上……不过也不算没用上，要是天一多心，你就把这东西给他看。"

"妈，"江蓝捏起那试纸，只差仰天长叹，"我该说你是用心良苦，还是该赞叹你想事周密？"

"随便你怎么说，哎！你干什么呢！别老拿那个玩儿！那都是尿测的，看着就行了，脏！"

李天一下班回来，自然是大喜。第一，是庆祝他那爹被丈母娘说通，"就我爸那脑袋，也就咱妈能说明白他了。"这第二个值得欢喜的，就是江蓝怀孕的事。

"蓝蓝，你说你怎么有孩子了呢？这是什么时候的事情？"李天一趴下来，对着那肚子上看下看，"是上个月那事？"

江蓝胡乱答应着："是，是，是。"

"我老婆这个地真是肥沃啊，也不知道你是怎么憋着的，居然不和我说，"就势躺在她旁边，李天一幸福地畅想，"我告诉你啊蓝蓝，等这事儿一办，按照咱妈的思路走下去，咱也有钱了，而且还不是一般的有钱。咱就让咱儿子上最好的学校，咱一三五让他学钢琴，二四六让他学架子鼓，咱要把咱儿子培养成……"

"别儿子儿子的，女儿不好吗？"

"女儿……"感受到老婆杀人般的目光，李天一顿了顿，"女儿当然也好嘛。就是儿子更好一些！"

"没想到你还有这么严重的重男轻女观念！"

"不是我重男轻女，只要是你这肚子里出来的，当然都是好的。"他嘿嘿地笑，"但是估计我爹那儿不大成。他心心念念想要孙子呢！"

本来就是没影的事，听李天一在这胡乱畅想，渐渐地江蓝也不再吭声。

"对了，妈还说什么了吗？我爸这儿也同意了，咱下面要做什么？"

"赶紧动工。"

确实是要赶紧动工，但是这个"赶紧"，时间也未免卡得太紧了点。第二天夏晓贤便告诉江蓝，自己已经带了一批人去整地。要盖房子，总得先把原来是菜地的路面给整理一下。江蓝原本也要去，可夏晓贤不让，说她现在是有身孕的人，应该不便行动。

为了不穿帮,江蓝便待在家里。可是她没告诉她妈,她待在家里的另一个原因是,她不想看李桂宝的脸。四亩好好的田地全都要盖上房子,那些曾经辛苦栽种下去的良苗,那些精心护理过的芽子,转眼的工夫就要被压在砖头石灰底下。单是就她种过那么一席地的人都觉得心疼,何况守了一辈子土地的李桂宝?

莫名其妙地做不下去工作,江蓝刚要去散散心,手机响了。已经有了预感,肯定是天枚的电话。她猜这个真是有天分。果不其然……

"天枚,有什么事情吗?"

"嫂子,你真怀孕了?"

每次江蓝希望和她能好好说话的时候,这女人偏偏一副呛人的态度,"天枚,你什么意思呀?"

却没想到她话锋一转,没在怀孕一事上纠结下去,"嫂子,你都不知道咱爸,大早上就去那没丢的一亩地上了,什么饭都不吃,眼圈都是红的……还背着我哭。可是我哥,还在那指挥着推我家地……你知道咱爸留的是哪一块儿地吗? 就是上次你和他种的那块,他说是你头一次种地……"

这点毫无疑问地戳到了江蓝的痛处,她心里一紧,"是吗?"

"是,他种了一辈子地,没想到会落到这么个结果……"

"以后会苦尽甘来。"江蓝抿唇,心里只有一个念头,那就是赶紧挂断这个电话。"天枚,你没事帮我多照看咱爸,我这里还有事,先挂了。"

明明距离自己很远,却还是一整天心烦意乱。

晚上八点,李天一才风尘仆仆地回来。"你都不知道有多费劲,丈量土地划分地块什么的,那村委会还不让弄,幸好咱妈出面才搞到手。"他从身后拥起她的腰,"你幸好没去,要不然以你的小身板,肯定会累出病来。"

江蓝扯了下唇角,算是回应。

"今天最让我生气的是咱爸,大家都在忙,忙得都快要死了,就他坐在那田头一动不动。我本来想让他帮忙中午煮点饭给大家吃的,可他自个儿都没吃,大家也没捞着吃。下午三点我才腾空骑着三轮车买了点馒头回来。真不知道老头子是怎么了,今天和瘟鸡似的。"

"你这是说的什么话啊？你家的地被人夺了，你心里高兴啊？"

"什么夺不夺的，问题是人家的政策就是这样啊。何况咱又不白给，咱还有钱。"

"就算是有钱他也难受！他都看了这地一辈子了！"

"奇怪，蓝蓝。到底是你是他亲生的，还是我是他亲生的，你现在这么为老头子着想。"他看着她，扑哧一下笑起来，"好了，别装了你！这儿又没有老头子和天枚，就你老公一个人，可以表达一下真实想法。"

江蓝没心情和他打趣，催着李天一去洗澡，听着浴室欢快的歌声，她突然间想起老妈说的话。有些时候真是身不由己，自己明明是想当好人的，可却鬼使神差当了恶鬼。而以后再想悲天悯人，即使发自内心，那也没人会相信。

这真是讽刺。

可她没想到，更讽刺的还在后头。

李天一洗完澡已经十点了，小两口腻在沙发上说着悄悄话。忽然，电话铃声响了，李天一胳膊长，探过身去接电话，也就是五秒钟的工夫，便呈现出石化的状态。

"谁的电话？发生什么事情了？"

"你说爸是不是打错了？"他回头又看通话记录，"是爸的电话，没错啊。"

"到底怎么了？"

"他说，妈疯了。"

"然后呢？"

"然后就没了，挂电话了。"

"啊？"

这声"啊"之后，耳边突然响起敲门声，江蓝跑去开门，"妈！这都几点了，你怎么过来了？"

夏晓贤二话没说，径直走到了沙发前，"蓝蓝，天一。你们都坐过来，我有事情要和你们说。"

不到一分钟，小两口终于明白了江大成那句没头没尾的"你妈疯了"的含义。

他们妈确实疯了。

江蓝瞪大眼睛，"你要卖这个房子？"

"对。"

"你卖了房子，我们俩上哪儿住去？"

"先和我们老俩口挤一块儿住。"

"和你们俩一起住？你们那房子也不过 100 平方！四个人能住开？"

"肯定住不开，"李天一插嘴，"这过段时间还要再添一个。"

"不是添一个不添一个的问题，妈，我们犯什么错误了吗？你要把我们赶出这个房子？"提到卖房子，江蓝几乎要悲从中来，"我们要是做错了什么事情你就直说啊，你别上来就不给我们改正的机会，我们……"

"你想哪里去了？你们啥错误都没有！"

"那你怎么要抢我们的房子？"

"缺钱用！"夏晓贤深吸一口气，"这就是我找你们的事情，不卖房子咋办？你有买砖和水泥的钱啊？你有雇工程队盖房子的钱啊？你有买果树苗木的钱啊？现在那地就等着开工，我算了算，差不多得需要 30 万！短时间内，你能弄出这么多钱来？"

"我……"

"反正也没打算进去住，咱就做出个房子的壳，用最差的空心砖和水泥，那也得 30 万。而且还有一件大事，"夏晓贤在纸上画了画，"打个比方吧，人家找建筑队如果 1000 一天，咱们就得找 2000 一天的。"

"这又是为什么？"

"你个傻瓜……还是那话，咱们要赶在华夏的人找亲家之前开工，那样才不会被当作故意坑赔偿款的建筑！我听说，有两天就能盖起来房子的。咱得加快速度，一天就得大体完工！所以，把钱弄得高高的，让工人们使劲做！"

江蓝再一次感叹，还是她妈考虑得周到。若不是她要卖的是自己住的房子，她几乎都想为她妈这缜密的思维叫绝了。

"你俩明天下午真不行请个假，或者请个阿姨晚上帮你们收拾收拾，该不要的家具就不要了,其余的先弄到我们那儿去,如果不愿意和我们老俩口住也可以,可以先找个房子租一租。对了蓝蓝,"她看着她,眨眼道,"你明天可别又不知道自己怀孕了,有繁重的活儿,让天一帮忙多做点。"

"不行!"江蓝猛地站起来,"妈,我不同意。"

"你又不同意什么?"

"我不同意卖房子!"江蓝又坐下来,"妈,这事太突然了。你不能考虑一下吗? 这房子我和天一都住出感情来了,怎么能……"

"你们有感情还是我有感情? 这房子还是我当初用你姥姥给我的嫁妆买的呢! 可是蓝蓝,现实在前头,感情能一下子变出三十多万块钱来?"

"妈,咱就为那赔偿款,值当得砸锅卖铁地凑钱吗?"

"值当得吗?"夏晓贤一声冷笑,"30万换250万,你说值不值当?"

"我……"

"不要说了! 江蓝,我这次是来告诉你我这决定,而不是要来和你商量问题的,还有我提醒你,这房子的主人是我夏晓贤。天一,你安排一下,争取晚上挪出地方来。"

在江蓝家,夏晓贤的话一直具有雷霆万钧的力量。所以第二天俩人请了天假,四处找房子着手迁徙。

房子自然是不好找的,只能把家具先挪到夏晓贤那边。李天一怕江蓝动"胎气",所以整个过程都是他在忙活。破家值万贯,眼瞅着那家也没多少东西,没想到搬家公司收拾了两趟,都没有运完。

"哎,师傅,那个东西怕摔,您小心着些……"江蓝站在树荫下指挥工作,"对对对,就放那儿就行,下面垫着点布子,它也是怕压的。"

正忙着,身后突然有人喊她的名字,"江蓝!"

江蓝蓦地回头,是韩嘉平。

"你这是要搬家? 怎么? 这儿不住了?"

"哎,家里缺钱用,这不是要卖房子吗?"江蓝皱了皱鼻子,"所以我妈硬逼着我们赶紧腾出地儿来。"

"家里缺钱用? 你家怎么了?"

江蓝本来想和他说真实情况，但是如今和他不远不近的，有些话说了也是麻烦，"哎，反正就是事很多，一两句话还真是说不清楚。"

　　"嗯，"他倒是也不多问，"这是要搬到哪儿去？"

　　"先把东西挪到我妈家里，我妈让我和天一随着她住，但我觉得四个人住在一起特别不方便，所以想先把东西给放置好，以后再找个房子租一下。"

　　"那么找到房子了吗？"

　　"哪有那么快。"

　　"你需要多大的房子？地段有没有要求？"

　　"租房子哪儿还有那么多要求，"江蓝笑笑，突然觉得有些不对头，"等等，嘉平，你要做什么？"

　　韩嘉平已经掏出手机，"我有个朋友，这几天说要把空出来的房子租出去的。"

　　"哎，不用了，不用麻烦了！"

　　"怎么了？不是缺房子吗？"

　　"不用了，如果……如果天一知道是我通过你的关系租的房子，指不定又得生出多少事来。所以啊嘉平，"她摆出一个诚挚的笑容，"真是不好意思，我先谢谢你。"

　　"没有什么感谢的，反正也没帮上什么忙，"韩嘉平似笑非笑地看着她，"你很在意你先生的话？"

　　这话多少让江蓝有些不舒服，"等你以后结婚就知道啦，夫妻总是要相互将就。对了，"她忽然想起那次看到的情境，看着他笑起来，"你是不是和贺京杭好啦？"

　　"你怎么会这么问？"

　　"没什么，某天好像看到你俩在一起了。"江蓝突然有些尴尬，"没什么，只是我觉得你们这次也算是终成正果。"

　　"没有的事。"

　　这样一说，反而江蓝有些不对劲了，"其实贺京杭也挺好的……"

　　"她好是好，感情这东西又不是搞感动中国的评选。"韩嘉平似是很不喜欢继续这个话题，"要不要我帮忙？有些碎东西之类的，我可以开车帮你们拉一拉。"

"不用啦，我看再一次车就可以了。"

"那好，那有事再聊，我先回去。"握了握她的手，韩嘉平转身，走出去五步左右，却又突然转过头，"蓝蓝，基于前男女朋友的关系，我再福利性地告诉你一件事。我有预感，虽然你先生反对我们有交往，但是不久的某一天，我们一定还会再有关系，而且还是在他默许，甚至是急切要求的前提下。"

江蓝愣住，"哎，你这话什么意思？"

韩嘉平没有回答，大步流星地走出她的视线。

车子就停在距离小区不远的广场上，登上车子，韩嘉平迅速发动引擎。"过瘾了？"坐在副驾驶的贺京杭"嗤"声一笑，"见到她了？"

韩嘉平"哼"了一声。

"看来结果不太好啊，瞧你这眉头。我就说嘛，你看她就相当于自虐，而你，"贺京杭微微摇头感叹，"偏偏喜欢这样的自虐。"

"你说的一切都是真的。她确实在搬家。"

"那是，也不看我这是从哪里来的情报。江蓝他妈要在江蓝公公那里建房子，就算是空心砖的，那也需要钱，而她们家没多少余钱，所以为了所谓的放长线钓大鱼，舍小求大便是唯一的路。"

"这一招走得实在是太冒险了。"

"与其说是冒险，还不如说是缺德。可是没办法，江蓝她妈的信条一直就是冒险加缺德才等于财富。而她眼里只看到财富，别的东西都是垃圾。不，唯有一件不是垃圾，那就是江蓝。实话说，她做这些虽然是缺德，但那也是为了让江蓝过上好日子。对了，说到这里，我还有个重磅消息要告诉你。"

"什么？"

"据她妈说，江蓝怀孕了。"说完这话，贺京杭仔细盯着韩嘉平，她以为男人脸上会出现些许异样，可是没有，整个过程他都平淡如常。于是她干脆继续："他们早就想要孩子，可是因为这日子过得不太好，孩子根本就要不起。大概这次是觉得发财有望了，想赶紧要个孩子。"

韩嘉平又似笑非笑,"真是如意的好方法。"

"是如意,可是你打算让他们如意吗?"

他没有直接回答这个问题,只是勾了勾唇角,"我可不大度。"

"不大度不要紧,"贺京杭想了想,"怕的就是你不忍心。"

江蓝自然不会傻到将与韩嘉平碰面的事情告诉李天一,但是他最后那句话却着实让她琢磨了半天。

琢磨来琢磨去,始终百思不得其解。

而搬家是太耗心力的工程,一家人齐上阵都觉得不够用,"蓝蓝,你老杵着干什么,赶紧搭把手!"江大成累得满头都是汗,"这是给你搬家呢,你瞧你就和那甩手掌柜似的。"

"爸,是妈不让我做的!"

"江大成,是我不让蓝蓝做的。她不是还怀着孩子吗?"

"她还真以为自己怀了?"江大成哭笑不得,"真厉害,这事都能这么入戏。"

"你这是什么话!倒是想不入戏,可是不装得像,被李天一看穿了怎么办?咱就指望着这孩子才能这么顺利,要是让他们知道没了孩子,那事情可真就……"

"那你瞒吧,我看你能瞒几天!"

这话刚落不过两分钟,在外找房子的李天一就回来了,一看到江蓝弯身干活就去抢她手里的东西,"你成心让我担心是不是?你这身子怎么能干活?"

"我……"

"天枚呢?天枚哪里去了?"

"天枚?"

"是啊,咱爸咱妈年纪大了,你又怀着孕,我一个人实在忙不过来,就把她喊了过来,她刚才还打电话和我说到了呢,怎么?还没过来?"

"你真是的,你把她喊来怎么不告诉我一声呢!"江蓝跺脚,脸色煞白,突然有了不祥的预感。而她这预感不幸的功能第一万零一次地成真,这话刚说完,便见李天枚从门后走了出来。"哥,我早就来了。只是嫂子他们一家人聊得热闹,根本就没看到我。"

"你这家伙,我是让你来帮忙的,没让你……"

"哥,我刚才可没白蹲墙角,我不小心听到一件事情。"

"什么事情?"

天枚的目光利剑一般向江蓝看来,唇角却稍稍扬起,"我这嫂子压根就没怀孕。"

"你说什么?!"

"我说我这嫂子根本就没怀孕。我是听他们一家人亲口说的!"天枚的声音升高,突然一把抓住江蓝的手,"走,嫂子!咱们这就去医院做检查!"

江蓝拼命挣脱,"妈!爸!"

"天枚,你胡闹!这是在我家!可不是你撒野的地方!"夏晓贤吼道。

"我这是撒野吗?我这是要嫂子澄清一个事实!万一我嫂子怀孕了,我自认孬种!可这嫂子要是没怀孕,你们是不是也得给我们李家一个交代?"

江蓝想要挣脱她的束缚,却没想到她的手劲越来越大,"妈!"

夏晓贤也慌了,"大成!你由着人家在你家闹吗?你也不赶紧管管?"

"我……我怎么管?"

"江蓝,你随着天枚去!不就是做个检查吗?这有什么好挣扎的?"李天一一把抓住江蓝的手,狐疑的目光死死盯着她,"难道你真的没怀孕?"

夏晓贤背后一声大吼:"当然不是!"

"那不是,咱们就走!"

"走就走!蓝蓝别怕,有妈陪着你呢!大成,"夏晓贤回头招呼老伴,"你也跟过来!"

这该怎么办?没怀孕的人要被逼着去做B超,这不一切都露馅了吗?

江蓝一想到这个都快要哆嗦了。左边是李天一,右边是李天枚,活脱是两个押刑的狱卒。她满脑子都是即将要发生的一切。如果李天一知道她没有怀孕,会不会当场就把她给宰了?

"蓝蓝别怕,"到了这个时候,夏晓贤的底气仍很足,"咱们有孩子,怕他们干什么?"

一行人坐上了出租车。

"这要去,就去最好的医院吧。大成,你们那医院是不是咱深州最好的?"没等江大成回复,夏晓贤又下了命令,"师傅,咱去市立医院。"

到了市立医院,李天一去挂号办手续,"妈……"江蓝只差要哭出来:"这怎么办?"

"能怎么办?"夏晓贤反握住女儿的手,"放心。"

"再说这有什么好不放心的? 你肚子里又不是没货,"看着李天枚,夏晓贤故意放大声音:"放心蓝蓝,我知道你是为了孩子好,但是你爸说,做一次检查就受这么点辐射也没什么。哎,这说着你爸就回来了,大成,"她迎上去,"我正和蓝蓝说着呢,这 B 超没辐射吧?"

"没有。"

"那你都安排好了?"

"嗯。"

"瞧着没,蓝蓝,你爸爸把事情都给安排好了。"夏晓贤看着女儿眨眼,那瞬间,江蓝恍然悟到了什么事情,只听夏晓贤又说道:"有个熟人就是好啊,原本得排队,这下你爸一过来,等天一办好手续,咱接着就能过去。"

话落,天一就跑过来了。

"蓝蓝,你赶紧随着天一去吧,对了,还有天枚,你可得好好跟着,看看到底你嫂子有没有孩子,千万别看错了。"

看着三人走进科室,夏晓贤抓过江大成,"事情都办妥了?"

"基本没问题,"江大成抹了把脸上的汗,"幸好这当值的是我进修时的老同桌,平时关系还好,他答应我,虽然照的是蓝蓝的照片,但出片的时候,他会拿另一个孕妇的片子替代。"江大成又忍不住埋怨:"我这一辈子勤勤恳恳,哪里做过这样的事! 刚才说这些话的时候,差点臊死我了。"

"行了行了,知道你辛苦。我这不也是被逼无奈嘛,哪知道这个李天枚这么刁滑。"

两人在走廊上不停嘀咕的时候,江大成的手机响了,"大成,你闺女是怀孕了啊。"

"对对对,是让你说怀孕了,可你和我说没用,你得和另外那俩人说!你把你早前准备好那片子给那俩人就行。"

"不是……我说的是,不用事先准备好的那片子了,你闺女就是怀孕了!确确实实的,B超显示怀孕了。"

"老吴你说什么?"江大成紧抱着手机,"蓝蓝真是怀孕了?"

"是啊。"

"你没看错?"

"你个老家伙,我做了一辈子B超了,我连怀孕没怀孕都看不出来?你等我看看,"那边只静了两秒,"这孩子都快三个月了。"

这简直太像是一场梦了。原本是要被捉去"验孕"的,现在可好,居然真的怀孕了。不光老俩口不敢相信,就连江蓝自己也觉得惊人。别人生孩子都反应那么大,怎么到自己这偏偏一点感觉也没有。刚要说什么,只见李天一凑了过来,"你还说一个多月,瞧你这个当妈的粗心的,居然已经三个月了!"

"三个月又怎样?当爹的不还是不信?"

话题到这里,一派欢畅中不可避免地又提到刚才那出,"天枚,你怎么回事?"李天一瞪着自己妹妹,"我知道你对你嫂子一向有意见,上次的事情我就忍了,可你也不能这么胡扯八道吧?"

"哥,我没……"

"你没?你还敢说没?你嫂子那肚子里的这不是孩子?这难道是个皮球?"

"是啊是啊,天枚,这饭可以乱吃,话可是不能乱说的,你瞧瞧你这一出,闹得真是全家都跟着不痛快。"夏晓贤走过来轻笑,"天枚,按道理你不是我孩子,由不得我来说你。可我真忍不住想说你两句,你这孩子心眼小,可千万别祸害别人。"

第十六章
事关利益，寸土必争

孩子的事终于过去了，虚惊一场。

在江蓝的心里，这是由没孩子到有孩子的渐变，自然非常愉快；在李天一眼里，这是由一个月到三个月的渐变，证明他距离当爹又提前了两个月，因此也愉快。

恰巧第二天是周末，他们原本想痛快睡一觉，却没想到第二天不到八点，江蓝就被夏晓贤给叫醒了。

"天一，你先在找找房子，我带着蓝蓝出去转转。"夏晓贤催江蓝赶紧吃饭，"我认识一个老熟人，对怎么保胎啊，养孩子啊都特别有研究，我们去看看。"

"知道了，妈。"李天一摸摸老婆的头，"你好好跟着人家学学，知不知道？"

"妈，到底是哪个老熟人？我之前认识吗？"江蓝哈欠连天地随着老妈走，"我该称呼什么？阿姨？"

"你先别这么多问题，"夏晓贤伸手抓紧闺女向前快走，"去了就知道了。"

下车之后，江蓝还以为自己走错门了，眼前的牌匾上写的分明是四个大字——王慧诊所。

"不是昨天去过我爸医院了吗？来诊所干什么？"

夏晓贤不答，拉着她就进了诊所，冲着迎过来的一个中年女人打招呼："王慧，这是我闺女。蓝蓝，叫王阿姨。"

"你好，江蓝。"王慧亲热地看着她笑，"我第一次见你的时候，你才这么点儿……"她比划着旁边那凳子，"一转眼，成这么漂亮的大姑娘了。"

"王慧，我是躲着大成来的，你也别和他说。我这闺女怀孕快三个月了，你帮她看看。"

"知道了，师娘，没问题！"

作为检查对象，江蓝一直没搞明白大早上她老妈拖她到这样一个莫名其妙的地方来干什么。直到那熟悉的B超又在她身上演练了一遍，她这才恍然觉察到要发生的事情。王慧的手法利索，不过三分钟的工夫便带她出来，"怎么样？"出了门便看到夏晓贤一脸紧张，"看出来了吗？"

"恭喜师娘，是个千金。"

"你没看错？"

"不会看错，师娘，我都看了多少年了。"

夏晓贤的脸一下子就垮了下来，"完了。"

"师娘，你……"

"王慧，"夏晓贤一把握住她的手，"你这能不能给做掉了？"

任江蓝再傻，也能听出此时"做掉"这俩字的意思，"妈！妈！你这是要做什么？"

"你先给我闭嘴！"夏晓贤登时严厉，"能做不能做？"

"做倒是能做，就是……"

"能做我也不做！妈，这是我的孩子，我不做！"江蓝转身，奔着那大门就朝外跑，可是跑了两步，就被夏晓贤给扯了回来，她疯了似的挣扎。"妈！我不做！我好不容易有了孩子，我怎么能做掉！"

"要是男孩谁让你做？可是你现在这个是女孩，你那公公能依吗？"

"我不管！他依不依我都不管！这是我的孩子！"

"你不管是不是？二百多万你也不管？你也不要了是不是？"

"我不要！那些钱都给你，我不要了！"江蓝说完话又要朝外冲，"我就要我的孩子，其余谁爱要谁要，我不管了！"

"很好，你不管了。那房子也被卖掉了，我就看你和天一有什么钱过下去！租房子吗？租房子也得要钱！我看你拿什么来养这个孩子！"夏晓贤言辞激烈,呼呼直喘粗气,"你以为我爱管你?我要不是因为你是我闺女我怕你过不好,我犯得着操这个心?"

"王慧,今儿个我们就不做了,以后要是做,你就给操心一下。"夏晓贤说完,径直先走向门口,剩下江蓝看着她远去的背影,突然"嗷"的一声,放声大哭。

两个人欢天喜地地出去,却完全是相反的状态回来,一个泪光闪现,一个疲容尽显。

任谁看到这俩人的样子都会不安,李天一心立刻提到嗓子眼去了,"蓝蓝,你这是怎么了?"

"老夏,天一大早晨起来就说你带蓝蓝去看老熟人了,"江大成也扶着眼镜凑过来,"大早上你去看什么熟人?"

夏晓贤疲惫地躺在沙发上,"王慧。"

"王慧?"

"蓝蓝肚子里的孩子情况不好,因为昨天受情绪刺激过大,有流产的危险。"

"什么?"

夏晓贤没来得及说什么,就被江大成死拉硬拽地拖到了卧室,"啪"的一下关上门,江大成努力压低声音:"你到底又干什么好事了?你带蓝蓝去做 B 超了?"

"是。"

"看男女?"

"是。"

"你啊,你可气死我了你!"江大成急得在卧室里转圈,"你知不知道,国家现在查这个查得特别严,昨天我们医院还召开大会,三令五申不准利用职务之便行不法之事!你啊你!你让我说什么好!"

"你先别说什么好,蓝蓝的孩子是个女孩,你说怎么办?"

"什么怎么办?"江大成反问一句,随即瞪眼睛,"老夏你不会是想让蓝蓝流……"

"不是想,是必须!"

"现在都什么年代了,你还有这样的观念?当时蓝蓝不也是闺女吗?我们这一辈子不也过得挺好?我告诉你,你可千万别拿这事开玩笑……"

"我知道她是不容易,还有,不是我有那样的观念。蓝蓝是我闺女,别说她生个闺女,就算生个肉蛋出来我也一样喜欢。可是那李桂宝呢?"怕外面的李天一听见,夏晓贤努力压低声音:"他们要是听蓝蓝有了个女孩,那得怎样做?"

"他爱怎么做怎么做,生孩子也不是我们蓝蓝一个人能主导的事情!"

"天啊,江大成,你做了一辈子的医生了,你能不能把自己的思想从神坛上放下来一下?"夏晓贤烦乱地揉了揉头发,"你以为那李桂宝的思想能和你似的?先不想现在,想想以后,蓝蓝这胎是女的,依照他们的想法,必然会要求生二胎。但蓝蓝是独生子女,可以放宽条件,但那天一不是!你让他们以后怎么办?"

"那你是什么意思?流掉?"

"必须,而且还要尽快。"

"先是卖房子,现在是流掉孩子,夏晓贤,你为了巴结那李桂宝真是疯了你!"江大成气得声音都哆嗦,"我看这事情就是一个恶性循环,与其再这么下去,咱们不如回头是岸。老夏,你非要那么多钱干什么?咱们日子不也过得好好的吗?"

"你日子过得是好好的,可是蓝蓝呢?蓝蓝怎么办?"

"你……"江大成瞪着她,"我告诉你,这流产可不是小事情。无缘无故好好的孩子去流掉,会被上边儿发现的!就算不让外边发现,那也会大大损害孕妇身体!"

"撇去上边发现不说,女人的身体比你预料中的要撑折腾。"

"我坚决不同意!"

"你以为我是在和你商量?这么多年了,我做的哪一件事情你同意过?"夏晓贤语气平淡而肯定,"这事由不得你。"

"你……就算由不得我,蓝蓝也不会同意的!"

"三天时间,我保证她会回头。"

从昨天的喜得孩子到今天的愁容满面,江蓝一家人似是经历了天上地下的两个世界,当着他们的面,李天一已经给天枚打了 N 个电话声讨,经丈母娘一说,他觉得孩子保不住就是妹妹害的,毕竟昨天的情绪激动,那天枚才是根源。

天一一向脾气很好,从没发过这么大火过,"李天枚,你嫂子要是有个三长两短,你就给我等着!"扣了电话,揣着一盒烟就踏出了门。

李天一出去后,江大成也一早就去农贸市场买菜,家里就剩下江蓝和夏晓贤俩人。

看着天一走出家门,夏晓贤面无表情地走向卧室,刚要进卧室门,江蓝就从后面跑了过来。"妈!"江蓝一把抱住夏晓贤的腰,"妈,你别不理我,你别不理我……"

夏晓贤掰开她的手,声音平淡,"妈没不理你。"

"妈,我不知道该怎么做!你告诉我该怎么做……那是我的孩子啊,我好不容易才有的孩子啊,妈!"

"妈知道,"夏晓贤也忍不住了,转身抱住女儿,"你是我身上掉下来的肉,咱们都是女人,我怎么能不知道?"

"可是蓝蓝,事情你得想清楚了,有些事过了这村没这店了,讲究的就是个时机问题,就比如这次的事。可有的事不是,只要你和天一在一起,这孩子可以再生。"

"你想想,用你一次流产,换以后这么好的生活,这生意划不划得来?还有,虽然妈这样的算法有点不近人情,但是在这事上,你妈牺牲的也不算少。你住的那房子可是你姥姥给我留下的啊,我这不还是转手就给卖了?还是那话,我都半个身子入土的人了,要那么多钱干什么用?这不全是为了你吗?"说到这里,夏晓贤情到极致,"就你现在和天一过的这日子,我和你爸现在死了,都闭不上眼呐……"

"妈,你别说了,我知道你是为我好,"江蓝扑进母亲怀里,"妈,我听你的,我做!"

一旦松口,做手术只是出门一趟的事。两人找了空,随便编了个理由就来到王慧诊所。

说完全放心是不可能的,流产手术时间很短,半个多小时的事儿。可夏晓贤却感觉像是过了半年。自从闺女被推到手术室里,她就一直在外面踱步,坐立不安。闺女长这么大,别说做手术了,几乎连磕着碰着都没有过。但这又能怎么办呢?都说她心狠,可谁让这事碰上了?

二十多分钟,流产手术宣告完结,江蓝被扶着走了出来,面色苍白,眼角还有没来得及擦去的眼泪。"妈,我刚才看到那小东西了,"她趴在夏晓贤肩上哭,"已经那么大了……"

"乖,孩子以后咱还会有,咱以后要七个八个。"夏晓贤胡乱安慰着自己的闺女,另一边和王慧说话:"没什么问题吧?"

"师娘,我都做了不下十年这手术了,能有什么问题?"

"那多久以后能再要孩子?"

"人工流产虽然流得干净,但也是很伤身体的。半月之内别从事重体力劳动和沾冷水的工作,一个月之内别夫妻同房,这一段时间关系着今后的生育,所以一定要养好身体。"

"好。"

这边正"好""知道了"之类的遵从医嘱,就听外面一阵急促的脚步声音,三人齐齐向外看去,还没反应过来,那黑影已经以迅雷不及掩耳的速度窜了过来。

"蓝蓝,"是江大成,他迅速抓住闺女的手,"你……你这是已经做完了?"

"你别和没事人似的,这手术已经做了,咱们就商量一下后面的路,"坐在出租车上,夏晓贤着手布置后面的行动方案,"你出来,天一知不知道?"

"他能知道什么?我是有预感才跑了过来,这话根本就没敢和他说。"

"这样最好,等回家,你就说是你找人给蓝蓝看了妇科,说蓝蓝的孩子因为前段时间情绪波动太大,保不住了。所以我们听从了医生的建议,给流掉了。"

"老夏,你现在可真是撒谎不打草稿啊,"江大成从镜子里看着她,"我都没想到,你还有这个本事。你自己不觉得你这样对闺女也太毒了点?你就不怕这样对蓝蓝、对天一家里人,以后会遭报应?"

"我怕,我怕!我怕死了,可我怎么办?我这不还是为家里好?"在咄咄逼人的江大成面前,夏晓贤终于没能忍住,"你光说我对蓝蓝心狠,但是能怎么办?事情已经走到这里了。我宁愿让蓝蓝丢掉这个孩子,只要她以后日子过得好,过得无忧无虑!江大成我说话不知道你信不信,今天看蓝蓝上手术台,我心差点都跟着揪扯碎了。就一个想法,如果能替代,我可以流八次也坚决不能让她受一回罪!你老说我绝啊狠啊,你能懂我这分儿当妈的心吗?"

江大成没有再说什么。因为他从镜子里看到,一向坚强的老婆,眼泪顺着眼角,不断地向脖颈滑下来。

内部矛盾是内部矛盾,在李天一这个相对外道的"外人"面前,那话肯定还得照商议好的说。

许是在路上被训了一顿,感知到了老婆的良苦用心,面对李天一,江大成发挥得不错——说找了个熟人看了江蓝,孩子因为情绪太波动保不住了,又怕李天一担心,这才在流完之后告诉他。

看李天一那表情,简直就是崩溃了。拿起电话,江蓝头一次见他那么咆哮。"爸,你能不能管管枚子!我家孩子都因为天枚胡闹没了。爸,你知道我和蓝蓝多不容易才有个孩子啊,叫她这么一折腾,她倒是舒坦了,可我们遭殃了……"说着说着,李天一已经哭了出来,"爸,你可千万别让枚子来糟蹋我俩的生活了,我管不了她,我求你管管她吧。"

"天一,你也别这么生气,天枚她毕竟是你妹妹,"看女婿气得哆嗦,丈母娘开始贴心地唱红脸,"谁都不想看到这情况,是不是?"

发完脾气的李天一很懊丧,"妈,您别说了。"

"好,妈不说了。但是妈得嘱咐你,甭管怎么说,蓝蓝这是丢了孩子,还是因为你们家丢的,你可得好好照顾她。"她从饮水机接来一杯水,示意他给江蓝递过去:"医生说,这流产就是小月子,吃喝不说,那得吃有营养的,关键是要顺,不能生气。我知道蓝蓝脾气不好,被我宠坏了,可她再怎么不好,劳烦你这几天顺着她点,知道吗?"

"嗯。"

"好了，别垂头丧气了，对了，你不是要找房子吗？你那房子找得怎么样了？"

"正在看房子呢，这不蓝蓝出了这事，我就赶紧回来了。"

"在哪里？"

"在中丘路上，有个叫明园的小区的，价格也还合适，一个月一千。"

"那不错，等蓝蓝过去这两天，你们搬过去就行。"夏晓贤拍了一下女婿肩膀，打气道："行了你，别这么哭丧着脸！只要你们小两口在，一到那边小区过自由日子，要多少孩子做不出来？"

以后能"做出"孩子来那是后话，当前的情况是，眼下正值这么好的时机，该怎么利用这大好的时机为今后做准备。

六点多准备晚饭，夏晓贤为江蓝准备的是大补的乌鸡汤，熬到中间，在厨房里吆喝江蓝："蓝蓝，我不知道你喝多大的咸味儿，你快过来尝一尝。"

"妈，就按照往常那咸淡就行。"

"你这孩子，你快过来看看……"夏晓贤打开厨房门，热切召唤闺女，"你过来尝尝这咸淡，别我到时候做了你又挑三拣四没完没了。"

江蓝只能无力地挪过去。刚挨到厨房，整个人就被夏晓贤给揪过去了，"你这个孩子怎么没心眼，我连眼色带声音的都给你示意了，你还在那儿坐着安闲！"

"妈，你有事啊？"

"没事我这么喊你？"夏晓贤端起脸色，"你听着蓝蓝，虽然你现在很疼，但从另一方面说，现在更是你大好的时候。现在他们老李家都觉得对不住你，而天枚这个刁滑鬼吃了这亏，绝对没法对你说三道四了，所以蓝蓝，你要抓住这个机会啊。"

"我怎么抓住这个机会？"眼睛朝天花板上瞅，江蓝靠在冰箱上，一样一样地数："以前说不同意挪地儿，现在也同意了；以前说不同意盖房子，现在也同意盖了。妈，下面都是咱要做的事了，你还让人家做些什么？"

"你这个死孩子，我就知道你没心数！他那叫全部同意了吗？不还有一亩地死撑着还是庄稼的吗?"

"妈,我求求你就给人留点活路吧……人家一共五亩地,四亩地都让你折腾。就剩下五分之一想要善终,你还不完成人家心愿?"

"是我不给人留活路?一共五亩地,缺了一亩那不是大事?这一亩地就是少了660平米,你算算,就以一平米1000算,这得多少钱?"

这账目太好算了,眼睛一眨,江蓝也有些心动。夏晓贤将闺女的犹疑看在心里,"你想你因为这事吃了这么大亏,连孩子都得流掉,不就是因为他老李家?现在,你逼他们做出点退步,那不叫得寸进尺,叫做天经地义!"

"妈,那咱们要做什么?"

"寸土必争,他爹不是想留一亩地收花生吗?现在坚决不行。"

"行,我试试。"江蓝深吸一口气,"只是我怕未必能行。"

虽然江蓝对结果有所犹疑,可是夏晓贤却很自信,就从与李桂宝见过,她便觉得这老头怕是真喜欢自家闺女,如今闺女因为他家遭受这么大罪,那别说是这要求了,肯定是说什么都答应。

两人商量着,等江蓝稍微好一些就再回三河乡一趟。

却没想到,对方比她想象得还要积极。第二天上午,李桂宝拎着一堆东西过来了。

江蓝推门一看,老公公将带来的东西放到一边儿,"她嫂子好些了吧?"李桂宝弯下腰,低头拾掇那些鸡蛋,"我这攒了些山鸡蛋,都是咱自家鸡下的。她嫂子,你这几天吃吃这个……"

江蓝一看他后面带着俩箱子,"爸,这都是鸡蛋?"

"是啊,不光咱自己鸡下的,我还问你罗汉叔要了点,我也不知道带啥,就……"

"亲家,我知道你的好意,按道理这话现在说不好,可是这要是不说,我实在是憋不过去,"夏晓贤冷冷一笑,"这多少鸡蛋我们也能买得起,别说是你们的山鸡蛋,就是大兴安岭的鸡蛋只要出钱也成。可是蓝蓝这身体呢?她那孩子原来是好好地待在肚子里的,这下走得多冤!"

夏晓贤的话一出,立即将气氛降至冰点。"老夏,"待在书房里的江大成看不下去了，"你这说话也……"

夏晓贤瞪过去，"怎么？我这话说得不对？"

"要不是他家天枚，我们家蓝蓝至于这样吗？你瞧那天枚是什么态度，跑我们家来闹，亲家你评评理，我们家蓝蓝明明怀孕了，她非说没怀，我们是怎么辩解都没用啊，人家非得拉扯我们去医院。你说，我们家蓝蓝哪里受过这委屈？你可以问问你家天一，当时我家蓝蓝都哭成什么样了。"

李桂宝低声道歉："蓝蓝他妈，是我们不对。"

"不是对不对的事。我也知道那天枚直。可是这事不是这么个办法！"

"是，是，是。"

"亲家，你也甭怪我现在脾气坏，敢情蓝蓝不是你亲闺女。这幸好后来我们还做了个检查，说蓝蓝流产后还能再要孩子，这要是再和电视剧似的不能生了呢？"夏晓贤咄咄逼人，"到时候，我看后悔的是我们老江家，还是你们老李家！"

"蓝蓝他妈，你说的都对。这事儿全怪我们天枚，这孩子忒不是东西。本来天枚也是要过来的，说要给她嫂子承认个不是。但是我想现在她嫂子肯定气还没消。现在把她扯来，全是给她嫂子心上添堵，就没让她过来。"

"亲家，这点你倒是考虑得对。医生说了，蓝蓝现在这个阶段，吃得差点没关系，就是不能动气。再动气，指不定以后孩子就怀不上了。"

"嗯！"

"不过蓝蓝，你前几天说要和你公公说什么来着？"气也撒完了，铺垫也铺好了，眼看着火候差不多了，夏晓贤开始逼闺女办正事。"你今天不还嘟囔着来吗？眼下你公公也来了，你还不和他说说？"

"妈，我……"

"你瞧这孩子，都是一家人，还用得着支支吾吾羞涩这个？难道要妈替你说？"

"妈，不用了。"江蓝深吸一口气，"爸，我这几天闲在家里琢磨一件事。您不是还剩了一亩地吗？把那地也盖上房子吧？"

"她嫂子，你……"

"我知道爸很难接受,但是您想想,"江蓝抿抿唇,努力梳理自己的思路,"就按照我妈那价格算,这一亩地至少能出四十万。你想这四十万,光我们小俩口得赚多少年?去年天一评职称,按道理天一这工作年限和资历都够了,可就是因为对手给上边贡献了二十万,那职称就成了人家的。爸,您这就是难受点,就能换来四十万,就能为您儿子的前途贡献一把力量,不如您再考虑考虑?"

"蓝蓝,话别说得太多,省得又累。"夏晓贤插嘴道,"你这么懂事,你公公肯定能理解,你……"

"不要说了,我答应。蓝蓝他妈,"李桂宝站起身,"你明天就带人把拿地给整了吧。我现在就回去。"

"哎,亲家,你不留在这里多住两天?"

"我不了,"走到江蓝那边,李桂宝又停了停,"她嫂子,爸也不能给你些什么,就只能做出这点事。你啊,心情好点,家里的事不用老挂记。至于天枚,也别老生她的气。你知道,那孩子就是耿直的性子……"

"爸,我知道。"

"那你好好养病,我走了。"

如果不是那地上的两箱鸡蛋证实李桂宝曾经来过,否则,江蓝一定以为自己是做梦。事情进行得是出奇的顺利,比想象中还要顺利很多。

"江蓝,看着没有?这就是天降好时机!"夏晓贤一边朝冰箱里摆鸡蛋一边激动,"那琼瑶说什么明星一滴泪等于天上一颗星,要我说你这泪可比那劳什子明星值钱多了。你看你这一瘪嘴,你那老公公立刻吃不住了……"

耳边传来"哼"的一声,抬头一看,是江大成端着茶杯冷笑走过。

"江蓝你看看你这爹,真是气死我了……"好好的心情被江大成这一冷笑搞得黯淡无光,夏晓贤站在客厅中央埋怨,"人家家里大主意都是男人出,咱家可好,女人冲锋陷阵,也不知道当初我是看上他什么了。"

江蓝低低一笑,"对了,妈,你当初是看上我爸什么了?"

"能看上他什么?"提及这个问题,夏晓贤突然现出些许的羞涩,"那阵不懂,觉得男人老实可靠就行,所以这不就找了你爹。你爹别的好处没有,就老实,没花花肠子！那时候你姥姥就告诉我,找对象可以不找那么有本事的,但一定得找个忠厚耿直的。"

"我也是这样想的。"江蓝说,"妈,我都没和你说过,我当时看上李天一,也是觉得他这点好。你不是一直想问我韩嘉平的事儿吗？其实我和他分手不是完全没理由,有一次我们班上体育课,因为外面下雪,只能转到室内上。那时候正好经过他的教室,我看到……"江蓝闭了闭眼睛,"我看到他和另一个女生抱在一起。这样的事情,也不是一次两次了。"

"啊？这是真的?"夏晓贤头一次听说这事,"你怎么不早说？"

"事情都过去那么长时间了。妈,你知道吗？我从小就看到我爸和你感情特别好,虽然你俩也吵,但是爸都听你的。所以,我也想找这样的婚姻。所以,我就和他分了。"

想到后来还撮合闺女和这样的人在一起,夏晓贤有些将闺女差点推入火坑的后怕,"你啊,你这孩子,你就应该早和我说这些事。"

"早说晚说又不影响结果。"

"这可不一样。"

江蓝心想,现在一样不一样她不知道,如果老妈知道另一件事,这绝对就不一样了。

被韩嘉平抱着的那女孩,她也认识。

就是楼下丁幂的闺女——贺京杭。

第十七章
新种猪时代

所有的地都成功转为了"工地",接下来的事情,就是赶工,赶工,赶工。

前期劝李天一的工作是最费劲的,如今最艰难的时段已经过去,后期对于夏晓贤而言自然是得心应手。

花高价钱找好了工程队,然后买好了工程材料,夏晓贤选了个周末开工。如果她没安排错,稍微加班加点,两天时间就可以把房子盖起来。

秉承着这个信念,周六的时候夏晓贤就带着李天一回三河,照例没让江蓝回去,说是刚流产怕累着她。原以为得两天才能回来,没想到第一天晚上九点,俩人就回来了。江蓝觉得干了一天活的两人肯定会特别累,赶紧去放洗澡水,但没想到的事情还在后头,两人哪儿有半点疲态,简直都是兴奋超常。

"老婆,你别忙,你先坐下。"李天一把江蓝拉到身边,"你是不知道,我们今天是有多风光。"

"那房子都盖完了?"

"盖完了,不仅盖完了,还是风风光光地盖完的!全村人都看到了,都站在村头看我们干活!"李天一像是打了激素一样地兴奋,"我以前从不知道魄力一词是什么意思,这次见到咱妈,这才知道什么是魄力!"

夏晓贤自得地抿着茶水。

"怎么这么快就盖完了?不是好多地吗?盖了多少?"

"五亩地都盖满了,一亩地得盖了 450 平米吧,想想这五亩,就是 2250 平米,我们今天盖了 2250 平米,是不是,妈?"李天一看向夏晓贤,"妈,您不还有工程图吗?快拿来给蓝蓝看看。"

"给她看干什么,这她又看不懂。"

"看不懂我给她讲呀,"李天一拿过那工程图,"蓝蓝,我都不知道咱妈这么能干,事先居然找人画好了工程图。咱这工程图的宗旨就一个,如何在这些地上尽可能地盖最多的房子,却用最少的料!你看,我们就盖了这样的形状……看起来和个平房似的,其实就像一个大盒子。妈说了,她昨天又去苗木市场买了一车树苗,等明天在这房子一周圈再种上树。因为赔偿的话,这树也是算钱的!"

"真的假的?这么多平米,你们一天就盖起来了?"

"当然!要不说咱妈有本事吗?你知道咱妈这次叫了多少工程队去?因为有五片地,足足叫了五个工程队!这五个工程队同时作业,速度能不快吗?"

江蓝瞠目结舌。

"你都不知道我们去的时候,那些乡亲们多羡慕地看着我们,就咱屋后头那老梁叔你还记得不?他老说还是李家的小子有本事,一下子能盖起这么多房子。这要是搁在他们家是想也不敢想的事情。还有那开船的老吴,看着我和咱妈站在一块儿,那眼珠子都要掉下来了,当场就打电话问他儿子要钱,非要盖房子!"

听天一眉飞色舞说这些,江蓝也有些兴奋,"我还在这担心呢,没想到还挺顺利。"

"这回知道了吧?你们前段时间还别扭,这幸好紧赶慢赶没耽误大事,天一,"夏晓贤伸了个懒腰,给他一张名片,"这是那苗木的电话,你明天指挥他们种上就行了,得种密点儿,甭管它成活率多高,只要三个月之内死不了就行。"

"放心吧妈,"李天一眉开眼笑,"我一定做好。"

有了钱这个动力,同志们自然是奋发地工作。第二天江蓝以为自己起得够早了,可是更早起的人是她老公。李天一没影子了,已经开始奋斗在工程第一线。

江蓝又在床上窝了一会儿,直到八点多才慢悠悠地起床。起来转了一圈,却发现江大成不在:"妈,我爸也跟着天一去了? 他今天不是不上班吗?"

"他去什么去? 就算是咱家忙死了,你也别指望着他去。"夏晓贤满心埋怨,"医院大早晨起来说开会,这不,他连饭都没吃就去了。"

"我爸医院这么忙,还三天两头地开会。"

"谁知道,搞得就和要拯救世界似的,"夏晓贤摆好豆浆和油条,"蓝蓝,赶紧吃饭,吃完饭我和你说点事。"

"哦。"

江蓝以为还能有什么事,房子也盖好了,下面最大的事情就该是专心数钱。可没想到,她这样的想法在夏晓贤那里居然成了笑话,"你还真以为事情那么简单啊? 事情到这步还不成,不算完美收官!"

历经前面的波折,江蓝已经快吓出毛病来了,"妈,你不会还要干什么吧?"

"当然是要干什么! 我告诉你,前段时间咱们占地啊,盖房子,那都是最基本的铺垫准备,现在咱要做的,才是最最关键的。这要是做好了,一切没问题,你到时候没事就坐在被窝里数存折上的钱就好了;可这要是做不好,那就是四个字——前功尽弃。"

"这么重要?"江蓝一听,注意力立即上来了,"妈,怎么说?"

"蓝蓝,这阶段的工作主要在你的身上,妈顶多是出出主意,基本帮不了你了。所以你要争气,"夏晓贤顿了一顿,"你听好,妈都要让你做些什么。"

"好。"

"这头一件,就是生孩子。那王慧不是说一个月内不能同房吗? 我那天打听了一下老袁他儿媳妇,人家也是流产的,虽然是药流,但和你这也差不多,人不到一个月就办事了,第二个月就查出了怀孕,现在孩子也活蹦乱跳聪明得很。蓝蓝,妈现在给你努力补身体,真不行请上一个月的假,这一个月咱什么也不做了,就养好身子,然后尽快同房生孩子。你要是生出个孙子,咱们不就保险了? 这李桂宝一高兴,那拆迁款堂而皇之的全是你的! 至于那天枚,想吭声都没立场吭!"

"你知道今天妈为什么又突然想起这事?因为昨天在你老家遇到天枚了,天枚和你那公公在家里商量,说如果赔偿,不能都弄成钱,就你公公那处房子,最好还要建成新房子以后再住。蓝蓝你听好了,我敢打赌这又是天枚的阴谋诡计,"夏晓贤咬牙切齿,"你一定不能让她得逞!"

"这算是什么阴谋诡计?"江蓝没听明白,"要我说,我和天枚的意见在这事上是一样的。妈,现在赔偿要那么多钱没用。钱这东西是越来越不值钱了,一块钱连个大白菜都买不了一棵。可是房子不一样,房子是升值的!"

刚说完,头就被夏晓贤轻打了一下,"你傻啊你!"

"如果变成房子,那房产证写谁的?就算是写李桂宝的,这以后要李桂宝死了,那房子就有一半是你那小姑子的!还有,我看至少在目前,你那公公是袒护你小姑子的,这将来的事可真不好说。所以蓝蓝你别傻了,房子是有所有权的,可是如果变成了钱那就没有了。谁能证明这人民币是谁的?因此你要努力劝你公公,不要房子,只要钱!"

"那我公公以后不就没地方住啦?"

"笨!你先把他弄到你这边儿呀!说到这里,我要告诉你,在你努力怀孕,说通你公公要钱不要房子的这段时间,你也要着手一件事情,"她深吸气,"把你公公努力拉拢到咱这边,最好,能让他住到你家里来。"

"妈,我自己还没家呢。"

"所以,你要赶紧租啊,天一不是找到房子了吗?"

"把我公公接到家里来,"江蓝有些犹豫,"妈,这没必要吧?"

"你怎么这么笨?"

"事情到现在这个地步,怎么看都是决战,"夏晓贤簇起眉头,"这让你把你老公公接到这里来不是没道理的,第一,你能和你老公公搞好关系,虽然现在大局已定,但我怕事情到了最后,很多事情还是要你公公拍板,毕竟,那么多地还是人家的名字。至于这第二嘛,他如果待在你家里,咱们不更好控制事情态势?不像现在似的,他想什么说什么咱都不知道,光靠个手机联系,麻烦死了。就算不麻烦,万一以后事情闹掰了,他一气之下来个不接电话,那以后事情咋办？”

"蓝蓝，我以前也觉得这点不重要，你想，当初是我不让你公公来的，可现在这不是没办法吗？你想，这老头子以后要是不和咱在一起，就凭天枚那个刁滑脑子，想寻思多少事寻思不出来？还是那句话，眼看曙光就在前头，你就不怕节外生枝？"

怕，当然怕。经历了卖房子和流产的事情，江蓝梦里都梦到这一切已然搞定，她坐在门口哗啦哗啦数钱。

可是事情到现在，麻烦似乎越来越多。夜长梦多，事情拖下去，只怕还会有别的问题。

只是仔细想想，夏晓贤给她的这三条任务实在是太艰巨了，简直是一个比一个不可想象。

晚上李天一又灰头土脸地回来了，可能是因为觉得现在的劳累以后都能化成钱，虽然看着疲惫，但情绪却很好。江蓝趁机说出想单独搬出去住的事情，原本就是因为她身体不好才在娘家休养，这下她一说想再要孩子，李天一自然同意搬出去住。

男女之事的动力总是异乎寻常得大，第二天下午，李天一便决定偕妻子搬入新租的家。而接下来一个星期的假也过去了，江蓝又恢复了上班族的艰辛日子。

周围同事知道她刚刚经历流产，自然都来嘘寒问暖地问候。江蓝一上午都在忙于应承这些事，下午还要处理上周积压的累累稿子。加班到晚上八点半，刚走出报社的大门，远远地便看到有个熟悉的人影从远处跑过来。

"妈，你到这儿来干什么？"

"这么晚你还没下班？"夏晓贤喘着粗气，"我告诉你，出大事了！"

"什么？"

"我和你爸不是有散步的习惯吗？今晚下楼的时候，就听楼下那丁幂在打电话，说什么华夏公司的已经通过人要她电话了，估计这几天就得拆她那房子。蓝蓝，这死女人的房子就在咱们的前头，要是都和她联系了，咱们的也就不远了！"

"这不是早晚的事儿吗？"

"这难道还不是大事？"夏晓贤很不满意闺女的反应，"你那孩子有了吗？你把你公公接来了吗？你和你公公说好只要钱不要房子的事情了吗？我上次和你说的，你做到一点了吗？"

"妈……"

"现在你没别的出路，就一个字，快！我看就你现在，要生出孩子来也难。"夏晓贤蹙了蹙眉头，"那你就弄最简单的，尽快把你公公接到你家里。"

听完这话，江蓝很想仰头痛哭。夏晓贤还说把公公接来是最简单的事情，要按她的说法，这难度仅次于让她十天造出个孩子。

要想把老头子接过来，恐怕得先从老公下手。晚上和李天一说了这事情，自然说是为了老爹好，这家伙答应尽快给老家电话。

如果是两年前的李桂宝，江蓝还坚信只要一个电话，这李桂宝肯定会说行。可是经历了上回没把他喊来的事，她便没那么大信心了。

果真，中午李天一就带来了消息：老头子不来。

江蓝一听这消息就愁眉苦脸，立即给夏晓贤打电话，"妈，我公公说不来，说他地眼看着就没了，要坚持到最后一分钟；还说什么以前我们还有房子，现在连房子也没了，他来不合适。"

"不过来怎么办？你想个办法。"

"妈，咱们没必要非得把他给接过来吧？其实到现在，这已经是板上钉钉的事情了，就凭那李天枚，她还能翻得了天去？"

"蓝蓝，妈活了这么大半辈子了，就知道一个道理。不到最后，事情绝不能掉以轻心。咱现在把钱都投出去建房子了，可一分钱回报都没收到，要是到了这个关卡，天枚在里面使个绊子怎么办？就算是咱们把上次流产的事栽赃给了天枚，可是你要知道，咱们再亲也比不上人家亲父女，那天枚那么刁，就凭你公公的禀性，三句话就能把他给说动了。先别说咱几乎是倾家荡产才弄出这点盖房子钱，就说你那孩子，如果到这时候再出现纰漏，那不是白流了吗？"

"妈，你是觉得以天枚的本事，还能把咱交的钱都揽到她身上去？"

"我觉得不是不可能，你是没见到上次天枚和他爹说话时那亲热劲，都说闺女是父母的小棉袄,她那小棉袄那么贴乎,你和天一离这么远,能保证不出问题?这世道,黑的还能被说成是白的呢,要是得确定不出问题,只能让天枚和你公公分开。"

江蓝原本觉得事情并不是那么严重,可是现在觉得实在是势在必行。她绞尽脑汁地琢磨了一晚上,终于想出一主意。只是这个主意一出,连她自己都吓了一跳。

"妈,"第二天一早她就给夏晓贤打电话,"你说,我这招是不是太损了?"

话筒那边是良久的沉默。

"妈,我也觉得我是太损了……但是时间紧迫,我真是想不出什么好主意来。就这个……"

"就这个好了。"

"啊?"

"我说这主意不错,就这个好了。你又不杀人不放火,只是让他眯会眼,这有什么不可以的?蓝蓝,你打算什么时候去三河?"夏晓贤顿了顿,"妈先给你准备好东西。"

"明天下午行不行?"

"行,越快越好。"

江蓝想了想,距离上次去三河乡,已经过了差不多一个月了。

这一个月在以前不算什么,可是这段时间发生了这么多事,这一次就显得格外久。不过没关系,估计这是最后一回了,反正自己也是迫不得已。如果这钱真到手了,她一定买个大房子,把老头子接过来好好地孝顺。一路上,江蓝都这样努力劝慰着自己,现在的困苦都是暂时的,以后有的是他们的好日子。

这思想,在她到了三河乡之后更加坚定。上次来还是良田片片,这次简直就是面目全非。放眼他们家的田地,全是簇新的房子。房子周围种着那么多的树,这要是从远处来看,简直就像是……是烈士陵园。

江蓝看着新鲜,钻进那房子看了看,刚要抬脚到处走走,还没走出两步,就被身后一人猛地拽了出来。

"你干什么呢!"回头一看,竟是李桂宝,"这房子就是盖着糊弄人的,又没柱子又没圈梁的,能进去乱晃吗?"

"爸……爸,我……"

李桂宝用力一扯,赶紧把她拽到距离新房子有三十米远的地方才停住,随即,江蓝便听到一声大叫,"嫂子!"

回头一看,只见天枚瞪大眼睛看她,"还真是嫂子! 嫂子,你怎么来了?"

看吧,自家妈夏晓贤说得对,果真她不在的时候,这父女俩老混在一起。这要是天天在一起,潜移默化的,搞不定会出什么事。想到这里,她微笑着说:"我倒想先问你,天枚,你出嫁了,怎么还老在这里?"

"我在这陪爸……"

江蓝没等她说完便回头看向李桂宝,"爸,您怎么瘦这么多了? 上次我见您还……"

"爸能不瘦吗? 这地又被占又盖房子的,好好的人都得瘦,何况这么大年纪……"

其实这话说得也无意,李桂宝最近确实日子不顺,操心太多,可是江蓝偏偏觉得是话里有刺,"爸,您瘦这么多,是不是身体不舒服?"三个人边朝家走边聊天,"您看您这地已经这样了,我接您去我那里住吧?"

不管怎么说,针对去城里住这个问题,李桂宝就俩字,"不去。"

"可您看您这脸色,分明就是身体不好,"江蓝苦心劝慰,"我爸是医生,正好可以给您做个检查。您这样下去怎么受得了啊?"

"我没病,我身子好好的。"

"您都瘦这么多了,这叫没病? 您这个年纪,是最容易生病的时候……"

"我自己有没有病我难道不知道?"探讨了半个小时生病的问题,李桂宝终于烦了,"江蓝,合着你这次回来,就是盼着我生病,盼着我死是不是? 我告诉你,我没病! 我能吃能喝,健康得很!"

"爸,您……"

"嫂子,爸这不是说自己没病嘛,我觉得爸就是操心操的……"看两人又要闹,李天枚赶紧过来说和,"嫂子,你要是有事你赶紧回去。爸的身体你不用担心,这还有我呢。"

"你……不把人气出病来就不错了,有没有病你能看出来?你是 B 超还是 CT?不行,爸,看您这样子,我实在是不放心,"她掏出电话,"我先给单位打个电话,请假在这住上七八天,如果爸这阵子一切都好,我再回去。"

"哎,嫂子……"

江蓝的电话已经拨了出去。接下来,她便开始了驻村的日子。天枚要回家,大概到上午十点才能赶过来。

第二天一大早,江蓝便到了锅屋。作为典型的北方人,李桂宝喜欢吃面食,喜欢自己蒸个馒头,烙个饼子。江蓝找了半天才找到面粉,"哗啦"一下,把事先磨好的半纸袋药面倒到面粉里去了。

这是她绞尽脑汁才想出来的主意,能保证达成目的,还能节省时间。

那药面子是安眠药,为了好掺入粮食中不被看出来,特意磨成粉末。李桂宝没有一天不吃面,吃这含安眠药的面,不用几天,便会出现嗜睡的症状。那样,她便可以以他嗜睡生病的理由将李桂宝带回城。

而关于天枚,于情于理,这次都不可能拦下李桂宝了,爸都病成这样了,差点昏迷,难道她还能挡着不让去市里抢救?

从种种角度考虑,江蓝都没有想出比这个更好的方法。

果真,这个计策太完美了。哪儿用七天,也就三天工夫,李桂宝便被成功撂倒。先是睡一上午,那时候天枚还没觉得什么,以为是普通的夏乏。但到后来,老头儿睡了一天还迷糊,这就有些不对了。

情况完全是按照江蓝设计的发展的。她先是埋怨了一阵李天枚,说你不是说没病吗?不是说老头子好好的吗?那现在是怎么回事?然后打电话给李天一,让他赶紧来接老头子回去。

问一遍大体情况,连李天一也对天枚发了脾气:"你是什么意思?刚害了我家孩子,现在又折腾老头子是不是?我告诉你枚子,咱爸要是有一点好歹,我饶不了你!"

天枚委屈得不得了,当场大哭。

这里面只有江蓝知道,天一是不会饶不了天枚的,因为她下的药很精确,这李桂宝压根就不会出什么事。

第十八章
老爷子进城，儿媳造反

这下事情进展得相当顺利，老爷子睡梦中就被带到城里，再次醒来的时候，吊瓶都打上了。

当然，打的也不是什么关键性药物，动用江大成的关系，夏晓贤让人就开了些葡萄糖之类的营养性药物。其实安眠药就那点效力，等他睡够了也就好了。

江大成又免不了一顿埋怨，夏晓贤自然懒得理他，可是谁知道他嘟嘟囔囔地没完没了。夏晓贤忍不住回应道："你说我们俩没公德心是不是？那你有啊，我告诉你，这就是你闺女出的主意，你去把她告上法庭啊，你就告诉全天下，你闺女为了抢着孝顺她老公公，把老公公用安眠药毒倒了再运过来……"

她的声音不大不小，却正好在这楼道里能听见。江大成看了一眼四周，吓得捂住她的嘴巴，"你疯了是不是？也不看这是什么地方就这样叨叨地说？"

"不是我疯，是你疯，"夏晓贤抓下他的手，"不是你想让你闺女做的坏事天下皆知吗？"

"你……和你们娘俩是越来越没话讲了！我告诉你们俩，以后想作恶，行！但是别让我为你俩垫底！你瞧瞧人家兄妹俩，"江大成拽着老婆站在窗口看向病房，"你们倒是舒坦了，你看看人家孩子。天一连班都不上了，成宿成宿地守着。那妹妹更好，直接弄得自己罪恶滔天似的，说没想着爸会有病。

医者父母心,你知道当时我心里啥味?"

"你要是实在看不下去干脆告诉他们,他爹睡两天就醒了。用不着这么担心。"

夏晓贤其实就这么随便一说,可没想到江大成真去了。天一兄妹自然不信,一个劲儿地问是不是在安慰他们,搞得江大成也没了办法,"天一,没什么病,其实他就是累了……他就是因为前段时间操心太多……"

"他要是只因为累,能睡这么多天? 爸,我求求你,你就告诉我他的病吧……"李天一抽了抽鼻子,"我们也好有个思想准备……"

"你要有啥个思想准备?"身后突然传来熟悉的声音,李桂宝居然醒了过来,"我还没死呢。"

"爸,你醒了?"李天枚扑过去,"爸,你还有哪里不得劲? 你……"

"哪里都舒服,哪里都得劲,就是没大有力气。"

"爸,这是怎么回事?"李天一转过头看江大成,"我爸说没力气。"

江大成想,这好人无端睡几天都会迷糊无力,何况一个连日来心力交瘁的老人。但是这话显然不能说,"你爸大病初愈,现在还在休整期,"他随便编了个理由,"再过段日子慢慢就好了。"

夏晓贤一直以为自家老公一无是处,但是不得不承认就这话还帮了大忙,简直就为下面的工作垫下伏笔。

李桂宝醒了,第一个举动就是要回家。看老爸憋屈得难受,天枚又忍不住说:"哥,嫂子,要不然就让爸回去……"

这话只说了一半,江蓝还没开口,就被天一给呛了回去,"回去? 枚子,你还没闹腾够是怎么着? 你没听着医生说吗? 现在爸情况还不稳定,需要好好休养!"

"就是就是,天枚,你要心急你先自己回去吧。"江蓝接过话头,"你想,我说爸有病你还不信。可爸要是没病能住这么多天院吗? 如果回去再复发,再一睡不醒这么多天,你能担得起这个责任?"

"爸,那你先住在哥家吧。"被堵得哑口无言,天枚只能收拾自己的包,"等你好些了,我再过来接你。"

天枚走的下午，江蓝就给李桂宝办了出院手续。不管这中间过程多坎坷，事情也总算是达到了预期结果。江蓝和李天一两口把老头接到了自己的出租屋，正式过起了"家有一老，如有一宝"的美满生活。

　　江蓝从来不知道，自己的忍耐度有这么大。以前只是觉得李桂宝厚道耿直，生活在一起应该也没大问题。可是仅两天，她就有些受不了了，"妈，你是不知道，他进洗手间都不锁门，上次我还以为没人，进去就看到他坐在马桶上……"

　　"就这个还不算完，关键是我这公公小便后还老不冲马桶。昨天我还看到那马桶圈儿几点黄，凑过去一看，居然是他的尿……"

　　"妈你还不知道，他老随地吐痰，明明有痰盂，却吐得到处都是。还有吃饭，非得把嘴呱唧得那么响，还特别能吃葱，又不刷牙，那葱味隔八米远都能闻到……"

　　夏晓贤边听着闺女的牢骚边看表，好嘛，才相处了短短两天，她就能牢骚二十分钟。"那你的意思是怎么着？"

　　"我现在就想让他赶紧走。回家就和进了个垃圾桶似的，快烦死我了。"

　　"那你的事儿办完了吗？"

　　"我……"

　　"看来没办成。蓝蓝我告诉你，这世间有一句话很难听，但却是实话，那就是既当婊子又立牌坊。你既想树立孝顺的形象，想贪人家的钱，另一方面又忍受不了别人的生活习惯。你这样下去，做什么事能成功？"

　　这番话给了江蓝很大的启发，当回家看到李桂宝又一次脱了鞋把脚搁到沙发上，嘴里还吞云吐雾的时候，江蓝就再也忍不住了，"爸，"她坐到他对面，"前段时间听天一说，你打算家里那房子拆的时候，要还建房，不要赔偿款？"

　　"嗯，是。"

　　"爸，我和天一的意思，是让您要钱，别要房子。"

　　"她嫂子，你们是钻钱眼里了是不是？好几亩地都换成钱了，这要是再没房子，我上哪儿住去？"

　　"爸，瞧您一说就生气。您有我和天一在，还愁没地方住啊。以后住我们家就是。这您要是想看孙子呐，就看着孙子玩玩，要是不想看，我们以后有钱了，大不了再给你买个小房子，您说是不是？"

"那这算的什么账？你给我买房子就行，我自己拿自己的房子换就不行？"

"爸，您是不懂外面的形势，现在国家正打压房子价格呢，调控之下大城市的房价都掉了，以后房子会越来越不值钱。可是这钱不同，这钱要是到手里，那就是实实在在的。还有爸，您没瞧着我家那房子也卖了吗？我告诉您啊爸，我家那房子为什么卖得那么快？第一当然是因为要筹集盖房子的钱，这第二个是最重要的原因，这房子越来越便宜，能趁早出手就趁早出手，砸在手里只能越来越便宜！"

"这是真的？"

"当然是真的！这要是房子越来越贵，我们打死也不卖我们之前那房子呀！"

看来什么都是可以熟能生巧的，说谎更是如此。江蓝现在都佩服自己，不经过任何思索就能说出这番话来。这要是以前，根本不敢想象。

"可是上回天枚告诉我说……"

"爸，你是信天枚的还是信我们的？先不说我们才是哥嫂，就看这学历知识面，我和天一好歹是大学生，知识多又在外面工作，得到的消息肯定比天枚多。还有，您记得您生病这事了吗？我就说您有病，可她非得说没有，这不，您这不病倒了？"

"这说的倒也是。其实也不怪天枚，我自己也没觉出不对来。"

"还有，您仔细想想，从头到尾天枚做了几件好事？第一件，非得说在三河见过我妈，我妈后来都说她是见鬼了，那天她根本没去过咱家；这第二件，非得说我没怀孕，还拖着我去检查，连天一都以为我是骗他的。这后来检查结果怎么着？就是怀孩子了，这要不是因为她，孩子还流不掉；至于这第三件事，这不就是您生病这事儿？您仔细想想，我们和天枚之间，到底是她说话靠谱，还是我说话靠谱？"

李桂宝想了想，"行，就按照你说的做。"

事情搞定,江蓝晚上趁李天一洗澡的工夫,欢天喜地打电话告诉她妈。显然夏晓贤也很激动,连连夸女儿能干。

"妈,这下可以高枕无忧了吧?"

"等等,明天我再去你家一趟。对了蓝蓝,上次我给你的药还有没有?"

"还有一点儿,我给收起来了。"

"你呢,明天再给你公公下一点。别下太多了,尽量让他睡半天就行。"

江蓝大惊失色,"妈,你这又是要干什么?"

"你甭管我要干什么,让你做你去做就是了。"夏晓贤皱眉,随即又眉开眼笑,"等明天这关过了,一切就万事大吉了。"

还是那句话,熟能生巧,第一次给李桂宝下药的时候江蓝还忐忑不安,但是到这回那完全是熟门熟路,对药该拿捏的分寸度量都有了明确的认识。

不到一个小时,李桂宝就睡着了。而此时门也被敲开,"睡着了吗?"来人正是夏晓贤,"睡了多长时间了?"

"刚睡。妈你又想做什么?"

"你等着看好了,"夏晓贤从随身的包里掏出三张纸和红色印泥,随手示意江蓝,"你带张湿巾过来。"

"妈,你这是要……"

"咱钱也花了,孩子也流了,老人也孝顺了,该做的都做了,但是做了这么多,没个书面保证多不保险? 瞧瞧这个,这是我让人拟的声明书,"夏晓贤将那声明书在她面前晃晃,"有了这个,让你公公在这上面按个手印,那以后就算真高枕无忧了!"

江蓝接过那声明书。只见那上面写着:

我,三河乡农民李桂宝,身份证号3712 * * * * * * * * *,因涉及拆迁占地事宜,现特此声明,因拆迁及占地所赔偿的费用一切归我儿媳江蓝所有,他人不得有任何异议。

声明人:李桂宝

"妈，你这也太狠了吧？"就是江蓝，看到这声明书也很是惊讶，"妈，你怎么知道我公公身份证号的？"

"你那小姑子告诉我的呀，上次给你公公办住院手续，我告诉她要身份证号，她便告诉我了。"

"你这是早就预备好的？"

"当然！我夏晓贤什么时候打过无准备之仗？蓝蓝，"夏晓贤开始催促，"你公公现在在哪里睡？趁他睡着赶紧把手印给按了。"

"你这样太过分了！"

"你吱喝什么？把他给吱喝醒了怎么办？"夏晓贤用力在闺女胳膊上掐了一下，"我这有什么过分的？我这只是要给这事一个完美的收官，怕以后再有麻烦！蓝蓝你别觉得自己多高风亮节，现在就是回头你也成不了好媳妇。所以还不如一错到底，赶紧把这事给办了。"

没办法，事到如今……

若说夏晓贤前期的工作是动员工作，动员李桂宝怎么把地给让出来，那么现在她的角色则摇身一变成了信息搜集员。这一段日子里，她最大的爱好就是到处搜集有关华夏的消息，华夏打算什么时候开项目啦，又在哪里投放广告啦，甚至连华夏的股票什么时候涨了一个点，她都如数家珍。

而江蓝的怀孕工作也在有条不紊地进行。她前几天就觉得不太舒服，不过接受上次教训，江蓝没敢声张，而是先买了试纸测了测。早上测的结果是阳性，激动得她大早晨一直没心情工作。又在想是不是自己想怀孕想得太迫切了，出现了所谓的假孕症状？不放心，打算中午找个空，去王慧的诊所再偷偷看看。

B超结果显示——怀孕无疑。

这样的好事当然要第一个告诉老妈。江蓝掏出手机，刚想拨出去，手机响了，来电话的正是夏晓贤。

"妈，你这么快就知道了？"她还以为是夏晓贤得知了她怀孕的消息，欢欣雀跃，"真的，我让王阿姨不告诉你，没想到她这么快就说啦。王阿姨告诉我，孩子现在发育得很好，已经五周多了！妈你以前不是说双保险吗？现在我又有了孩子,而且你又弄了那保证书,咱们这不是……"

她叽里呱啦地说了半天,却听到老妈的声音陡然冷硬,"什么? 蓝蓝你说什么? 你有孩子了?"

"是啊,我有孩子了。怎么了妈……"

夏晓贤那边突然失去了声音,沉寂良久。

江蓝突然有不祥的预感,"妈? 妈!"

"华夏公司下了规划图方案。"

"这不很好吗? 我们等的不就是这一刻?"

夏晓贤沉了沉声音:"可是,那图纸的拆迁和占地区域,不包括我们。"

什么叫晴天霹雳,这就是。

回到夏晓贤家,桌上摊的便是那下发的规划图纸,画红线的是要拆迁改建的区域,可是不偏不倚的,他们的房子和地都不在那个范围内。

江蓝手开始哆嗦,"怎么会这样?"

"我也不知道,"夏晓贤揉了揉额角,"我也拿到这图纸不久,这还是报社那老梁给我的。说华夏公司给征地的都发了一份儿,就咱没有,那时候我就觉得不太妙了。"

"妈,那咱怎么办? 就这样让他们不拆?"

"不拆? 怎么能不拆?"夏晓贤声音陡地升高,"咱们还有退路吗? 这地必须得被占用,这房子也必须得被拆! 要是不拆,咱们那钱怎么办? 这要是不拆,咱们怎么收回那些东西? 还有你这孩子,你这孩子又突然来了,我们今后靠什么养活?"

"活该! 我看你这次怎么办? 你不是天天都算那赔偿款吗?"江大成把她那个演算本猛地一扔,"现在事情这个样,我倒是看你怎么收场!"

"江大成,你能不能在这个时候别说话?"

"老夏,我看就这样吧,顶多咱亏一点,他们不拆就不拆,咱……"

"不行!"夏晓贤腾地站起身,这次简直就是吼,"敢情这不是用你的钱换来的,就这样? 我怎么对得起她姥姥给我留的这房子!"

江大成也站起来,"你倒是想对得起,可现在能怎么办? 人家不用你这地,你还能非逼着人家用吗?"

"我就……"

"妈!妈!"

"老夏!"

夏晓贤眼睛一翻,居然向后厥了过去。

这次事情很严重,夏晓贤进急救室两个小时后才有医生走出来,径直走向江大成,"江大夫,嫂子前面晕倒过没?"

"上次……上次她也难受一次,可是在家吃了速效救心丸就好了,样子没这么吓人。"

"江大夫,嫂子怕是情况不好啊。"

"啊?"

"这次是缓回来了,但已经是严重的脑出血了。已经晕过两次,以后也有可能发生晕厥。这样的情况是很危险的,"他握了握江大成的手,"现在虽然没事,但是以后要绝对保证嫂子身边有人,而且要保持她心情平静,千万不能激动,以防发生不测。"

"哦,哦。"

"那江大夫,你先进去看看嫂子吧,她已经醒了。"

那医生说得没错,夏晓贤是醒了,但看起来样子还是吓人,脸色是灰白,鼻子上还供着氧气,一见到他们来,就虚弱地招了招手,"房子的事情,怎样了?"

江大成一听这话眼睛就红了,"老夏你还要不要命?你非要因为那点钱搭上自己的命是不是?"

"那怎么是一点钱……"夏晓贤闭了闭眼睛,"以前我就打算把我妈给我的那房子给蓝蓝贴补家用,原想这次卖了能再大赚一笔,起码以后她日子就不用愁了。可是没想到……没想到这房子卖了,钱也没有……"

"老夏,年轻人过得好不好那是他们的事,他们得积极努力,很多事情我们想帮也是帮不了的!为孩子服务了一辈子,你难道还想死在他们身上不成?"

"不行，不行。这房子不管怎样，一定得拆。天一……"夏晓贤费力地召过女婿，"你先别把这事告诉你爹，知道不知道？"

"嗯。"

尽管发财的希望现在看来是没有了，人也病倒一个，可不管怎样，这日子还得过。江蓝请假看护病号，江大成老了，负责在家做饭，然后送来，李天一则要养家糊口，争取不让事情更加雪上加霜。这天喂完夏晓贤饭，她老吆喝着手疼，江蓝低头一看，原来是血管鼓了，赶紧起身去找护士。

护士找来了，人却不在。

夏晓贤拔掉针头，从病房逃跑了。

这事让江蓝简直成为千夫所指，"你说你怎么回事，怎么连个人都看不住？"上上下下将病房楼跑了个遍，江大成急得脸上全是汗，"你妈这还病着！要是出了事情，这可怎么得了？"

"爸，我就出去一小会儿，回来一看妈就……"

"你还哭！还不赶紧找人去！对了，给天一打个电话，让他回来帮着找你妈！"

"知道了，爸……"江蓝掏出手机，刚想拨李天一的号，手机突然响了，是个完全陌生的号码，可是听入耳朵的却是个熟悉的激动的声音。"蓝蓝，咱们的事情有望了！你知道那华夏负责征地的老总是谁吗？是韩嘉平！是你前男友韩嘉平！"

江蓝完全没听进去，"妈，你怎么出去了？现在在哪儿？"

"我现在就在华夏公司门口！蓝蓝，上天有眼，咱们的事情可算是有希望了！"夏晓贤心情激动，"我都没想到这世界这么小，这负责项目的居然是嘉平，蓝蓝，你……"

江蓝这才反应过来，"什么？是嘉平？"

"是！就是他！我打听好了，"夏晓贤给了四个字的结论，"千真万确！"

这叫什么啊？这难道叫做"山重水复疑无路，柳暗花明又一村"？本来大家都准备集体吞药去死了，却发现这吞下的药是假的。就这感觉，没错，这种形容很贴合老江一家子的心情。

一家人把夏晓贤接回了家。还未喘口气,夏晓贤开始下命令了,"蓝蓝,凭你和韩嘉平的关系,你赶紧去问问他是怎么回事。我打听好了,这个项目就归他全权负责。你还有嘉平的电话号码没?"夏晓贤掏出手机,"这上次的号码我还没删,你赶紧记下来,咱明天……不,今天晚上就和他联系。"

江蓝没有回答,动都没动。

"哎,蓝蓝,你赶紧拿手机记……"夏晓贤话说到半边,这才觉得情况不对,李天一一脸铁灰,紧抿着唇坐在那里。这样明显的表情,再不知道发生什么事情就是傻子。

"天一,"夏晓贤转头看着女婿,"你好像不太高兴?"

"妈,让蓝蓝主动和那男人联系,我做不到。"李天一一扬眉毛,"这是色诱吗?"

"你做不到?那你能想出别的法子来让咱们的钱都回来吗?"反问一句之后,见李天一脸色更难看,夏晓贤这才意识到自己的话有些难听:"那你想怎么样?要不要蓝蓝给你表个态?"

"妈,你别让我表态。你以为我想去?"江蓝一脸不耐烦,"为了这事去求人,我也丢不下这个脸。这事情办成办不成还两说着,办成了,我也不是民族功臣,搞不好有人还怀疑我是和人上床才换来的;这要是办不成呢,这可好,我就是彻彻底底的家族罪人了,不仅拿不到钱,搞不好自身清白还毁了。不管怎么样,反正我都会里外不是人。"说完江蓝转身便走。

"江蓝,你给我站住!"

"我偏不站住!我现在就去养胎,"江蓝抻着脖子向前走,"你们爱怎么办怎么办好了。"

刚迈了两步,胳膊被拽住,"蓝蓝,"李天一的声音很低,"你去,我同意你去。"

"这就对了,天一。要我说你就不该有这么多想法。你是对蓝蓝不放心,还是对你自己没信心?再说,蓝蓝这还怀孕了呢,怀的可是你们李家的孩子,你指望她现在一个孕妇和前男友见面能发生什么故事?况且,就算你觉得蓝蓝好,人家可未必呢!这韩嘉平已经坐到了这么高的位置,"夏晓贤轻笑,"你能确定,以他现在的身份地位,还会惦记一个已婚妇女?"

话说到这份上,李天一只能闷闷点头。

"好,蓝蓝,现在天一也答应了,你晚上就给他挂个电话,约他出来见个面。趁现在事情还没闹多大,赶紧把事儿办利索了。"夏晓贤抿唇,"接下来咱们要同仇敌忾,谁也不准耽误大事,知不知道?"

夏晓贤想得很是好,让闺女和前男友接上头,再用过去的感情做一个调剂,这事情准能顺妥了。她这老太太要做的,就是养好自己身体,顺便再安抚一下后方李天一的军心。可是没想到,两天过去,才知道事情远远不像她想的那样顺利。

打了两次电话,居然都没人接。江蓝心里开始有了不祥的预感,再加上天一在旁边夹枪带棒的讽刺,这样的不安更加强烈,她决定找时间亲自去华夏一趟。

报社的编稿工作一如往日地繁重,这年头,不会有单位因为你怀孕而降低你的工作量。而前段时间老是请假,尽管不说,江蓝也能看出领导对她也有了些意见。所以这段时间必须得任劳任怨,好好表现。

正怀着这样的心情投身于工作的时候,手机响了起来,因为还注视着稿子,江蓝看也不看便接起电话,"喂,哪位?"

"我是韩嘉平。"

这五个字传来,江蓝的手猛地一颤,差点将杯子扫到桌子底下。

两人约定在报社门口的上岛餐厅见面。

约着12点见面,可是11点半江蓝就来到了上岛餐厅等着。待到11点50分,这才远远地看到他那辆大奔不疾不徐地驶来。看到他的刹那,江蓝连忙站起来,"你现在很厉害啊,忙到电话都没时间接?"她有意打趣缓和气氛,"你想吃什么?"

"随便,"韩嘉平微微一笑,"还是以前的规矩,按照你的胃口,再来一份好了。"

江蓝怔了一下,随即用力翻着菜单,"你这点很好,虽然身份高了,地位高了,但好在还有些没变的。"

"那你是希望我变还是不变？"韩嘉平低头搅了搅先上来的咖啡，"你今天找我来，是有事情吧？"

"对，是有些事情想要麻烦你。"

"我们之间不需要麻烦，虽然你不待见我，但我现在却还是没办法地很待见你，"他唇间笑弧更深，表情有一些暧昧，"如果我能帮上忙，我一定尽力。"

"这话先别说这么大，你如今是华夏的总经理，权高位重的，万一我提出什么非分的要求来，莫非你也答应？"江蓝抿了抿唇，"不过你放心，这事就在你权责范围之内，你如果想帮，肯定可以。"

他眼角闪现出好奇的光彩来，"什么事？"

江蓝深吸一口气，告诉自己成败就在此一举了，"其实这事说起来也挺不好意思的，我公公家不是要拆迁吗？我妈看人家都这样做，自己也动了歪念头，把耕地上都盖满了房子，就想赔偿的时候多拿点儿钱。如今我们倾家荡产的，房子也盖完了，甚至还在旁边种好了树，可是刚听到你们的消息，不偏不倚的，刚不拆我们那里。嘉平你想想，我们这不是白忙活了一场吗？"

"哦，有这样的事？你们是哪块地？"

"三河乡知道吗？就是三河乡沿河的那一片，对了，在拍卖会上，紧靠着A43号地块的那块。"

"是那块啊。"

"对啊，我听说如今这项目是你全权负责的，就想赶紧来咨询一下，能不能……"她想了半天，最后琢磨出个中性词，"能不能想想办法？"

"蓝蓝你的意思是——希望我们征用你们的土地？拆你们的房子？"

"是……确实是这个意思。"

"这倒有些奇怪了，我们接触过很多不希望拆迁的例子，却没见过像你们这样上赶着拆的……"韩嘉平笑了笑，"你家是求着我们拆？"

他这样一说，江蓝更不好意思，"我们家情况……这不是不一样嘛。本来想靠着这个能多点钱，没想到……"

"没想到我们不用？"

"是。"

"蓝蓝,如果说别的忙我倒还可以帮,但是这个……"他蹙了蹙眉毛,"问题是我们这方案已经做上去了,上周三已经呈报给了董事长。"

"那不能改了吗?"

"基本不能。"

"一点余地也没有?"

"对。"

江蓝的脸色刷地暗下来,她不敢想象夏晓贤听到这话会是什么反应。上次那事情已经让她脑出血,这次说不好听的,估计直接抬太平间的可能都有,"那既然这样,我……"她"我"了半天,想要离开,但是看看前面的菜还纹丝没动,只能扯起唇角笑了笑,"嘉平,谢谢你这个消息。"

却见对面的男人笑容消失,"蓝蓝,你真是变了。"

他的话题变得太快,江蓝抬起头,"嗯?"

"以前你的表情是毫不遮掩的,想笑就笑,想哭就哭,不会强作欢颜,没这么多虚伪的东西;以前你最讨厌的事情就是恭维,不会像这顿饭一样,只是短短五分钟,就搜刮心思地说了我无数好话;以前你最讨厌我故意牵扯和你的旧情,用咱们以前的关系来定性现在的事情,可是这次你没有——这次你一方面还想和我保持距离,一方面又对我故意叫的多次'蓝蓝'这个亲昵的称呼持无视态度。蓝蓝,"他最后下了结论,"你变化真大。"

这样的感觉就像是被人放到透视镜前透视了一遍,江蓝恨不得当场就逃,"不知道你在国外待了那么久,记不记得中国的一句话?"她讪讪地扯起唇角,"人在屋檐下,不得不低头。"

"那你现在是在屋檐下?"韩嘉平似笑非笑,"我还是喜欢你以前的样子。"

这话多少又戳中了江蓝的软处,如果是以前,她会毫不客气地堵回去,可是现在,她被一系列的消息打击得锐性全无,"你再说下去,我就当你是想念上次那个巴掌了。还有,你可以觉得我现在境遇很惨,但我现在很幸福,虽然即将面临没房子、没车、没孩子的命运。而且,天一解决不了的问题,你不也解决不了?"她笑笑,"比如眼下这个。"

男人闷哼了一声,低头又去搅咖啡。几秒之后,他突然又笑,"不是我不帮忙,而是这个忙很难帮。"

"什么意思?"

"不是我不帮你,你们老家那片地,我们本来也是要征的,可是最后关头,出了一个意外事件。紧靠着你们的那家住户,怎么也不肯同意我们的条件,誓要与房子共存亡,所以怎么着也不肯签。"

还有这事?

"你也知道国家的政策,对于拆迁方面规定很严,他们要是不想拆,我们是不能强迫他们拆的。后来我们项目组去现场看了看,集体觉得如果那住户不挪动,我们这片地要这么大也没有什么意义,于是便设定了全新的规划,正好以你所说的老家的地为界限,靠河西边的大规模开发,东边干脆都不动。"

江蓝仔细想了想那片地的方位,整整五亩,确实都在东边。

"如果你能做通那家的工作,或许这事还会有希望。但是那家的工作实在是太难做了,我们派了两个工作组去,全都是铩羽而归。我估计再做下去都能搞出人命来。我们是新公司,为谨慎起见,不会做这么冒风险的事情。"

"那如果做通那家工作,我们这五亩地的房子就可以获得赔偿了?"

韩嘉平点头。

"那嘉平,就把这劝拆的工作交给我们做好不好?"江蓝心里腾起希望之光,恨不得立即蹦起来,"你先尽量拖延几天,如果不行,你们再上交那个什么预算报告,行不行?"

"好吧,我尽力。只是你要有思想准备,关于那家你肯定也有所耳闻,而且,未必好下得去手。"

"你先告诉我地址,姓名。行与不行,我们试试再说。"

"丁幂,就在你娘家楼下。"韩嘉平看着她,"对了,江蓝,如果你想做这方面工作,最好尽快,要是太慢了,我这边也不好交代。"

江蓝已经完全不知道他说了什么,满脑子回荡的,都是丁幂。

居然是丁幂!丁幂!

许是把她的表情也看到了眼里,韩嘉平起身,"时候不早了,我先回去。"

走了两步，却又像是想起什么事情，折回来，"对了江蓝，我觉得我有必要提醒你一件事情，如果你以后真想利用感情求助前男友，最好顾忌一下他的心情。让现老公出现在前男友面前，这样的感觉……"他皱皱眉，寻思出一个词，"很憋气"。

江蓝蓦地抬头，果真看见前方二十米左右，是李天一的身影。

"还有，你还记得我上次和你说的话吗？你很有可能在某一天来找我，还是在你老公默许甚至是赞同的前提下。其实江蓝，我那话是说着玩儿的，"他笑笑，"真没想到这么快就会一语成谶。"

话落之后，他头也不回地离开。

第十九章
不撞南墙心不死

　　韩嘉平前脚刚出了咖啡店,李天一后脚便跟上来,"怎样?他和你说了什么?"

　　"你指望他和我说什么?他说了,代他向你问好。"

　　"就说了这个?"

　　"李天一,你到底想听到他对我说什么?"

　　"蓝蓝,你这是怎么了?"李天一有些尴尬地看看四周,"我不是要问你这个的。我是想问问事情办好了没有……是咱妈让我跟过来的,说你身子不好,不能让你太累,还给了我钱,让咱俩打车回去。"

　　江蓝憋了两口气,才勉强把那句"你不是来盯梢"的问句给憋回去。这样的心理不对头啊。她暗地里声讨自己,怎么见了如今有钱有势的前男友,就觉得现老公里外不是人?

　　"事情有转机了,但是很困难,"江蓝咳了咳,"韩嘉平说了,之所以不征用我们的土地,是因为前面有一家钉子户。你猜这钉子户是谁"?她苦笑,"是丁幂,咱妈楼下那丁幂。"

　　李天一惊得眼睛都要瞪出来了,"是她?"

　　"是,所以这事说是有希望了,但还很难。韩嘉平说,就是这丁幂使的绊子,只要她同意拆了,我们的地就没问题。"

　　两人回家和夏晓贤说了情况,与预料中不一样的是,夏晓贤居然没有大吵大闹地骂丁幂不是个东西,而是异常地平静,平静得一家人都跟着不安。

大概过去五分钟,夏晓贤终于说了第一句话:"蓝蓝,那韩嘉平是这样说的?"

"是,"江蓝又重复一遍,"只要搞定这丁幂,就一切没问题。"

"好。"

然后又是长时间的没有声音,夏晓贤闭着眼睛半躺在沙发上,那状态就像是睡着了,正当两口子商量着回家的时候,却见她突然睁开眼睛,大步走向卧室。

"爸,妈这是在干什么呢?"江蓝问江大成,"以我妈的脾气,我以为妈会大骂贺京杭她妈不是个东西来着,没想到却这么平静。爸,你说妈是不是受刺激受大了?"

"你这个孩子,怎么从来就不想好事,"江大成瞥她一眼,话虽是反驳,但眉眼里也是忧心忡忡,"或许你妈有自己的安排。"

这话刚落,夏晓贤就带着"自己的安排"出来了。只见她拿出一个盒子,外壳仿佛是水晶做的,虽然蒙了尘土,但是轻轻扫一下,还是有着逼人的光亮,一个,两个,三个……慢慢地,她从卧室里拿出了五个这样的盒子。

江蓝不认识这东西是什么,正要问,却见江大成瞪大眼睛,"老夏,你这是要干什么?"

"我这辈子这个命哟,以为好不容易能比丁幂强一回了,没想到这次又是她绊住我,"一边儿说,夏晓贤一边用抹布擦着那些盒子,细细擦拭,像是在擦一个个价值万贯的宝贝,"我能干什么? 一辈子好强好过来了,这最后还得再输到她手里一回。"

"你是要把这些东西给她?"

夏晓贤点点头。

"这可是蓝蓝他死去的舅舅给你留下的东西啊!'文革'都费尽心思藏起来的好酒,你不是还说要把这东西给蓝蓝的孩子以后当传家宝吗? 现在你就送人了? 你知不知道这现在多少钱一瓶?"

"一万三。"

"你知道?"

"我当然知道,我问过那么多次,我怎么能不知道?"

"这五瓶就是接近七万块钱啊,那你还给她?"

"给!当然要给!老江你不是成天说我会算账吗?"夏晓贤抬起头,"这七万块钱比起二百多万来,谁多谁少?"

"可……"

"甭可了,江蓝,晚上和我一起去楼下。"夏晓贤站起身,咬牙,"她就是个石头,我也得把她给啃下来。"

可是谁都知道,这决心好下,真正做起来未必是那么回事。

江蓝觉得这真是她有生以来最艰难的一次送礼任务,她都如此,那夏晓贤就更不用说了,和丁幂作了一辈子的对,中间吵也吵过,打也打过,甚至诅咒过人家的八辈祖宗。这样一个恨得咬牙切齿的人,今天却要笑脸相迎来送礼,单是想想,江蓝都觉得五味杂陈。

而丁幂开门看到她们时,那嘴张得能塞下一个鸡蛋的样子,更让江蓝对这样的感觉确信无疑。

"夏晓贤,"丁幂堵在门口,看样子压根就没想让她们进屋,"你这是……"

"老丁,我有点儿事想要求你,"夏晓贤堆起笑容,举了举自己手里的东西,"你能不能让我先进去说话?"

俗话说,抬手不打送礼人。只这短短的几分钟,江蓝觉得快要把这一辈子的笑容都用完了。本来这事就够尴尬和丢脸了,进门一看,居然贺京杭也在家。当时江蓝就想夺路而逃,可现在情况不允许。总不能不打招呼吧?她尴尬地向贺京杭笑笑,却见她只扯了扯嘴角,便低头去玩笔记本电脑了。

这时就听夏晓贤不断陪笑,"老丁,咱们之前的那些事都权当是我的不对,我现在和你先郑重地道个歉,"她起身,居然真向丁幂鞠了一躬,"以前都是我不是东西,您大人有大量,原谅我。"

如果说起初还以为夏晓贤又有了什么损招,这下丁幂可被吓了一跳,"夏晓贤,你有事就直说。你可别玩这样的。我心脏不好,经不起吓。"

"好吧,那我就实话实说,想必你也知道了,我们天一是三河乡人,这不他那地要占吗?我们就在他家地上多盖了不少屋,房前屋后还都种了树,河塘也跟着填了,就想多弄点赔偿款。你也知道我家不富裕,就为了这点赔偿款,简直倾家荡产地把钱都押在了里头,就蓝蓝住的那屋,也让我给卖了。可是没想到,前段时间有人告诉我,这房子居然不拆,那地也不用了。"

"夏晓贤,你弄你的,这和我有什么关系?"

"我之前也以为咱们没什么关系,但是昨天,我闺女打听了华夏的高层,就是你也认识的那韩嘉平的消息,说我那房子和地之所以不征,是因为你不同意拆你家的房子。你家那房子就在我家的前头,你要是亘住了不拆,我们家自然也不行。"

"夏晓贤,"丁幂终于听明白了,"你这是来劝我拆房子?"

"是,是。"夏晓贤推了推那酒,"这是一点小意思,你先收下。"

"你把你那东西拿回去吧,我今天就明明白白告诉你,我坚决不同意拆。"

"哎,老丁你别这么硬嘛。我就纳闷你这么聪明的人,怎么不拆那房子呢?你瞧你一般也不去住,这要是趁现在拆了,不说别的,就你家那平方数,十好几万是有的。这十好几万放在手里,再贷点儿款又能在咱们深州市区买一个小房子了……"

"夏晓贤,我谢谢你的账目,我也知道你算账算得比我好,"丁幂抿唇,"可我就俩字,不拆。你也知道我那房子的来历,是我先生拿命换来的东西。我要是拆了,我有朝一日九泉之下都没脸去找他。还有,我们家不像你家那样有钱,在深州能有两套房子。我们家京杭要是结婚,这男方万一和你们天一一样没房子,我就打算让他们在我现在这个房子住,而我呢,我就去三河那乡下。那地方空气好,环境好,还有个大院子,能养些小动物啥的。"

"那儿有什么好的?你听我说老丁……"

"甭说了夏晓贤,"丁幂作出打住的手势,"如果是因为我打乱了你们的计划,那我和你说一句对不起。但是我那房子是绝对不会拆的,第一,这不明不白的钱我不想沾;这第二,还是那句话,这是京杭她爸用命换来的,我怕以后百年见到她爸不好交代。所以,夏晓贤,请回吧。"

这战争结束得比夏晓贤想象得快,原想以她的花言巧语,这丁幂就算是不心动那也得有几分犹豫。可没想到只短短二十分钟就断绝了她的念头。

"妈，我看这事不好办啊，"回到家，江蓝皱起眉头，"贺京杭她妈那态度太绝对了，这事恐怕不好掰过来。"

"她就是不好掰，我也得硬掰！我寻思着事情应该是这么着，这丁幂看着老实，其实心里鬼着呢，我和她打了这么多年交道我知道，她这家伙最擅长的就是表里不一。我估计她也许已经心动了，其实就想折磨折磨我。等她把我给折磨够了，这房子也就该拆了。"

"妈，我觉得未必。"

"未必什么？"夏晓贤一斜眼睛，"我就不信这世界上还有人能不爱钱！她家又不阔气，还有一个到这儿会嫁不出去还赖在家里没工作的闺女，她家能不爱钱？"

江蓝叹了口气，"那你下面打算怎么做？"

"三国还有三顾茅庐一说呢，我从明天起啊就一天去一次，我就不信去上这十天八次的，她还能坚持得住！"

后来的事实证明，丁幂何止是能坚持得住，简直是太能坚持得住了。头几次夏晓贤去，丁幂还勉强扯出个笑容来迎。可是到了后面两次，她是连笑容也没有了，硬是连门也不让进——

"夏晓贤，如果还是那事，不好意思，这门就不用进了，"她的回绝毫不客气，"我就俩字，不拆。"

"你……"

门"哐"的一声，关上了。

夏晓贤哪儿吃过这气？连吃了几天闭门羹，这下连上楼腿都哆嗦，"唉，真邪门了还！我上班的时候，领导都说我生了一张好嘴，怎么这个丁幂就油盐不进呢？"

"妈，算了吧？"这两天的奋斗也让江蓝苦不堪言，这是典型的热脸贴人家冷屁股，事儿办得毫无尊严，"再闹下去，钱没要过来，脸都被丢光了。"

"你这孩子，脸值钱还是钱值钱？我就不信了，她难道还真是个无缝儿的蛋，找不到缺口？"

"我看是。"

"是什么是!"夏晓贤狠狠地瞪她,"就算她丁幂是个无缝儿的鸡蛋,你等着,我也要给她敲出蛋黄来。"

"我是能等,可人家韩嘉平那里能等吗?人家这好几亿的项目,就专等咱们一家人?"

江蓝原本还想说些什么,可手机突然响了,一看到那号码,立即脸色大变,"妈,是我公公的电话!"

"他的电话?他来电话干什么?"

事实再一次证明,不等人的何止是韩嘉平,还有一个更加愁人的李桂宝。这李桂宝不知道从哪里听来的消息,知道自己家有可能不拆,过来向儿媳妇打听情况。

"爸,您是从哪里听到这个不拆消息的?哦,人家发了个图?"

面对李桂宝的逼问,江蓝完全不知道该怎么回答,远远地看到夏晓贤挤眉弄眼,又搞不清楚这到底是什么意思,正愁得抓耳挠腮,夏晓贤刷刷地在纸上写下几行字:"你告诉他,还得拆!"

"爸,"江蓝转过头,"你听的那消息不准,房子还是得拆啊。"

夏晓贤比划出一个大拇指姿势,又在纸上飞快地写:"现在这时间正在做准备工作,让他什么也别做,就在那等着。也别听人家乱七八糟的什么话,就等着拆迁队过去。"

江蓝又如实叙述。好不容易这个电话结束,江蓝疲惫地舒了口气:"妈,这回连我公公都怀疑了,我看咱这事悬,要不……"

"要不就别干了,任这三十多万打水漂,让这二百多万付之东流?蓝蓝,你怎么尽和你那爹似的就会说些没用的话!"夏晓贤恨恨地咬牙,"真是的,也不知道随谁,连个谎话都编不好。"

"你是没听见我公公那语调,听说不拆,那高兴得和什么似的。"

"所以,你又心软了?"

"我……"

"江蓝,我发现你除了有个工作,别的一点也不如人家贺京杭。你瞧见没有,不管咱去多少趟,人家贺京杭都和老太爷似的稳如泰山地坐在那里,话都不多说一句,一看就有气场。哪像你似的,两句话就能让你毛了爪子。"

江蓝平生最烦的就是拿她和别人比,尤其是这最讨人厌的贺京杭,"她气场大又怎么了? 不还是没工作?"

"哎,你还有理了是不是? 你这工作不还是我给你找的? 她那是没人给找工作,她要是有人给张罗了,肯定比你干得好……"

"妈,你到底是谁的亲妈啊!"

却见夏晓贤突然一愣,伸出手示意她噤声,大概五秒之后才缓过神,"蓝蓝,我上面那句话是说的什么来着?"

"你说我处处不如贺京杭!"

"不对,我是拿你和她做了一个对比。"

"你说,贺京杭哪里都比我强,她现在就是没人给张罗工作,要是有人给张罗了,肯定比我还好……"

"对对对,就是这句!"夏晓贤突然嚷起来,"我告诉你,我有主意了,这次我就不信她丁幂还能死咬着牙关不拆!"

"妈,你有什么主意?"

"先别问,"夏晓贤神秘兮兮地笑,"你到时候就知道了。"

江蓝后来才知道,这"到时候"就是当天晚上。

丁幂还是像前几天一样,堵着门口不让进,可是夏晓贤这次连东西都没带,却仍笑眯眯的,"老丁,你办事别这么绝嘛……"她用手挡住即将关掉的门,"我这次来的目的虽然还是那一个,但是原因却有创意了,你要不要听听?"

丁幂"哼"了一声。

"你答应我拆了房子,我也不让你白答应,许你一件事怎样?"夏晓贤唇间弧度加深,"你家京杭还没找到工作吧? 你呢? 这个当妈的,急不急? 想必一个人的工资要两个人过活,这也不易吧?"

丁幂一怔,"你这是什么意思?"

夏晓贤一用力,趁她没注意,趁机从那门缝里挤了进去。

"哎,"丁幂伸手便要扯着她出去,"你给我……"

"出去对不对？"

"对！这里不欢迎你！"

"老丁，这人太古板可不好。我保证，我说了我的建议，你就不会赶我出去了。"夏晓贤眯起眼睛，"咱们对抗了一辈子，现在合作一把怎样？你拆了房子，我给京杭找工作，这建议怎么样？"

丁幂一愣。

从这愣的眼神里，夏晓贤的心已经放了下来。

果真，大概五秒，只听丁幂口里迸出俩字："真的？"

"当然是真的。你要知道，我们家天一那工作可就是我给找的。这天一还是个专升本学历，你家京杭这可是正儿八经的一本，我不许诺别的，起码找个像天一那样的工作，应该不会难。"

"那好，"艰难的对峙工作终于在这一刻达成了统一，"夏晓贤，你帮我家京杭找到工作，签就业协议的那一刻，我就在这拆迁协议上签字，怎样？"

"一言为定！"

江蓝没想到老妈出的是这个主意，"妈，这工作是那么好找的吗？"

"你以为我觉得好找？我也知道不好找，要是好办的事情还能值这么多钱？"夏晓贤开始翻箱倒柜地找电话本，"对了，蓝蓝，你先给韩嘉平打个电话，问他宽限一个月行不行？一个月内，我必然让这钉子户老丁给活动了！"

打电话给韩嘉平的时候，韩嘉平那声音多少有些勉强，这江蓝听出来了，仔细咂摸一下，还有点"要不是你，我才不会这么出力气"的意思。可是她怎么也不会想到，她打电话的那个人，此时正与另一个人坐在一起。

很显然，另一个人就是贺京杭。

"没想到她这么快就给你打电话了，"瞥见韩嘉平的表情，贺京杭笑笑，"你知道她为什么给你打电话要求延长时间吗？"

韩嘉平摇头。

"原因很简单，就是在这短信里，"贺京杭摇了摇手机，"我妈刚才给我发了信息，说她答应拆那房子，因为江蓝她妈又来找她，这次不带东西了，而是带的条件。真的是很优厚的条件啊……"她的笑容加深，"说如果我妈在拆迁协议上签字，她就负责给我落实工作。工作协议签订之日，就是我妈那拆迁协议生效之时。"

饶是韩嘉平做了足够思想准备，这消息也把他给震撼住了，"哈，真是良苦用心，用工作来换钱，"他摇头又笑，"这果真是江蓝她妈才能想出来的主意。"

"是呐，说实在的嘉平，我真是佩服江蓝她妈，"越想越好笑，贺京杭正身，"你说她主意怎么就那么多呢？和我妈妈闹得那样僵，还能屈尊下来向我妈道歉，还给我家送礼。那可是一万多一瓶的酒啊，居然一下带了五瓶！不过江蓝的功夫显然不如她妈做得好，当时她妈在那演绎得活泼生动，而她那脸色实在是不对劲儿，比她妈段数差多了。"

"她还太嫩。"

"可是我怎么也想不明白，她妈怎么能那么豁得出去呢？那么贵的酒，一下子就是六万多块钱呐！"

"以六万换二百多万，你换不换？"韩嘉平斜眉，"她是机关算尽，那样精明的人，会让自己吃亏？"

"那你呢？你打算让不让她吃亏？"

他唇角又浮现出意味不明的笑容来，并不直接回答，只是看向远处，眼睛细细地眯起，"你说呢？"

"我说不出来，反正你让我做的我都做了。"

"那就好，你就让她做吧。反正你这工作本来也难找，江蓝她妈给你找的工作，必然是铁饭碗，"韩嘉平笑容舒缓温和，"你权当帮我的额外福利，尽可笑纳。"

她看着他的眼睛突然变得大胆，毫不遮掩地直视与逼仄，"那如果，我还想要别的东西呢？"

"那是以后的事情，"韩嘉平怔了一怔，"以后的事情，我们谁都不知道，不是吗？"

贺京杭低头，抿了口咖啡，她忘记了，在转换话题这方面，眼前这男人一直是高手。交往这么久，她试过两次，却还是跟个傻子似的，屡败屡战。

"以后的事情怎么办?"他转换话题,她也没必要再深究,贺京杭抬起头,"以后我要怎么办?"

"她们说什么你都答应着,不就是一个月的时间吗?以后想要看戏,大概都没这么好的机会。"

"好。"

"不过我倒是纳闷她会给你找一个什么工作。"

"我大概能想到,和她女婿一样,做初中老师。"

贺京杭虽然没有别的本事,但是占卜还算强,夏晓贤给她找的,就是这学校的音乐老师。贺京杭学艺术,这学艺术的通常就两条路,第一,进艺术团体;第二,进学校。这第一就不要想了,想遍深州各大艺术团体,夏晓贤就没个熟人。可是这学校就不一样了,当初天一进学校,也是她托的关系。

当时托的那关系,其实还有点沾亲带故——是江蓝她表舅家二闺女的三姑夫老余校长。原本这关系够远了,可是在某一天,这校长还是教导主任的时候,劳烦夏晓贤给他写了个人物稿子。就凭这稿子引起的舆论反响,这教导主任老余连升两级,连副校长都没做,直接奔一把手来了。

所以,就凭这关系,夏晓贤和他关系日益熟络起来。为了吸引优秀人才,中学设立了校内考核,考核过了就能成功入职。当时那李天一,就是因为他才进的学校。

夏晓贤以为女儿女婿都安排好工作了,这个关系以后也用不着,早就把这人的电话给扔到一边。却没想到这还有一出,她找了一下午才找到电话,谎称贺京杭是她外甥女,求这老余给安排一个工作。

当然,送礼是少不了的。上次给丁幂没要的那几瓶酒,转手到了老余那里,连江蓝都看不下去,"妈,你当初给我和天一找工作的时候,都没这么积极呢。"

"我倒是想积极,"夏晓贤掏出存折,仔细盘算着这个月的退休金发下之后,还能买多少东西再送给老余,算完之后长叹气,"你俩加起来能有200万?没200万就别在这乱说话!"

"是,我俩加起来不是200万,我们加起来250行了吧?"

"嘿,蓝蓝,你也学会了这样夹枪带棒是不是?我还是那句话,我也想抱着退休金过个好日子,可我这样辛苦是为了谁啊,还不是因为你。"

"是是是,为我行了吧?"江蓝翻翻眼皮,"可是妈,不是我打击你积极性,也不是我自挫咱家锐气,现在工作有那么好找吗?何况这贺京杭学的这破专业比我还烂,她现在又毕业两年多,压根就错过了最佳的求职时间……"

"不管怎么说,一定得给她找到。"

"那怎么找?我看天一那校长可不积极。"

"咱是求人办事,被求的人自然都要端端架子,哪儿有积极的?当初我给天一找工作,他那脸拉得比驴还长,这不天一也上了两年班了?"夏晓贤蹲在那里又查电话本,"他不积极热情,咱就迂回。我记得你那苏伯伯是教育局的领导来着,让他施点压力,没准行。"

"苏伯伯?哪个苏伯伯?"

"就是咱上次旅游时碰到的那个秃顶。"

江蓝转了转眼珠,"妈!那是什么苏伯伯?咱那就是旅游碰上了,加起来那话说了都不够五十句!"

"你吆喝什么?"夏晓贤瞪她,"你以为这人际关系是怎么走出来的?就是这样一托二,二托三延伸出来的。只要有脉络,就要尽力朝前搭话。还有,你那苏伯伯在路上遭窃,不还是咱俩提醒,他才没丢钱包吗?就冲这,我就不信他完全不搭理咱们。"

江蓝无奈地摇头,在她看来,老妈真是走火入魔了。这一场战斗打到现在,其实她已经有"就这样吧,咱自认倒霉"的意思,可是夏晓贤不一样,她这么个性格属于只要有一点希望,也要努力去争取的主儿。

尽管这点希望,既不靠谱又没脸面。

可这奇迹,还真没辜负"功夫不负有心人"这句话——

先是跑了两趟苏伯伯家,送了三千块的卡。又接着跑了三趟老余家,送去一千块钱,中间经历了多少次磨难和坎坷都不提,老余终于答应了,说倒是有个入职名额,只不过还是得考核才能进学校。

"妈,她要是考不上怎么办?"江蓝心有余虑,"我看你先别这么欢天喜地,这贺京杭可不一定能考上。"

"有什么考不上的？当时天一不也是顺利考上了？这怕的就是没名额，有名额就是有了门路，天一啊……"夏晓贤转头，递给他两页文件，"你下午给贺京杭，让她把这个先填了。对了，为了保险起见，你辅导辅导她，你当时是怎么考上的，一定要把这经验教给她，知不知道？"

"妈，你要我们天一去伺候那女人？"江蓝一听就来了情绪，"我不要！"

"你不要？你能不能别把话说得那么难听，还用上'伺候'这个词了。照你那说法，天一还准你伺候韩嘉平呢，这说来说去，不还是个信任问题？还有，你要是觉得丢人，你就想想你妈我，"夏晓贤瞪着眼睛，"你妈我为了这点事，都向一辈子结仇的人鞠躬尽瘁，就差跪下求饶了，你现在觉得的难堪有我难堪？"

"妈，可是这事让天一……"

夏晓贤阴恻恻地开口："200万。"

江蓝张了张嘴，不说话了。

在江家，如今这200万就是死穴，一切都为200万服务。

尽管现在看来，人人都像是二百五。

第二十章
浴血奋斗，看谁笑到最后

江蓝负责养胎兼和韩嘉平保持联系，争取时间限度；李天一负责辅导贺京杭，保证她考核成功；江大成负责管理家庭一切事务，每日三餐他都包做包调剂；而夏晓贤则因身体不好，负责在后方出谋划策，统筹大局。

很好，在夏晓贤强有力的管理下，为了同一个目标，全家人住在一起，积极性都被调动起来了。

夏晓贤告诉天一，现在他这工作才是重中之重，这贺京杭要是考不上，不仅她这半个月努力付之东流了，那丁幂还会不拆。她只要不拆，那二百多万还是没希望。听了这利害分析，李天一就差将自己扮成"奥特曼"，只要一下班，就跑到贺京杭家里辅导功课。

之前是因为丈母娘的关系，他和这家人很少来往，可这么几天下来，他发现这贺京杭完全不是想象的那样子。因为学的是舞蹈专业，实在太难找到一个合适的工作，贺京杭有时候上着课就会被一个电话喊出去，说是外面有了场子，让她去当临时演员。丁幂不让她在夜总会之类的场合工作，她现在的主要收入就是靠临时赶场。常常回来的时候，连浓妆都来不及卸贺京杭就忙着道歉："对不起对不起李哥，我也是没办法……又让你久等了。"

"没事，都是为生活嘛，"李天一笑笑，"你先去把妆卸掉，我在这儿等你。"

大概只有五分钟，浓妆艳抹的舞者又成了邻家的清秀姑娘，贺京杭边抓着毛巾边走过来，"我真是没办法，有的时候真是想不去。可是不去又没办法，"说到这里，贺京杭作出一个万分委屈的表情，"你不知道我妈说什么话，说你没男人也就罢了，还没工作，我真不知道养你这个闺女是干嘛用的……每每听到这里，我就很想哭。"

李天一微微惊讶："你妈还会说这样的话？"

"是啊，有时候话说得比这个还要狠。但我没办法，谁让她说的是事实。对了，"她看着他，"你这表情是什么？惊讶？"

"我只是觉得那话像是我丈母娘才能说的话。"看着贺京杭微怔的样子，李天一眨眼，声音放低，"不过这事儿要保密哈，要是让她听到了，那得剥了我。"

贺京杭"扑哧"一声笑出来。

"哎，你家之前是不是觉得我家的人特妖魔鬼怪？"

"那你呢？"李天一反问过去，"你家是不是觉得我们一家人都特别为虎作伥？"

贺京杭点点头。

"那我也是，"李天一坦白地应承，"说实话，让我丈母娘说的，你们可比妖魔鬼怪吓人多了。但是没想到，真正接触起来，你会是这样。"

"哪样？"

"性格还蛮好的。"

贺京杭听到夸奖有些羞涩，"其实很多矛盾都是误会引起的。我现在也觉得你不错，不像我妈说的，是江家的小狗腿子。"

这话前面还听着很顺溜，后一句就很不像话了。李天一脸色黑了黑，贺京杭见状，又急着道歉："对不起对不起，你看看我，我就是不太会说话。"

"没关系，这也是实话，"李天一笑了笑，"我很奇怪，你赶一场演出能赚多少钱？不方便的话就不说，没关系。"

"这有什么不好说的？如果是加个群舞去救急，一场也就是五六十块钱；如果命好点，跳个独舞下面又有人捧场，那差不多有一百多吧。"

这实在是比李天一想象中的要少，他以为就凭贺京杭这样风里来雨里去，一声电话就要随叫随到的工作，肯定会是收入不菲。

"你是不是觉得我钱少啦？"

"我可没这样说。"

"可你的脸上已经显露出这样的情绪来啦,"贺京杭摊手,"但是没办法,钱少那也是钱,何况我这样出去,就不会被我妈说我成天闲在家里没事干。我宁愿出去演出,权当是练功,也不要听我妈唠叨。"

"这倒也是,不过这样的日子很快就要过去了,等你考进我们学校,你妈肯定一句话也说不出来。"

"考上敢情好,万一考不上呢?"

"不可能考不上的。你很聪明。"

"其实你也是希望我考上的吧?我要是考不上,我妈就不在那协议上签字。"

"虽然这也是一方面的原因,但是更大的原因是,我希望你有个好工作。"李天一看着她,目光坦诚真挚,"有了这工作,起码你不用这么辛苦。"

这是个很温馨的朋友聊天场景,如果没有江蓝楼道里那一声高亢的"李天一"的话。

"这女人,"李天一莫名地觉得丢脸,"在楼道里大喊大叫些什么。"

"啊,十点多了呢,怪不得江蓝喊了,"贺京杭忙起身,"都怪我,今天这演出耽误得你没上成课。"

"没事,你把我昨天跟你说的再看一下,我明天有空再过来。"李天一收拾了下资料,"你就待在这,不用去送我了。"

"那多不好意思。"

"不用送不用送,"李天一挡在门口,"反正我明天还要过来,就甭这么客气了。"

"那好。"

出了门,李天一就有个想法:幸好贺京杭没出来送,幸好。

因为老远就看到江蓝站在二楼的楼梯口,卡着腰,看着他的眼神威严而居高临下。那一瞬间,李天一突然有了老婆是丈母娘的错觉。

"不是有手机吗?"回到家,李天一坐在沙发上,"你那么大声吆喝干什么?全楼道的人都能听见。"

"手机不得花钱吗？就楼上楼下，难道还值当得花三毛钱？"江蓝转到挂钟前面，"今天是七点十分去的，现在已经是十点二十。这次补的课是三小时十分钟，而昨天是两个半小时，前天是两个小时。天一，你和她相处的时间是越来越长了啊……"

"今天这三个小时十分钟，相当于一个半小时都没够。"天一本能地对老婆的统计很愤怒："刚开始补的时候，她突然来电话了，要去串个场子，这一个场子至少是一个小时，回来又卸了半个小时的妆。"

"妈，我说吧，"江蓝瘪嘴，"咱那会从阳台看到的那打扮很那个的女人就是贺京杭，我还说穿得和特殊工作者似的，你非不信是她。"

"我真没想到她现在都这样了，虽然脾气拗了点，她也是个好孩子啊。"

"什么好孩子不好孩子的？现在有一句话叫做知人知面不知心，他们学艺术的更是这样。"

"可人家是大学生。"

"切，什么大学生？"江蓝边说，边将一个小西红柿塞到嘴里，"妈你没听说过吗？现在大学生都打扮得像特殊行业者，特殊行业者打扮得反而像大学生……"

"好了，别说了！"李天一终于忍不住了，"腾"地起身，"人家贺京杭根本就不是那种人！你知道她去干什么了吗？人家是去串场子赚生活费，人家晚上那穿的是演出服，这到底有什么不可理解的，非要把人说成那样？"

这话一说，母女俩瞬时愣住。

李天一当时脑子就俩字，完了。

但是随即转入脑海的是另一句话，"不像我妈说的，是江家的小狗腿子。"

于是，刚熄下去的怒火，又被这句话给点燃了，"我并非是给那贺京杭袒护，我是觉得，这世界谁都不容易。没工作又不是她的错，说得难听点，只是有点生不逢时。就拿咱俩来说，要不是妈帮的忙，江蓝你能找个考古队进去？我能天天对着人说之乎者也？"

江蓝原本指望李天一看清贺京杭的本质，实在没想到他居然还义正词严没完没了，"嘿，你这什么意思？"

"江蓝,你别沾酸带醋的,咱们这是就事论事。"

"我也没不就事论事,这第一件事,你现在给她辅导的时间日益见长;这第二件事,我看到贺京杭穿着暴露妖艳地出去。这两件事都是事实,我和妈也是因为这事才引发的评论。你怎么就能理解成沾酸带醋了?"

"我为什么这么理解,你心里有数,你瞧你说话是个正常的态度?"

"我本来说话就这样!"江蓝的声音高起来,"那是因为你看了人家贺京杭,回来就觉得我不是个态度了!"

"算了算了,我不和你一般见识,"李天一摆着手就要往卧室躲,"你这是典型的孕妇狂躁症,我认了!"

"你站住!"

李天一"倏"地回头,墨眸阴恻恻地盯着她,"江蓝!"

迎接他的不是一声高过一声的回应,只见江蓝嘴一瘪,大哭出声:"妈——"

"你还想叫妈?"李天一心烦意乱地踱步,"我也想喊妈。妈,我觉得这日子没法这样过下去了,我是听了您的话才去给贺京杭做辅导的,您还说,如果贺京杭考不进我们学校,您就要拿我是问。可现在的情况呢?"李天一一甩手,十分无奈,"妈,这活我做不了了,您另请高明,爱怎么办怎么办吧。"

"哎,"夏晓贤拉住他的手,"天一!"

"没人觉得你容易,这蓝蓝不也是吃醋吗? 就和你当初吃韩嘉平的醋一样,这都是人之常情,这都是爱你的表现啊。"夏晓贤赶紧出来说和,"女人都是小心眼的,你没必要因为这事生气。"

"妈,可是她……"

"知道了知道了,这事是我们蓝蓝不对,"夏晓贤扭头,"我让蓝蓝给你道歉好不好?"

"妈,你搞没搞错,我向他道歉? 我有什么错?"

"道歉!"

"妈!"

"你给我道歉!"夏晓贤声音愈厉,"天一是奉我的命令去的,你瞧你那点小心思,有什么多想的?当初你和韩嘉平在一块儿的时候人家都没多想。我还是那话,如果人人都存着你那心思,咱这家还过不过?你还想不想要以后?"

"妈,我不要了!我什么都不想要!"

"蓝蓝!"

江蓝"哐"的一下关上了卧室的门。

"妈,你看她这脾气……"李天一指着门,"我下班之后还要辛辛苦苦地给人上辅导班,这还没说什么呢,你瞧她这态度……"

"好了好了,天一,是我们蓝蓝的不对,"夏晓贤扯着女婿坐下,"我告诉你啊天一,你不要管蓝蓝那边。这考核的日子越来越近了,你一定得把你当初会的所有东西都教给她,必须得让她上成这个班,咱老江家、老李家可全靠你了,你这一定得支撑住哇。"

"妈,我知道。"

"知道就好。蓝蓝这边有我呢,你不用挂心。"

幸好学校考核就是这几天的事情,要不然就以这个闹法,李天一觉得,这考核还没成功,家就得散了。

好在功夫不负有心人,在经过半个月的突击培训之后,贺京杭成功通过考核,顺利取得在深州一中教学的机会。

这天,不光丁幂家欢天喜地,连老江家都要激动得载歌载舞了。拿到入职通知书,夏晓贤第一个任务就是让江蓝去找韩嘉平要拆迁协议来给丁幂签,"没想到你还挺厉害",韩嘉平在办公室看着她笑,"贺京杭她妈是个硬骨头,我们啃了快一个月都啃不下来,你倒是速战速决,不到半个月就拿下了。"

"投其所好嘛,任何人都有弱点。按照咱们事先的约定,我家那房子是不是该拆了?"

"当然可以,你也算是为我们公司立了一件大功!"韩嘉平按下办公桌的电话,"让管理部的陈原上来。"

不过三分钟,那个叫陈原的就来了,"韩总,有什么事要吩咐?"

"给这位小姐拿两份拆迁协议来,为以后事情便利,先盖上我们的公章。"

"协议?"那陈原重复了一句,"不好意思韩总,您忘了吗？您说上次那协议有纰漏,很多条文都不符合法律规定,于是让法务部重新去修订了。老协议废黜无效,而新协议要后天才能拟定出结果。"

"哦哦哦,这事我倒忘了,江蓝,要不然你先回去等等?"韩嘉平歉意地一笑:"反正丁幂的事情已经搞定,也不差这两天,是不是?"

"好,那我先回去,你有事和我打个电话就行。"

"好……"快迈出去步子的时候,韩嘉平突然拉紧了她的手,"哎,江蓝,你看下面那人,是不是你家李先生?"

循着目光看去,江蓝很快就找到了那个人。几乎是瞬间,胸膛里的怒火就燃遍全身,透过那个宽敞明亮的玻璃窗户看到,她的老公正在和她的仇敌言笑晏晏,共同用餐。她在这为全家生计忙活,可他却在与另一个女人花天酒地!

"是,就是那家伙,"江蓝脸色差到极点,"嘉平,我先走了。"

在她脚步踏出办公室的那瞬间,贺京杭手机收到短信:"她下去了,你小心着点。"

确实是得小心点,因为这又是一场大战。

贺京杭转眼就看一个红色的人影冲了进来,还没完全反应过来,脸上已经被浇上了湿答答的一整杯酒。

"你要干什么,江蓝?"李天一腾地站起身,用力攥住她的胳膊,"你要发疯吗?"

"是,我就是要发疯。中午没空陪我吃饭,说是要加班,其实却和这个女人勾搭在一起是不是?"江蓝的胳膊被他攥得生疼,但是唇角却挤出笑意,"还有,说不用我去送饭,什么担心我的身体,其实是要和这个女人一起共度午餐,红酒牛排是不是?"

"我就是因为怕你多想,才没和你如实说!"

"你是怕我多想,才没如实说,还是怕我发现你和她在一起,才找了这么个偏僻的地方浪漫?"江蓝捂着肚子,眼泪已经流出来,"李天一,你怎么能对我这样?"

"嫂子,你想错了……"贺京杭试着去拉江蓝,"我是因为获得了录取通知,想起了这么多日子都是李哥给我辅导,所以才请他来感谢一下。嫂子,我……"

"贺京杭,我还不知道你有几把刷子? 我们两口子的事情,用得着你解释?"江蓝猛地一推,只听到贺京杭"啊"的一声,再次看去,已经结结实实地摔到了地上。

李天一大惊失色,"京杭!"

看到贺京杭痛苦的样子,江蓝也傻眼了,赶紧凑上去,"贺京杭,你……"

只听"啪"的一声,等待她的是一巴掌——

"江蓝,你到底闹够了没有!"

这怎么可能是一向疼她爱她,宠她顺她的李天一?!

江蓝瞪大眼睛,只觉得左边脸像是有火烧上来,她眼睁睁地看着她的男人在看贺京杭伤势,小心翼翼地把贺京杭扶起来。"李天一,你……"江蓝捂着嘴哭,"你敢打我,你还敢打我……"她脑子里乱成一锅粥,平时的伶牙俐齿全都不知道去哪里了,反反复复地,只会说这一句话。

却听身后突然响起熟悉的声音,冷然的,不带一点情绪,"道歉。"

回头看去,居然是韩嘉平。

"韩嘉平,你来干什么?"李天一站起身,"你觉得事情不够热闹,来掺和对不对?"

"你说得很对,我就是来掺和的,"韩嘉平勾唇,微微一笑,可是吐出的字却冰冷,"我说的是,向江蓝道歉。"

"我们家的事,还用不着你这个外人来管! 啊……"

趁他不注意,韩嘉平已经上前猛地抓住他的胳膊,那样大的力气,李天一用尽全身气力才没有呻吟出来,只听他的声音阴恻恻的,明明唇角扬起,可眸子里全是威慑,"道歉!"

这就是一场闹剧,老婆逮着丈夫和小三,后来,前男友又来仗义相助。

要不要这么狗血?

"给,"韩嘉平从旁边冰箱里取出一块冰块,仔细地用毛巾裹住,"护着自己的脸,过一会儿就会好些。"

江蓝接过来,"韩嘉平,你真不该过来。"

"怎么? 你也觉得我多管闲事?"

"第一,你让我觉得很没自信心,摊上这样的事情,我最不想让看到的人就是你;这第二,你让我陷入了尴尬的境地,原来我可以义正词严地说李天一不检点,可是这回呢,只怕他是要反咬一口,先觉得我不忠贞。"

"竟是这样……"韩嘉平苦笑,"原来是我出来错了。当时我在楼上看到你这么出去,越想越担心,实在忍不住就……"

"不怪你,我只是不想让人看到我这副惨样。"

"那你打算怎么做?"

"能怎样做? 还是过日子呗。难不成真的离婚?"

"你对他怎么不像对我这般严苛? 我解释了一万遍你都不听,非要和我分手,"韩嘉平有些无奈,"可他……你明明都看着他和另一个女人在一起了,你还死守着婚姻,这是为了什么?"

"和你的时候我们是在恋爱,只要感情就好,不需要责任维系。但是现在不一样,我和他之间有了婚姻,不光有了婚姻,而且,"她摸了摸肚子,"马上还要有第三个人。"

"我还是不能理解,你也太不一视同仁了。"

"等你结婚你就理解了,结婚得磨合,得将就,对了,"江蓝抬头,"我有一阵曾以为贺京杭和你在一起了,现在看来没有?"

"你很希望我和她在一起?"

"我希望,我很希望,"江蓝挤出笑容来,"有你把她拴住了,她才能让我安心。"

"原来我是这个用处,我得庆幸自己对你还有点作用。你放心吧,既然你希望我起这般作用,我一定朝那个方向努力。"

"玩笑话。"江蓝摇摇头。

"你待会怎么回去? 要不要我送你?"

"你送肯定是不行了,你现在就是一汽油,送我只能是在我们的战役上添一把火,待会儿我打车回去……"江蓝起身,刚要离开,手机突然响了起来,她接通电话,只说了两句,便脸色大变。这下不用韩嘉平将她送回去都不行了。

家里出了大事!

到了小区的时候,楼下110警车上的灯闪得江蓝头晕,这样的阵势,远远是她没有想到的。可是殊不知这想不到的还在后面。客厅里坐着俩民警,一见到她就迎过来,"你是那个江蓝?"

"是。"江蓝侧头一看,夏晓贤不安地看着自己,"妈,这是怎么了?"

"事情是这样的,江女士,夏女士,我们有些情况想请你们协同做调查,请你们随我们去所里去一趟。"

江蓝打死也没有想到,自己在有生之年还能坐一回警车,"警察同志,你能告诉我是怎么了吗? 我们都是良民,向来不做违法犯罪的事,到底是出了什么事情?"

那警察面无表情,"你们认识王慧吗?"

"王慧,认识啊,我爸的学生,"江蓝答完,就看到夏晓贤挤眉弄眼,"认识是认识……不过我们不太熟悉。得有十多年没联系了吧。她怎么了?"

"不是不熟悉吗? 干吗还要关心她怎么了?"那警察眼神讥讽,"她都快弄死人了。"

"什么?!"

到了公安局,两人才知道事情的完整经过。

经人举报,王慧被查出非法鉴定胎儿性别和非法流产,甚至还从事着其他的违法行动,于是公安机关联合卫生部门就查封了她的诊所。

江蓝和夏晓贤这才知道,王慧连行医许可证都没有,还开着诊所,纯粹属于非法行医。

"警察你听我说,我先生只是在很多年前教过这王慧,这才和她有了点师生关系。但以后就没联系了,所以我们并不知道她是非法行医啊。"夏晓贤急切地解释,"我了解你们想查明真相的急切,但是我们一不是同谋,二不是教唆者。再说了,我们也确实不知道这王慧在哪里。"

"你们确实不是同谋和教唆者,但不证明你们没有过错。不是奇怪我们怎么找上你们的吗？"那人扔过来一个本子，"我们是在这本接诊记录上发现你们名字的，翻到第六页第四行，念出来。"

"江蓝，十一周流产，原胎儿发育健康，鉴定性别：女孩。"

刹那间，晴天霹雳。

"知道我们为什么喊你们来了吧？这胎儿是发育健康的，为什么还要流呢？就因为是个女孩？"说着，这警察凑过来看她左胸的工作牌，"深州报业集团……你也算是政府大单位出来的，怎么还有这样的观念？还撒谎说没流过产，你这个记者是怎么当的？"

"我……"

"先别我了，听说你爸还是咱们人民医院的老医生。医生不会不知道私自鉴定胎儿性别、私自中止妊娠都是违法的吧？明知道国家严格控制这一块，却知法犯法！"

这一通话说完，江蓝已经要哭出来了，"警察，我求求你……"

"警察，我女儿肚子里还有孩子呢，你要训训我，别这么凶我孩子，先让我孩子回去。"夏晓贤站起身，"我保证好好听从教诲，好好……"

"坐下！有这个态度，你早干嘛了？法盲犯法也就罢了，最可恨的是你们这样明知不行却非要迎头而上的人！小吴，"那警察喊了一声，"通知他们家属来接了吗？"

远远地就听一声喊叫，"已经通知了。"

"不不不，警察，你通知我爸来就行，千万不要通知我老公……"江蓝连忙抓住警察的袖子，"千万不能通知我老公，求你了。"

"蓝蓝，都这个时候了，你还指望在他面前有面子？"

"妈，你忘记了吗？天一还不知道我流产这事儿……我们一直告诉他是因为天枚流的，这他要是知道我们是因为女孩……"话说了半句，江蓝彻底怔住，半张着嘴。

什么都已经晚了，李天一已经站在门口，薄唇紧抿，面色铁灰。

刹那间，江蓝什么话也说不出来。

适逢国家严打非法鉴定胎儿性别，江蓝和夏晓贤虽然没有刑事嫌疑，但是出公安局之后又被接到计生办,对她们进行了整整一天的教育。本来被警车接走就是一个新鲜事,现在,江家的事情已经在小区里人尽皆知。

可江蓝最担心的还不是丢人现眼,她担心的是怎么和李天一解释。

回到家,江蓝就扯住李天一袖子,"天一,你听我说,我不是有意要骗你的。这不是有一次你说你家是三代单传,想要个男孩吗? 我就偷偷地去诊所看了看,一看是个女孩,怕你不高兴,这才流了下来。"

"流产是怕我不高兴,但赖到天枚身上呢? 赖到我妹妹身上,我就高兴了?"

"天一,我……"

"江蓝,你现在还不肯说实话? 你直接说看枚子不顺眼,想栽赃到她身上又怎么了?"李天一深吸一口气,看着她的眼睛冷意森然,"这一路我都在想,我妹妹除了嘴欠点,她到底是怎么着你了? 她以为是自己害了你流产,那一个星期被我爸骂得几乎活不下去! 刚认识你的时候,你挺好的啊,可是现在怎么心眼这么歹毒?"

"天一,我错了不行吗?"江蓝泣不成声,"流产的那天,我也很痛啊,你都不知道那天我都要吓死了,可是为了让你高兴,我还得上手术台。我长这么大就没做过手术,还是在那样的地方。你现在就知道骂我,可你想想我的立场行不行? 是,我栽赃到天枚身上是不厚道,可我要是不为你想,我怎么会有流产的念头?"

她像是疯了似紧紧抱住李天一,"天一,别人气我可以,你怎么这么不知道我的心? 我知道掉了第一个孩子的时候你难受,所以才在身体还没彻底恢复的时候努力要第二个! 你出去问问,哪个流产的女人两个月之内就有了孩子,哪个会! 你怎么就能凭我的一点错误,就完全否定掉我对你的感情?"

"江蓝,"李天一慢慢掰着她放在他腰间的手,"你知不知道我最讨厌什么?"

江蓝死也不放手,埋在他腰间痛哭。

"我最讨厌欺骗,我心眼儿直,觉得把心眼用在对付别人身上就行了,对家人必须交心,用不着欺骗,"他顿了一顿,"以前我喜欢你,也就是喜欢你直爽。你向来都是想说什么就说什么，毫不掩饰，从不掺假。我怎么也没想到，那样的你，会变掉……"

"我没有变啊，天一！我现在这么做都是因为爱你啊，"江蓝紧紧揽着他的腰，"他们说孕妇是最容易被抛弃的，我看你和贺京杭在一起说话那么亲密，我真的害怕你不要我了。你还骗我去加班，其实却和她一起吃饭。我妈和她妈斗了一辈子，一辈子都没斗够。我真怕你被她拐走了……"

"你怎么会有这样的想法？"李天一叹了一口气，"我只是觉得她不错，但也没不错到要抛弃家庭的程度。套用一句你妈的话，你怎么能对我没信心？怎么能对自己没信心？"

"我就是对自己没信心。你不知道，从小我妈就把我和贺京杭一块儿比，她比我成绩好，比我漂亮，什么都比我好……"

"傻瓜，我怎么会抛弃你。"李天一又叹气，转过身去，紧紧地把她抱在怀里，"你下次见到天枚，要给她承认个错误。咱们还和以前那样，就像是什么事都没发生过。"

"就像是什么事都没发生过"这个愿望是很好的，只是这个世界上，发生的就是发生了，永远都不会像是"什么事情都没发生过"。

"哭完了？"从卧室里出来，就看到夏晓贤面色青灰地坐在沙发上。江蓝不好意思地"嗯"了一声，抬头看了一圈，却没见到江大成的影子，"我爸呢？"

"去医院了。"

"去那儿干什么？"

"谁知道是干什么，从公安局出来就走了，"夏晓贤紧皱眉头，"只怕是凶多吉少。"

原本夏晓贤以为是凶多吉少，顶多是医院将他训一顿，因为江大成即将退休，作为一个老员工，有很多领导还是他的后辈，就算是教训，院方恐怕也下不了大口。但是她忘记了，原则性问题就是原则性问题，看江大成回来那表情，夏晓贤脑子里就俩字"完了"。

"怎么样，大成？"

"怎么样？你还好意思问我怎样？"只听"啪啦"一声巨响，江大成将包砸到茶几上，"你们都觉得今天这情况很好是不是？就为了那点钱，就为了那点房子，你们都觉得这事情办得特别光彩是不是？"

"大成！你先别撒这么大火嘛！到底是怎样？"夏晓贤觉得胸痛，只能捂着胸口，"他们没怎么着你吧？"

"对，他们是没怎么着我，我这不是好胳膊好腿地回来了吗？可是他们辞退了我，他们当着所有员工，当着那些媒体的面，为表示治理的坚决，公开将我除了名！从此以后，我不再是市立医院的一员了！哈哈！"江大成突然笑起来，"真好，我干了这一辈子医生，终于能得清闲了！"

"什么？他们辞退了你？他们不让你干了？"

"是啊，他们说我这次错误重大，明知是犯错还要迎头朝上，虽不至犯罪，但社会影响恶劣，决定从重处理。老夏，你看领导们多体贴啊，知道我还有四十二天正式退休，怕我在这四十二天累着，先不让我工作……"说着说着，江大成渐渐流出眼泪来，"领导们真是体贴，对不对？"

什么叫晴天霹雳，这就是。

夏晓贤呆呆地看着老泪纵横的老公，只觉得天都要塌下来。

可是半边天塌下来并不够，很快，江家人就会知道什么叫做"屋漏偏逢连夜雨。"

第二天江蓝去上班，只觉得往日友好的同事都对自己指指点点。这样的指点终于在十点零六分结束，因为袁致敏将她叫到了办公室，"小江啊，这次事情有点严重啊。"她摸着下巴，"你瞧瞧，你都上报纸了。"

江蓝低头一看大惊失色。报纸的标题就是——非法鉴定胎儿性别整治大显成效，昨有一批不法分子受到惩罚。其中，她作为典型，被拍成照片放在报道下面。

江蓝脸色灰白，"主编，这是我……"

"你先别说，小江，如果这是一般的事也就罢了，我们可以容忍，最起码这又不是杀人放火，顶多只是社会影响面坏，也不涉及其他问题对不对？再者，如果这是一般的单位也就罢了，顶多是教育员工几句，再做做道德建设的文章。但是小江，这两者加起来可就不太好了，像我们这样的单位，平时就注重社会影响力和美誉度，最怕有什么黑色污点。你作为我们的主力编辑，明知道国家严查非法鉴定，居然还知法犯法，还被网友搜到了工作单位，这实在就有些说不过去了。"

"主编，你给我个机会！"

"小江，你不要怪我，针对你的处理虽然是我下达的，但却是上层做的决定，你这事太大了，甚至被兄弟媒体当成了针对我们报纸的利器。"袁致敏摆摆手，"我已经尽力了，上边儿本来还要将你妈一同处分的，我这说了半天的话，才勉强保住你妈。"

"袁主编，你再给我一个机会，就再给我一个机会！"

"没机会了，你走吧。"

被开除了，江蓝只能收拾着东西回家，她不知道该怎么面对天一，该怎么面对爸爸妈妈。这一切来得太突然了，像是一个巨大的玩笑，突然猛地一口，用力且血腥地吞噬了他们一家。

回到家，却发现原本该上班的李天一在沙发上正坐着。

江蓝心里立即有了不祥的感觉，"天一，你怎么现在在这里？你不会也被辞退了吧？"

"辞退？哪儿能那么容易，我只是被留职查看，不过今天早上开教职工大会，托你们的福气，我可真是好好出了一个名。"李天一说完话，突然觉得不对，"你什么意思？什么叫也，你难道被辞了？"

"你没被辞退我就放心了，咱家总算还留了一个，"江蓝想笑，却有泪水流下来，"是，我被开除了。"

第二十一章
全盘崩溃，死不服输

从以前的全民上班到现在的硕果仅存，江家的经济情况，面临前所未有的危机。

原本这就已经够惨的了，最惨的是因为前段时间想要发财，把多年的积蓄都投入到盖房子的事业中了，现在完全处于负债水平，根本没有余额。李天一的工资仅够生活费和租房子，如果想再养活这肚子里的孩子根本就是奢望。

思来想去，被辞退的第二天，江蓝便挺着肚子，开始了艰辛的找工作历程。她原以为以自己的资历和能力，只有她挑工作的份，完全没有工作挑她的问题。事实却完全相反，人家一看她是个孕妇，理由五花八门，结果却是空前的一致——拒绝。

找了一个星期，公交费贴了不少，可完全没有希望，"你老这样下去也不是个事，回头这工作还没找到，就怕你倒先累趴下了，"夏晓贤心疼地看着消瘦的闺女，"对了，韩嘉平那拆迁协议的事，怎么样了？"

"妈，你还惦记着那事啊。"

"我怎么能不惦记？我们因为那事，孩子流了，工作丢了，房子丢了，现在连脸都丢了，钱也花了个干净，事到如今，我不想着它还想什么？蓝蓝，你这几天打听没有？"

"没有，前几天忙着安抚老公，这几天忙着找工作，哪有时间管那事？"

"不行，蓝蓝，你赶紧给那韩嘉平打个电话，快点把情况问个清楚。这贺京杭都工作了两星期了,咱们连协议的面都没见到,这凭什么呀。"

"妈,我现在被打击得根本对这事不寄予什么希望了,要是被天一知道我们拆迁是想要他家钱,他指不定得怎么生气,"江蓝对上次流产的事还心有余悸,"上次那事,我已经吃够苦头了。"

"你这孩子,怎么这么个脾气?我告诉你,如果这事办成了,咱们别看现在衰,以后还能大翻身!"

"妈!"

"蓝蓝,打吧,"一向沉默不语的江大成居然开口,"咱们现在已经够惨了,我就不信上天还忍心让咱们更惨下去。你打吧,你妈说得也对,万一有希望呢。"

老爸老妈都这样说了,好吧,那就打电话。江蓝起身,刚翻出号码本想找出韩嘉平电话,手机响了,屏幕上跃动着三个字——韩嘉平。

真是说曹操,曹操就到。

江蓝一下就跳了起来。

"怎样?"刚扣上电话,夏晓贤就凑过来,"他说了什么?说了协议的事吗?我和你爸就老看着你点头,谢谢啊、是啊什么的应承,到底是什么事?是协议的事情搞定了?"

"老夏你急个什么劲儿,你先让蓝蓝说。"

"协议的事,他只字未提,妈你猜韩嘉平这次打电话是为了什么?"江蓝瞪大眼睛,似是还不敢相信:"他居然让我去他那工作!"

"那你去不去?"

"我不知道。"

"这有什么不知道的?你傻啊,现在找工作这么难,他要你,你干嘛不去?"

"要我自己我肯定去,但是我们家还有天一呢,上次那事已经够我受的了,"江蓝提包,准备起身离开,"我得问问天一。如果天一说行,我就去。"

坐公车回家的路上,江蓝在脑子里组织着一系列措辞,依照李天一对韩嘉平的厌恶程度,再加上上次两人正面交手,江蓝觉得,劝他接受是个很艰巨的工程。

却没想到，回家之后，她几乎没怎么劝，天一就答应了。

这下轮到江蓝奇怪了，"你真同意我去他那工作？"

"同意。"

"那你就不怕我和他……"

"不怕，你上次说过，谁会对一个孕妇下手。你肚子一天大过一天了，我觉得他也没那么重口味。"

江蓝突然觉得有些难受，之前他说不同意，她难受，是因为她觉得他不信任她，作为夫妻，不能取得信任的感觉仅次于背叛；而这次他顺妥答应了，她却依然难受，这就像是自己在他心目中若有若无，已经没了之前那个重要的位置。

有一种莫名的酸意从心底涌了上来，"李天一，我以为你会不让我去。我怎么觉得从上次的事情之后，你表面上是原谅了我，其实是距离我越来越远了？"

听到这话，李天一这才发现老婆情绪不对。回头看时，江蓝瘪着嘴，已经要哭出来了。

他心里突然有些软，伸出手去，一把揽过江蓝，"我怕，我告诉你不怕是假的，我怕你和他再联系，我甚至能看出来，他对你还有余情。可是我怕又能怎么办？比起这些小心思，现实排在前头。现在生活已经很吃力，过几个月还会添个孩子。蓝蓝，现在有份工作在等着你，我们根本没有资格去挑。"

这与江蓝预想中的答案完全不同，她以为他会柔情似水，说自己多么信任她。

"再说，我们现在也平等了，"他甚至是长舒一口气，"你不是老埋怨我和贺京杭靠得太近吗？现在好了，她和我一个单位，你又和韩嘉平一个单位，我们互相自律，互相监督，谁也不用说谁。"

这听起来怎么就像是一个出轨的丈夫在给妻子安排情人，来给自己的罪恶行为找的借口？

这个念头从江蓝脑海里窜出来的刹那，她猛地摇了摇头，像是要把这个想法抛出去。可是同时闪现的,却是贺京杭那天面对天一时那张漂亮精致的笑脸。

不能再想了,全都是自我折磨!

第二天九点,江蓝准时到韩嘉平那里报道。

"我以为你会不来呢,"韩嘉平微笑着看着她,"没想到你还真到了。"

江蓝也随着开玩笑,"为什么以为我不会来? 难道只是想口头帮我,并没想给我这个职位?"

"当然不是,我是觉得就算是你想来,你先生怕也不会同意。我们上次那样……"他皱了皱眉,"直接冲突过。而且据我了解,你先生貌似对我和你接触很介怀。"

"他介怀也没有办法,除非他一个人能赚出三口人的生活费。韩总,我这次来要做什么工作?"

"鉴于你的肚子以后会很不方便,我让人事给了你一份不太劳累的工作,文案怎样?"

"有口饭吃就很好啦,我怎么还可能挑挑拣拣?"江蓝鞠了个躬,"韩总,没问题。"

"没问题就好,我让小雾带你去看你的办公室……"

"等等,韩总!"

"什么事?"

"我们家那拆迁和征地协议的事情怎样了?"江蓝有些不好意思,"你上次说,让我两天后过来。我这不是中间因为有事,所以才……"

"哦,那事啊,我那事还真忘记告诉你了,因为我们的项目方案,就是没决定占用你们的那个方案已经报到了总公司,所以这次新修改的内容变化很大,得再向上头确认一下。"

江蓝有些失望,"那……这个确认时间要多少天?"

"七八天吧。"

"好,那我再等等。"

"你就这样和她说的?"贺京杭瞪大眼睛,"韩嘉平,你太阴了! 不过我是真没想到她会到你公司工作。"

"我也没想到。以前的她可是不吃这套的,以食嗟来之食为辱。"

"看来人都是没被逼到这份儿上呀,真的被逼急了,什么都会做,"贺京杭若有所思地饮了一大口饮料,"对了嘉平,你以后决定怎样做?"

"你觉察到没有,"韩嘉平唇边浮起笑容,"你每次见我都会问这个问题,韩嘉平,你以后决定怎样做。"

"那是你每次都看似是会心软,但是实际做起事情来,却又是毫不留情,心狠手辣。"

"我给你留下了那样的印象?"

贺京杭点头。

"那很好,恭喜你答对了,我这次依然打算走这样的路线。"

"你要将她逼到哪一步?"

"京杭,咱们是一派的,首先,对同盟用'逼'这个词可是很不好。"韩嘉平抿了抿唇,眼睛看向远处,"至于我要将她逼到哪一步,那是要看看他们家当初要把我逼到哪一步。我一直以为她是对我旧情难舍,所以这才全身心付出,可是没想到,我会是个没用的备胎,而且,被弃若敝履的时候,还那么没有人格。"

"男人小心眼真可怕,"无端觉得他现在的表情让人心慌,贺京杭吐了吐舌头,"千万不要招惹你这样的男人。"

"那招惹你这样的女人更不好,说起来我们是同类啊,都有着一个共同的目标,都想让他们家落个不好的下场。如果仔细追究,只不过出发点不同,我是因为爱情,不想不明不白地忍受这个侮辱;而你是因为亲情,实在是不甘承受这二十多年来她妈对你妈的人格污蔑和打骂。所以啊同学,"他唇间的笑意又炫耀几分,"我们是半斤八两,谁也不要说谁。"

"你说错了,我的出发点是因为她家老欺负我妈不错,但这只是很少一部分原因。韩嘉平,至于那更大部分原因,"贺京杭直直地看向他的眼睛,"我不相信你会不明白。"

"我明白,可是我觉得以现在的情况看,你的更大部分原因正在慢慢缺失,"他顿了顿,漆黑的眼珠紧紧盯着她,"你敢说,你对那个李天一,没有一点好感?"

贺京杭突然脸红,"他是个好人!"

"你看,"韩嘉平似笑非笑,"你现在都为他辩护了。"

"不是,嘉平,这李天一确实是个好人,我以前对他不了解,因为江蓝和她妈的缘故,总觉得他不是东西。但是现在细一接触,觉得他真是不错,起码耿直,善良。为了让我考进学校,他累死累活地给我辅导;我现在上班了吧,因为是新人,他特别关心我,告诉我该去哪里打水,哪里的饭好吃,还告诉我该怎么对待学生;上次学校为了考察我,还安排人听我公开课,我紧张得不得了,然后是他帮我打点那些老师,给了我高分,我这才勉强过了。"

韩嘉平没有说话。

"我不知道你什么时候会收手,但是嘉平,他们现在已经够倒霉的了。你放他们一把不行吗?"

"我也觉得够了,"韩嘉平把玩着酒杯,眉梢微扬,"但是这件事就像是失控的车子,一旦向下滑,除非撞上墙,根本没有停止的可能。到现在,"他摊手,微笑,样子无比无辜,"我也无能为力。而且,路是他们一步步走出来的。我只是适当地加了点作用力,其他便是旁观。"

他这样子让贺京杭莫名心惊,"你还要做什么?!"

"京杭啊,我们可是一派的! 你这反应可真是让我惊讶,"他歪着头,像是饶有兴趣,"李天一到底做什么了? 让你彻底倒戈就差反叛为敌了?"

"你听我说,韩嘉平,这个人真的是很好。"

"我也没说他不好,"韩嘉平眯着眼睛看她:"我估计他也觉得你不错,可是你有没有想过这个问题? 如果他知道是你暗示的李天枚举报王慧诊所,你觉得,你这好人还当不当得下去?"

贺京杭的脸霎时暗了下来。

"你已经给自己选择了路,就不要再中途改变立场。有时候我觉得,所谓的迷途知返是最容易误导人的事情,因为一般人都会戴着有色眼镜看人。你害过人一次,即使后来你对人家再好,他也会对你防备,警惕,然后觉得你不是东西。所以京杭,"他收起笑容,"你没退路。何况,我还要再说一遍,即使我们是苍蝇,也只会叮有缝的蛋。他们的缝太大了,破裂是早晚的事情。我们只不过是加力,让这个事情快点完成。"

"把你刚才的话说下去。你想做什么?"

"之前的李天枚是为不能戳穿江蓝的真实嘴脸苦恼,所以我帮她寻找切入点查证;这次她是想要帮她窘迫的哥哥,而急需一份工作,那好,我再帮她一个忙。"

"什么?"

"让她去我家当阿姨。"

贺京杭很怀疑,"我是说真实用意。"

"就是想帮她忙而已,你别把我说得那么邪恶,"韩嘉平瞪大眼睛看着她,"送佛送到西,我已经收留了江蓝,再帮一个不更加好?"

"我不信。"

"那好吧,我说实话,"韩嘉平抿着唇,笑容渐敛,"兵不血刃,借刀杀人。"

这边韩嘉平的八字箴言贺京杭还没琢磨出是什么意思,但是回学校的时候,另一场大戏又开场了。

刚回到办公室,她就觉得气氛不对,找个老师问了问是什么事,那个老师一脸凝重地告诉她,初二九班有个孩子中午逃课去河边玩,被淹死了。

初二九班,贺京杭心里一颤,正是李天一教的那个班!

没等说什么,贺京杭拔腿就去找李天一。本来学生出事就是个大事,再加上这孩子是中午逃课出去玩儿的,老师首先就犯了看护不力的大错,责任更大。找了好半天,贺京杭才在人堆里找到李天一,"你没事儿吧?"

"我能有什么事?"看到是贺京杭来,天一怔了一下,似乎是没有想到,但很快又扯唇一笑,"你想多啦,我是不会有什么事的。学校分工很明确,一般这样的事负责任的只会是班主任。托了上个月给你辅导工作的福,我失去了评比班主任的机会。我现在都想给你鞠个躬,"他还有心思开玩笑,"我这班主任幸好是没当上,要不然就惨了。"

贺京杭隐隐放下了心,"不过你也别大意了,这家长们要是气愤起来那可不长眼的。"

"知道了，你放心。"

李天一想得太好了，他以为他不是班主任便可以逃过这一劫。可气愤的家长直冲到办公室，他们这一班的所有老师完全被围困起来，一个也不能出去。虽然在电视上看到过这样的纠纷，但在现实生活里这倒是头一次见。家长们被情绪催化得特别激动，拿着大棍子守在门口，连上厕所都不能出入，被憋了一下午，胆小的女老师已经被吓得哭出声来。

眼看着到了下班时间，李天一想了想，给江蓝打了个电话，告诉她自己要加班，别等着自己。他在想，别看现在情况危急，搞不好一会儿就好出去了。可是没想到，这样的想法完全是妄想。

又过了一个小时，江蓝已经有短信发了过来，问他什么时候加班结束，她做好饭先等着。李天一这边刚要回短信，只听办公室门外有人喊："李老师，校长办公室找。"

"刘太太，刘先生，"看到他来，校长连忙起身，"这便是刘超的班主任李天一。"

听这介绍，李天一完全愣住了，"校长，我不……"

校长神情严厉，"李老师！"

"对啊对啊，校长，你不要以为随便弄出个老师来就能糊弄我们，超超的班主任我们是见过的，是那个姓邓的家伙。"那刘先生打量了一下他，表示怀疑，"你让那邓主任出来！"

"刘先生你搞错了，我们上个月进行了班主任评选，邓老师因为考核不及格被勒令辞去班主任职务，现在李老师是刘超的班主任。"

李天一彻底惊呆了，难道校长要将他当替罪羊？

而接下来那句话，就更加证实了他的想法，"你们的意见不是六万加上让班主任离职吗？这个我们同意，钱明天汇到你们的账号上，至于李老师……"

"至于"的话没说完，李天一只觉得腮帮猛地生痛。愤怒的家长已经扑了上来，"我把孩子交给了你，谁让你不看好孩子？你去死！你赶紧陪我孩子去死！"

这一顿拳打脚踢来得特别强烈,李天一都不知道自己是怎么挨过来的,恍惚中只听到有人和他说话,声音很微小,像是在告诫他什么。而他只知道抱紧头,脑子里一片空白。等到恢复意识的时候,只听到江蓝的声音,"天一!"她显然是被吓坏了,还带着哭腔,"天一,你别吓我啊,天一!"

慢慢睁眼看向四周,已经到了家。而眼前的江蓝,泪流满面,看着他醒来,就又扑过来,"你都要吓死我了。"

李天一疼得抽气,心里却有疑问:"我怎么回家来了?"

"是贺京杭让人把你带回来的,"江蓝抽鼻子,"她这次总算干了件人事。"

"那她呢?"

"她说让你醒来不要着急,她去说理去了。"

"什么?!"

本来就是被吓晕的,除了那脸上身上被抓了几道,并没有什么伤筋动骨,一听到这个,李天一"腾"地坐起身,"不行!我得去看看!"

"天一!"

听江蓝那话,李天一就知道贺京杭会找校长来"伸张正义",果真,他来到校长办公室门前的时候,正听着贺京杭义正严辞地在和校长对簿,"他明明不是九班的班主任,校长您为什么要让他承担这个责任?"

"不是班主任就没责任了吗?那刘超可是从他那语文课就开始逃课的,他要是有责任心,就应该追踪这学生的动向!"

"可是我打听了,要论他逃课,这孩子从邓老师,邓班主任的数学课就开始逃了!依照校长的说法,您为什么不追究邓老师的责任?"贺京杭气得哆嗦,"您分明只是想替邓老师脱身,才嫁祸给李老师!"

被一个新招进来的老师如此对峙,校长也生气了,"我就是这样,你又能怎样?"

"我……"

"邓老师的舅舅是教育局局长,李天一舅舅是吗?邓老师这几年起码教学无事故,可李老师呢?上次那流产的事儿是谁搞的?我不辞退他已经是不错了,这样大的事情,不找他来顶罪,你来顶?"

"校长,你……"

"我怎样了,贺老师?"校长指着门,"我告诉你,你要是觉得不服,你可以从这门出去! 要是觉得还不顺心,从大门出去也没人管你!"

说到这里,李天一赶紧把贺京杭给扯了出去,"对不起,小贺初来乍到不懂规矩,您还请……"

"出去!"

看着眼前柔弱高挑的贺京杭,李天一怎么也不会将她和刚才那慷慨激昂仗义执言的女孩联系在一起,"好了,别生气了,是我背黑锅,又不是你,你气什么。"

"就是因为你我才气! 你那么好的人,他们凭什么这么欺负你?"贺京杭顿了顿,突然又想起一事,"不过我没想到,你装死还真有一套的,装得我都要吓死了。"

"装死?"

"是啊,我当时跑过去拉架的时候,在你耳边偷偷地说装死,如果你昏倒了,他们绝对不会再打你,因为他们怕闹出人命……"说到这里,贺京杭这才反应过来,吃惊道,"难道你不是装死? 你是真死了?"

她这样说,李天一这才回想起来,那个在耳边模糊出现的话,是让他装死。当然他不会承认自己是真吓晕了,"我当然是装的,只是装得像。不过贺京杭,弱肉强食,这世界都这样,我认了,但是我真没想到,你真敢去校长那说理。"

"我当然敢,我凭什么不敢? 这事就是他不对!"

"他不对的事儿多了,可你还刚刚入职,这样做太冒险了。"

"冒险什么,如果早知道这里这样,我宁可不在这里工作……"话还没说完,嘴巴就被李天一捂住,只见他惊慌地看一下四周,"后面就是校长办公室,你这么咋咋呼呼,以后还想不想混了?"

"唔……"

手心里蔓延的是她呼吸的热气,李天一这才发现,自己无意中竟做了一个暧昧至极的动作,他慌忙拿下手,"不是,我只是觉得心急,万一被别人听到了就不好了,就算我不干了,你好不容易考进来,以后也得在里面做是不是?本来我还想罩着你的,可现在看来以后就得靠你一个人混了……"

刚才的尴尬渐渐过去,贺京杭一双明亮的眼睛看着他,"谁说你不能继续罩我的?"

"这事总得有个担责的,你没听家长说要辞退班主任谢罪吗?"

"那是他们的说法,但校长可没说。校长刚才说了,你以后该怎么工作还是怎么工作。"

"怎么可能?"

"怎么不可能? 你没来的时候,我刚和校长说这个问题了,他已经让你背黑锅又挨一顿打了,再辞退你的话实在是太不近人情了。他起初怕不辞退,家长会不依。我就说家长有什么不依的? 表面上说辞退,其实先让你到学校其他部门躲一躲,等过了这个风声,再重新回到讲台。家长就算是再强横,总不可能要求看辞退的红头文件吧?"说到这里,贺京杭叹了口气,"其实校长就是看着霸道,实际夹在中间也是很不容易的,又不敢得罪邓老师,这只是下策。"

"你这样说的?"

"是啊,我当时就想大不了豁出去了,就算我也不干了,但我临走前也要过过嘴瘾,骂他一通! 但是不好意思啊李天一,"她彪悍的神情一变,突然有些愧意,"我以为他能让你当个后勤老师躲躲的。但没想到,他把你调到校办工厂去了。不过你放心,"她又抬起头,眼睛闪烁出奇异的光芒,"他说你顶多在那熬俩月,马上就能调回来!"话落,只觉得胳膊一紧,李天一将她一扯,紧紧拥住了她。

"谢谢你,贺京杭!"李天一心里暖暖的,为这发自内心的情意,"谢谢你!"他原以为自己会丢工作,来的时候还在想,如果他再丢了工作,这以后的日子怎么过下去。可是贺京杭的话无疑给了他勇气,调入校办工厂也好呀,工资虽然低了点,但也比没事干要强,何况,还能保留编制! 贺京杭真是拯救他于水火中,这件事真是办得太好了!

回到家,江蓝正打算睡觉,已经换好了睡衣,看到他回来,只是稍稍扬眉,

"事办好了？"

这样的反应，与李天一想象中的差了十万八千里。他刚刚经历了"生死来回"，可这个最亲密的人却像是看了最平淡的泡沫剧，没什么反应。甚至，连一声最普通的问候都没有。

但是没关系，想到今天晚上的事，李天一还是抑制不住内心的激动，"你和妈还说贺京杭不是个东西，我告诉你，今天的事儿我多亏了她，要不是贺京杭，我这工作铁定就没了……你说我当时给她辅导的时候怎么没看出来呢，这一个姑娘，居然敢因为我的事，在校长面前大吵大闹……哎，江蓝，你是没看到，这贺京杭今天表现得有多英勇，那声音彪的，连我们校长那太监音都没震住她……交朋友就该找这样的人啊，谁曾经帮过她，她永远都记得。"

江蓝没有说话，她在忍。

可是那个聒噪的讲述者丝毫没有领悟到眼前的形势，依然没完没了，"我就纳闷，贺京杭刚刚入职，怎么就不怕丢掉工作呢？要知道，她那工作对她多重要啊，她……"

"四个。"

"什么？"

"你一会儿工夫，说了四次贺京杭，八个指代词'她'，"江蓝的声音闷闷的，却充斥着难以言喻的威慑，"现在已经回家了，请适可而止。"

"你……我这几乎是死里逃生，你就只想和我说这个？"李天一愣了半天才反应过来，为什么一个邻居对这事都能表现得如此愤慨，而她一个最亲密的枕边人却这么冷漠平静？

可是旁边那转过身的背影依然沉寂，像是冰冷的搓衣板，没有一点反应。李天一失望到极点，抱着枕头，从衣橱里拉出一条毯子，"砰"地一下关了卧室门。

而那扇门关闭的瞬间，江蓝满脑子都是晚上去校园时看到两人抱在一起的画面。不知不觉，泪流满面。

经过这件事，李天一虽然保住了工作，但是由老师到工人的待遇说没有差别那是假的，之前李天一是2000的工资，现在是1200。

足足少了800。

在江蓝刚上班，还没有发工资却又得交1000房租的情况下，这生活几乎过不下去。江蓝想去向父母借钱，可是因为前段时间盖房子，家里的积蓄已经没了，何况老爸被辞退，只靠夏晓贤的话，这情况也好不了多少。向李桂宝借？单是想想，就开不了口。

就在这个时候，李天枚来了。

自从上次老头子生病的事后，她和李天枚就很少来往。想到自家这个情况，江蓝以为天枚是来看笑话的，毕竟这一切都是因为她流产而起，而那次流产，她又狠狠地污蔑了天枚。

可是没想到，李天枚这次来，居然带来了钱。

"嫂子，你们这日子也不好过，这钱你先拿着……"李天枚从口袋中掏出一个小布袋，不知道装了多久，一张张百元大钞已经被勒出深深的印子，"这是2000，你先拿着。"

"天枚，你这是……"

"你们如今房子也是租的，你刚丢了工作，我哥这工作又这样，以后还要有孩子，所以肯定需要钱。这钱你放心，我不着急用，所以你们也不用着急着还，你们先把这段日子给过去了，等日子好了咱们再说。"天枚叹气，"嫂子，你看你这几天瘦的，已经有孩子的人了，怎么还反着减肉？"

像是被这番话给惊住了，江蓝只是看着她，什么话也说不出来。

"江蓝，你瞧瞧人家枚子，"听见妹妹这样说，李天一满是感动，他顺手接过那钱，接着就要放入口袋里，"你上次还那样对待枚子，你真是……"

"不行，这钱不能要！"

"嫂子！"

"这钱不能要！"江蓝把钱从李天一口袋里拿出来："谢谢你天枚，你放心，我们的日子能过去的。你日子过得也不富裕，这钱我们可不能要！"

"嫂子！咱都是一家人，你至于这样见外吗？我现在啥牵挂都没有，家里又花钱少。可是你这里不行，就算是没有这孩子，可听说城里都有什么物业费、暖气费的，早晨醒来喘气都是钱啊。"

"那也不能要！天枚，"江蓝固执地塞给她，"你把钱拿着。"

"嫂子……"

"怎么不能要？这是我妹妹，家里有个姊妹不就图这个好处？"钱被争夺到半路，又被李天一猛地夺了过来，"再说，现在也没别的办法，你的工作被你做没了，我的工作也成了这个死样，难道真去摆个小摊割肉卖钱？"

这一番话说得十分不客气，江蓝眼圈已经有些发红，"天枚，反正这钱我不能要。还有李天一，谁说我没有办法？"她瞪他，突然跑向卧室，再次回来的时候，手里抱着个木头匣子，"这里是我出嫁的时候，我妈给我的首饰，现在都说金子增值，光这个金链子，就够我们吃一个月的吧？"

"你要卖这个？"

"对，反正平时也不戴，还不如卖了有点作用。"

"这不是你姥姥给你的吗？"

"我姥姥已经给了我，这就说明是我的！处置权在我手里！再说我们不就这一个月的饥荒吗？等下个月我开了工资，咱们日子就好了，韩嘉平说，工资给我4000呢！"

"嫂子！"天枚用力夺下她手上的项链，"这个不能卖！"

"天枚，你……"

天枚的脸上突然现出复杂的神色，嘴唇动了动，像是有话要说，"我……"

"你把项链给我，天枚。"

"嫂子，哥，我对不住你们。"只听一声痛哭，天枚突然跪在他们面前，"流产的事情是我去举报的。我只是想给自己一个公道，却没想到会害你们这样……哥，嫂子，"她抓着他们的手往自己身上打，"你们揍我一顿吧。"

像是傻了一般，江蓝怔怔地看着眼前的人，突然沉默下去，过了几秒，这才传出一声大叫，"李天枚！你为什么要这么对我！"她疯子似的大叫，"你怎么这么对我！怎么这么对我！"

这就像是一场大戏，任谁也没想到事情会有这么个转折。

夏晓贤知道这事后直接气晕了过去，到医院输了几瓶液才缓过神来。

"蓝蓝，你到底招惹的是什么人啊！你瞧瞧这家人都是些什么东西！"出院回家,夏晓贤想到这事还是忍不住哆嗦,"你看看,你当时费尽心机想嫁进去的家,这都出了些什么好鸟! 别人家都是全家齐力办大事,你这个家可好,前面有人拼命,后面却有人给捅刀泄气!"

"妈,你也别这么说天枚,谁让咱们上次诬陷她来着?"江蓝苦笑,"这就叫一报还一报。"

"哦,咱们诬陷她,她就要还回来? 咱们捅她一刀她就要再宰我们一下? 当时委屈得和什么似的,没想到背后这么狠! 她这可好,这一举报,自己倒是当守法好公民了,弄得咱们一家三口都没了活路!"

"我觉得这没什么,这叫自作孽不可活,谁让我们动了不该有的念头。天枚是个好姑娘,这次我们家困难,还非要给我送两千块钱。"

"她那是内疚! 内疚! 觉得对不起咱了,这才给咱送钱! 或者就是连内疚都不是,干脆就是羞辱咱们! 你江蓝不是有钱了不起吗? 我偏要把你逼到这个境地,然后再拿钱来施舍你,江蓝我告诉你,她肯定就是这个想法!"

"妈,你太偏激了,天枚不是这样的人。"见说不通老妈,江蓝站起身,"你先歇着,我回家去了。"

"哎,那房子拆迁的事怎么样了? 韩嘉平说了没有?"

"说再等几天。"

"你没问问他怎么老等?"

"我能怎么问? 人家现在是我上司,我能卑躬屈膝地在他手底下领工资就不错了,哪敢涉及别的问题,妈你保重身体,"江蓝关上门,"我走了。"

江蓝到家的时候,李天一正打算洗澡,"妈怎么样了? 好点没?"

"还是那样子,觉得头晕,吭喝这儿疼那儿难受。"

"哦,枚子想去看看咱妈,从家里带来了点东西,想给道个歉。"李天一倚在浴室门口,"要不,你给安排一下?"

"还是别让她去了,我妈今天还说了她一晚上呢。老太太现在没消气,天枚如果现在去,只能是自找难看。"

"不用去正好,我就不赞成我们枚子去。"李天一愤愤不平,"江蓝,你说你妈怎么就那么小心眼呢? 刚听到那话的时候你瞧那话骂得难听的。我还在身边呢,她也不忌讳一下,还说什么姓李的都不是好东西。你说她什么人啊,这事情要不是你们先诬陷的我们枚子,枚子能想给你们一个教训吗?"

"我知道是我错了,这不是已经给枚子道歉了吗?"

"你是知道了,可你妈呢?你瞧你妈那是什么态度?"

"李天一,"江蓝在忍,"事情是我做的,我道歉还不行吗?看那样子,天枚也原谅我了。"

"江蓝,我告诉你,你可甭替你妈遮掩错误。我和你一起这么多年了,我还不知道你什么人?"李天一唇角露出讥讽的笑,"你就是平时看着架势吓人,其实这些弯弯道道的心眼子,根本就想不出来!这事肯定是你妈造的孽,然后让你在前面表演。她这么一个教唆者,怎么就还能那样心安理得的,觉得事情都是我们的错?"

"李天一,我们还没离婚呢,别一口一个你妈,那是咱妈!"经受了在家时老妈的埋怨,再到这里被老公无缘无故地嘲讽一通,江蓝想努力压制情绪也不行,"那你想让我怎么着?我妈就这个脾气,我明天代我妈给天枚去道歉,磕头下跪行不行?还有李天一,你别老说我的不是。你觉得这事就这么简单?你妹是什么样的人你能不知道?"江蓝深吸气,突然想起夏晓贤的话,"她表面委屈得不得了,内地里却来调查我们!那王慧做诊所都五六年了,一直都相安无事,可是天枚厉害,人一来就能看出这个诊所有问题!李天一,你觉得你妹如果不是做了足够的调查取证工作,她能得出王慧诊所有问题的结论来?如果你觉得这点很正当,那咱换个说法,"她顿了一顿,怒极反笑,"你不是说你家人都心眼直吗?那天枚这叫不叫与家人耍心眼?能够暗地里调查这么久,这都可以是卧薪尝胆了!幸好这目的也达到了,要不然她得多冤?我江蓝是对不起她,可是她也不弱,这是多么狠地摆了我一刀!把我一辈子都搭进去了"!

"哎,你这什么态度啊江蓝?我这是就事论事。嗨,"李天一阴阳怪气地来了个语气词,"我觉得你们江家人还就有一个本事,自己的不对摇身一变,到头来都成了别人家不是了。"

"我还是那句话,我们还没离婚呢。"江蓝一字一句,"别你们家我们家地乱吃喝,大家半斤八两,谁也别乱说谁。"

"我也懒得说你。"李天一斜她一眼,甩身就进了浴室。

看吧,听吧,自从上次流产的事情发生之后,就这样的事情,他们俩也能吵起来。在以前的生活中,这完全是不可能的事情。

忍吧,如今大家工作都不顺利,开除的开除,降职的降职,丢面子的丢面子,没里子的没里子,都不是铁人,这样心情能好才怪,也怨不得大家会吵起来。等事情稍过,就好了。

江蓝这样劝着自己。看时间还早,忽然想起来今天公司还有工作没做,不如加会班。刚想从包里掏出 U 盘,突然被一个东西引去了注意。李天一的钱包多出个斜斜的角,如果没估计错,应该是照片。他一向讨厌照相,结婚这么多年,除了婚纱照,俩人一张合影都没有。江蓝以为是一寸两寸的证件照,拿来不经意一瞅却吓了一跳,照片上的人她都认识,竟是李天一和贺京杭!

李天一胳膊搭在贺京杭肩上,一副亲密的样子。不知道身在何处,他们身后是大片大片的桃花,这个季节怎么会有桃花?江蓝看了半天,原来是假花。

花是假的,人却是真的。

刹那间,在单位经受的委屈,在老妈那里受到的责骂,在李天一这里经历的讥讽,所有的这些情绪都积攒在一起,历经照片这个最好的发酵剂,汹涌喷发出来。

她可以容忍"贫贱夫妻百事哀",但是绝对不能容忍李天一做出对不起她的事情!

李天一从浴室里出来就被吓了一跳,"哎,你干什么呢?"他连连拍着心口,看着倚在门口盯着他的江蓝,"吓死我了。"

"你又没干亏心事,你吓什么?"

"你什么意思啊?"

"我什么意思?我也想知道我什么意思,但是前提是李天一我得知道你是什么意思,"攥紧的拳头,然后在他面前徐徐展开,江蓝趁他怔愣的时候,猛地撒了他一脸,"李天一!你看清楚这是什么了吗?"

李天一一呆,看了两秒才明白是怎么回事,"江蓝,你敢动我照片!"

他这样的反应比挖了江蓝的心还难受,她像是一只母狮子般咆哮起来:"我为什么不敢?行啊,李天一,你很厉害啊,平时让你照个相像要杀了你似的,现在我知道了,你不是不愿意照相,你是要对这事儿分人对不对?和我照委屈你了,但和人家贺京杭在一起,你就觉得这是天下一大美事是不是?"

"这是上次单位组织郊游的时候,我们照的照片!"

"现在知道郊游了?你当时呢?当时可没提一句郊游的事!"

"就是个半天游有什么好提的?你之前随着单位下去参观学习的时候,你和我提前说过?"

"李天一,你别把话题往我身上扯!你就是生了异心!你告诉我,你什么时候开始和这狐狸精勾搭在一起了?你们发展到什么地步了?李天一,你给我把这些事情都说清楚!"

"本来就没什么事情,你让我说什么?"

"还没什么事情好说?"她一个用力把欲走到卧室的他给揪了回来,伸手一拧,恶狠狠地看着他的眼睛,"你和她都勾肩搭背眉飞色舞了,你还没什么好说?"

"那只是同事间显示要好的一个方式!那叫什么勾肩搭背?"

"你怎么不找一个男人这样做呢?你怎么非得把这个照片放到你钱包呢?你知不知道这钱包纵然是放照片,是放什么照片的地方?是放两口子!而不是放奸情!"

"你说什么呢江蓝?"李天一目光突然阴骘,"你再给我说一遍,你说谁奸情呢你?"

"我说的就是你,李天一!李桂宝的好儿子,李天一!"

"很好,你不是说我奸情吗?我不奸情一次就对不住你给我安的这个好名声了对不对?很好,我正愁没地奸情呢,你真是我的好老婆啊,白白给了我这个机会!我这就奸情给你看!江蓝!"李天一仇人似的瞪着她,"咱们离婚!"

"如你所愿!"

第二十二章
搬起石头砸自己脚

江蓝怎么也没想到，自己会和李天一走到这个程度。

当初结婚的时候，俩人就立了个约定，以后甭管是什么事，就算是吵再大的架，也不能说俩词，那就是离婚和分手。所以除了上次夏晓贤那"考验似"的离婚，俩人还真没说过。因为他们知道，夫妻之间，这两个词是最会上瘾的，一旦说了一次，那就像是有了裂痕，只会越来越大，直到不可收拾。

自从那天，她就搬回了娘家。按照之前的经验，江蓝等着李天一来解释。他们之前吵架，十次有八次半是他主动来求饶的。这是夏晓贤交给她的战略，夫妻两方其实就是对头，这要是一方能压制住一方，那就是个和谐；这要是压不住一回，那一辈子，你都得提防对方造反。

江蓝是这样听的，也是这样做的。

所以以往吵架，就算是她不对，她也死抗着牙关坚持到底。可是这次等了一个星期，还没有消息。

"你甭管，他还有理了他？他算是个什么东西，自己放着怀孕的老婆不管，跑去和人家女人照相！这要不是怕丁幂反悔了不签协议，我早就跑丁幂家骂去了。果真龙生龙，凤生凤，狐狸精只能生狐狸精，"夏晓贤恶狠狠地咬牙，"竟敢欺负我闺女！"

"妈，你也别说人家贺京杭。谁让人家贺京杭好心呢，上次帮了李天一那么大的忙，要不是她，天一这工作都得丢，你也知道天一那性子，人给他一点好处，他都巴不得以身相许。"

"你既然知道这点还这样生气？"

"这是两回事，他总不能因为人家对她好就撇下我不管吧？他这还算是个男人吗？"

"不过他这次也真撑得住，这么多天还不来接你。"

"那你要我怎么办？难道还主动回去？"

这句话落，一直沉默不语的江大成终于说话了："一张照片能说明什么？夫妻之间，就是要一个人先退一步，要不然老这样下去没完没了。蓝蓝，你要是逞性子的话，这一个星期过去了，已经给了他足够的冷脸看，做什么事情都要讲究个度，"他深吸气，"你还是回去吧。"

"当然不能回去！"夏晓贤瞪起眼睛，"这男女之间，要是一步让，一辈子都得让！这事儿明显就是他不对，怎么能让蓝蓝先低头？"

"你这样作罢，你觉得你掺和得还不够？你难道非得盼着他俩离婚才舒坦？"

"哈，离婚？我告诉你江大成，我敢打赌，他顶多只是口头过瘾，就是再过二十年下去，他也不敢离婚！他还离婚，"夏晓贤冷笑，"还真能耐了他了。"

夏晓贤很快就会知道，李天一还真是能耐了。

这话刚说完，耳边就传来了敲门声，江蓝推门一看，是个快递员，"请问江蓝在吗？"

"我就是。"

"您好，这有您的一份快递。"

她一不网购二不邮寄，很少有人给她快递。江蓝拆开了信封，只看了一眼，脸色立时大变。

"是谁给的啊……"夏晓贤凑头过去，瞥了一眼也是大惊失色，"什么？离婚协议书？"

不错，就是离婚协议书。寄的人，正是刚才在他们嘴里，打死也不敢离婚的男人——李天一。

江蓝抓起信封，疯也似的就向楼下跑去。离婚？为什么要离婚？他们不是只吵了一架吗？面对贺京杭那个女人，为什么她这边还没闹到离婚的地步，他却反而谈起这个问题来了？难道真是迫不及待地想要离开她，和那个女人在一起？

李天一并没有要故意躲她似的难找，江蓝回到那个租来的家，他正端坐在沙发上一动不动，"舍得从娘家回来了？"

江蓝心里莫名一松，她甩了甩手里的快递，"你是想要激我回来，所以才弄这个？"

"我没那么无聊，江蓝，"他看着她，眸子里一点感情也没有，"我就是要和你离婚。之所以在这儿等着，是觉得以你的脾气，肯定会问我为什么，没关系，我在这儿专等着解释给你听。"

"原因？"面对他态度的寡淡，江蓝只觉得不可思议，"就是因为贺京杭那个死女人？"

"不是因为她，是因为你。江蓝，这半年多，你仔细想想，你背着我干了什么好事？"

"要孝顺我爹，给我多买手机买衣服，那时候就想着霸占他的赔偿款了。"他笑笑，"你说，我是不是该赞叹你未雨绸缪，演技高超？然后又是挤兑天枚，诬陷她害你流产；随后再欺瞒我，说什么是怕我嫌女儿才流掉孩子，其实就是怕女儿满足不了我爸的欢欣吧？只要是满足不了他，你们就拿不到那赔偿款了，对不对？还有后边的那些事儿，你们装得多辛苦啊，处处都是为我家考虑。说起来我也是贪钱，居然还信以为真，跟着你们的步子朝前走，一步步硬是把我们家的地、房子给吞食干净了。江蓝，"他轻轻勾起唇角，"你觉得呢？你现在想起来这一路，我表现得是不是特别傻？你说什么，我就信什么。天枚的话就是狗放屁，我的眼里就只有你，就由你把控和掌握了。"

"天一，我不是……"江蓝努力解释，"我们也是为家里好，真的。我们虽然是贪钱，也是为咱家里好。我……"

"为家里好？可是这个呢？"他从身后掏出一张纸，伸手一甩，摇摇晃晃地飘到地上，"江蓝，你是为哪个家里好？为你们那三口之家，还是为我们的两口之家？哈，事情都做到这个地步了，你总不能说是为了我们李家一家吧？"

那张纸正是李桂宝昏睡中被他们强按下手印的协议书。

一看到这个，江蓝面如死灰，良久才挤出一句话："你是怎么找到的？"

"我这还是要多感谢你啊，江蓝，你要是不回娘家那么长时间，我怎么会有空找这些东西？说实话，看冷空气来了，我是打算收拾些衣服去把你接回家，顺便解释一下和贺京杭的事情，可是没想到，这一收拾东西就收拾出事情来了。我觉得事情真是讽刺，"他看着她，"我记得上次吵架的时候，我还说，我和你在一起那么长时间了，我还不知道你什么人？现在看来我那话真是说得大了，人心隔肚皮，你老是说我傻，我确实是个大傻子。不过你貌似也精明不了多少，这样重要的东西，要我就放在你那好妈妈那里，怎么可以随便往衣橱里一塞。以为我真的看不见？"

"天一，我……"

"对了，江蓝，我还得感谢你一件事情。要不是你那天问我天枚怎么会突然想起来举报王慧诊所，我还不觉得惊讶，还不会特地问她这事。原来她觉得你有问题很久了，只是她说什么话我都不信，完全看不穿你和你妈的诡计。可是这时候，上天给了她一个神秘人，告诉她，一切事情，都可以从王慧诊所下手。以你的聪明，你可以猜猜，这神秘人是谁？我花了一个星期的时间来猜这个人是谁，猜了半天，只猜出一个人，韩嘉平。可是，他那么爱你的一个人，又给工作又为你说话，怎么会作出这么针对你的事情？"

终于，终于走到了这一步。

离婚。

夏晓贤明白事情败露，什么事都被这女婿知道了，赶紧跑过来，说以前的事情都是她的错，都是她指使的。"天一啊，你别怪蓝蓝，这都是妈的错。那协议书也是妈出的主意，蓝蓝是完全不同意的，她……"

李天一一语不发，表情漠然。

"天一！就算是你妈对不起你，但是我自问，我对你不错！"见女婿还是一副谁都不理的态度，江大成快步走了两步，挡在他的身前，"我知道这件事，你妈和蓝蓝都对不住你，可是人生在世，谁不犯点错误？就算是事情再错，蓝蓝对你的心是真的！你看看她，你看看她……"他一把扯过江蓝，示意李天一看她的手腕，"她对你的这份儿心，你能忘了吗？"

"爸，我没忘。我也没打算忘！"李天一终于开口，"她割腕是为了和我在一起，大不了我再割腕陪着她就是！可是她千不该万不该，不该想卖我们全家！我爸对她多好，多实诚啊，现在还眼巴巴地问我这房子是不是得拆，要是不用拆，他赶紧整整地再种花生！您老说我原谅原谅，您让我怎么回家面对我家那老头子？我他妈的不配是他儿子！我为了媳妇，我还帮人把他给卖了！"

"天一，你……"

"爸，你别说了，离就离吧，"江蓝翻过那协议书，在最后的签字一栏签上自己的名字，"强扭的瓜不甜，我认。"

"你认个屁认！"只落在纸上"江"字的一点，夏晓贤就夺下笔，"你这个傻子！凭什么要你离婚？你这个时候就不能离婚！你还怀着孩子呢，你怎么离？离了以后你怎么办？怎么养活这个孩子？"

"那就打掉。"

"江蓝！"

江蓝抬起头，正撞上李天一回望她的眼，那双眼睛依然如初见一样，漆黑，却显得无比透彻明净。可是，那里面泛起的粼粼波光已经没有了，现在就像是一潭死水，沉默地看着她。

"你不用担心，孩子我打掉就是了，反正打了一个，也不怕再打第二个。这次我会找一个正规的医院，不会再有之前那样的麻烦。"她勾唇，仿佛是微笑的姿态，可终是唇弧僵硬，那笑意没有延伸下来，"你放心地走吧，是我对不起你。我错了，你回老家，替我向爸认个错，我没脸再见他。"

"要想认错你自己去认吧，"李天一抿唇，"我没义务替你跑这个腿。"

费劲所有力气，她终于作出微笑，"也好。"

面前摆着的是两份离婚协议书，一份儿是现在的，另一份儿则是一年半之前的。那次是因为韩嘉平的事，两人莫名其妙有了芥蒂，后来老妈出来，证明是误会一场，这才把他们从民政局给拉回来。可是这次，明天九点的这次，再也不会有人阻拦他们了。看着那离婚协议书，江蓝想着想着，渐渐地流下眼泪来。

命运似是一个轮回,事情与上次出奇的相似。九点,他们约定去民政局,依然是李天一定的时间,可却是她先到的那个地方。这事儿来一次就足够难忘,经历两次简直就是驾轻就熟。"考虑好了?"办事人员那声音依然是机械的语调,"那我可盖了!"

江蓝看了看李天一,这次是他点头,看也不看她一眼,"好。"

那印章马上就要落下的片刻,身后突然响起一声:"哎呀,别盖!"

江蓝以为自己恍惚了,以至于出现了和上次一样的幻境,可是看那样子,李天一分明也是一惊。两人面面相觑了两秒,同时回过头去。这次来阻挡他们的不是夏晓贤老两口,而是李天枚!

江蓝觉得这事情戏剧性大了,在她的印象中,天枚应该是最期待他俩老死不相往来的主力。

"对不起同志,这章我们不盖了,不盖了!"向那工作人员报以歉意的一笑,李天枚夺下那些手续,拽着他们就往外走,"跟我回去!"

"枚子……"

"天枚……"

"我知道,你们要离婚是不是?可是你们离婚之前,先听我把话给说明白了,"将他们拽到民政局外面,李天枚深吸一口气看着他们:"哥,你还记得我说是个神秘人告诉我先从王慧诊所下手的事情吗?"

李天一点头,"记得。"

"我知道这神秘人是谁了。"

"谁?"他皱起眉头,"韩嘉平?"

"不是他,是贺京杭!哥,嫂子,"李天枚又重复一遍,"那个让我举报王慧诊所的人不是别人,是贺京杭!是跟我嫂子做了一辈子对的贺京杭!老帮着哥你的贺京杭!"

"什么?!"

这下,两人完全惊住了。

猛地抓住天枚的胳膊,江蓝惊叫:"真的是贺京杭?"

"枚子,你可不要乱说!"

这样的事情,李天枚当然不会乱说。

两个人也顾不上离婚了,接着就拉起天枚,"枚子,你怎么知道的?"天一仍然不敢相信,"这事你可不能乱说。我和你嫂子离婚是俩人的事,这其中的渊源你怕是也不知道。就算是没有这贺京杭,我们也得……"

"哥我知道,你们离婚是夫妻感情不和,你们城里人离婚总有一堆理由,但是我就认一个死理,你们要是吵架吵得分手也就罢了,但怎么着也不能被人摆一道对不对?"

"你怎么就知道我们被人摆了?说别人我还信,但是说贺京杭,我一万个不信!你不知道枚子,上次要不是她,我还……"

"哥!你还不信我?"天枚从口袋里拿出一张被折得整整齐齐的纸,"哥,你看这是什么?"

李天一接过来一看,立即吓了一跳。一张 A4 纸上,印着两行小字:你嫂子是在王慧诊所流的产,若想知道事情真相,请举报诊所。电话:814 * * * *。

"这纸条当时就夹在咱家门口。我当时一直以为是我害得嫂子流产,看到这个消息差点气疯了,想也没想就按照这方法做。然后你们就出了事情。哥,嫂子,"李天枚皱着眉头,"你们难道没有觉得事情有问题?"

"你要气死我了,李天枚!"深吸气,李天一迫使自己冷静,"再说,这纸条是打印出来的,又没笔迹又没署名的,你怎么能断定是人家贺京杭做的?"

"哥,我后来觉得奇怪,觉得像是中了别人的招,就去挨家挨户地问村里人有没有见过那天走到我们家旁边的人!因为那时候正值农忙,村里来来回回都有人忙乎,应该能有不少人看见。后来从卖烤牌的老赵那里打听到了消息,他说他那天在村里卖烤牌的时候,就看见咱家门口站着一个人,像是要进去又不像。打扮得可好来,穿着一件红色大衣,那大衣扣子得有小碗那口那么大。腰是腰,腚是腚,细高挑,得一米七多,皮肤也好。老赵那天还开玩笑地和我说,从来没见过那么漂亮的人,还问是不是咱家的亲戚。"

　　说到这里，李天一已经脸白了。细高挑，一米七多的人多得是，皮肤好的人也多得是，但是综合这两个，再加上红色大衣碗口扣的就不多了。李天一还记得，当时自己还开玩笑地问贺京杭，要这么大扣子干什么。贺京杭说什么来着？说这大衣五百多，就这扣子值钱。补一个扣子要五十呢，还得提前定制。他当时还说她小资情结。

　　想到这些，李天一攥起拳头，因为太过用力，拳头攥得咔咔直响，"这到底是怎么回事！我不信，我得亲自去问问她！"

　　"哥，你先别激动！我话还没说完呢！"

　　"前几天嫂子不是因为这个丢了工作吗？想这事不管怎么说都是我的错，我心里很愧疚，就想打工当保姆赚钱来补贴一下你们。原本以为我这样没经过培训的会很难找到工作。可是你猜，我被谁招去了？"

　　"谁？"

　　"韩嘉平！嫂子的老总，韩嘉平！"

　　李天一的问题如连珠炮一样蹦了出来，"怎么会是他？你成天窝在村里不出来，又没和他见过，他怎么知道你的？"

　　"我也不知道，但是他好像知道我很久了，然后告诉我，是看在嫂子的面子上才给我工作，一个月给我一千五百块钱。就上次我要给你的那钱，其实就是我这段时间的工资。可是哥你知道吗？我工作这几天越来越觉得不对劲，"李天枚顿了顿，"你猜我在他家里，都看到了谁？"

　　这话未完，只听到自始至终没说过话的人终于开口，"司机师傅，"江蓝脸色煞白，"调头，麻烦去华夏房产。"

　　"江蓝你搞什么？我们得先去贺京杭那里，把流产的事情给问清楚了！"

　　"去华夏。"她死死地盯着前面，"师傅，开快点。"

　　华夏总经理韩嘉平的办公楼在大厦的二十三层，下了车，江蓝就风也似的跑向电梯。大概是没人见过她这副样子，韩嘉平的秘书稍稍一愣，"江姐……"

　　"韩嘉平呢？"

秘书指指房间，"在会议室开会……"

话才刚说完，江蓝就直接闯了进去。一房间的中层都在忙于研究项目，看她来都是一怔。而韩嘉平坐在中间，眉宇之间尽是严厉，"胡闹！你怎么过来了？"

"韩嘉平，"隔着一张长长的桌子，江蓝直直看入他的眼睛，"这些都是你安排的吧？"

他微微一怔，但很快微笑，摆摆手示意员工，"你们先下去。半小时后咱们再商量这个问题。"

周围的人很快散尽，江蓝动都未动，只是盯着他，眼神执拗强硬，"说吧，事情是不是你安排的？"

"你是怎么知道的？"

这句话比任何肯定都要有力，江蓝只觉得眼前晃了晃，"为什么？"

"我本来以为你发现的时间还要晚，"他答非所问，重新坐回椅子上看着她，唇角笑意淡然，"可是没想到你这么聪明。对，事情就是我做的。"

"你和贺京杭联合起来对付我？这算是什么？这是报复？"江蓝只觉得不可思议，"我哪里惹着你了？就是因为和你分手，你就看我不舒服，想要报复？"

"分手的事情太远了，我可以保证不是那个。你还不够有魅力到我念念不忘这么久，然后再费尽心思地兜这么个大圈来折腾你，至于具体原因，你可以问你那高贵的妈。而你也看到了，我现在只有半个小时的时间，之后还要开项目组会，"他看看表，重新抬头，"所以，有什么问题，麻烦赶紧问。"

"你是怎么知道我流产的事情的？"

"要想人不知除非己莫为，何况你做的是见不得人的坏事，更得谨慎一万倍。可是你们做坏事的警觉性太差了，"他开始笑，"你们的楼是90年代初建造的，那时候的楼多用的是楼板，一点儿音也不隔。而贺京杭就住在你楼下，你觉得让她窥探一点你的隐私，是多大的难事？"他拍手，"简直就是天时地利人和！"

"你居然和她联合起来对付我？"

"只是找到了共同的目的。江蓝,这不怪我,实在该怪你家树敌太多。我看你家不顺眼,正好她也对你家苦大仇深。至于她和你家的渊源,恐怕还是得问问你妈。不过,我都听过你妈是怎么指着鼻子骂人家丁阿姨的,你能不知道?所以啊,"他顿了一顿,唇弧漂亮上扬,"我们都乐得你家不痛快。"

眼前那困扰自己已久的迷雾似乎被层层剥开了,江蓝只觉得自己身在一个巨大的泥潭中,每说一句话,都像是要更加深入地陷进去,"那你最后还让我动员她家拆迁?你……"

"那只是计中计。"

"那你还让我在你这工作?还让天枚在你家工作?"

"让你工作是想让这游戏变得更有趣,这世界上最好玩的事情莫过于,你捉弄了某个人,她还觉得你是雪中送炭对你感恩戴德;至于让天枚来我家嘛,"他勾起唇角,"是因为我玩够了,觉得是时候让你知道事情的真相了。"

"江蓝,"他用最轻蔑的眼神看着她,"你以为我要是不想让你知道真相,凭借你和你妈,会知道?"

他这样的眼神如同强烈的 X 光,最坏的预感在脑子里警报般地作响,她瞪大眼睛,"你的意思是——"

"往最坏的地方考虑,"他摊手,"然后,如你所想。"

"韩嘉平!"江蓝身子一个踉跄,差点跌倒在面前的桌子上,身后一只大手扶住了他,抬头看去,是李天一。她一把挥开他的手,愤而冲到那个男人的前面,"你到底为什么这样对我!韩嘉平!你到底为什么这样对我!"

他任由她拉扯,"我还是那句话,你问你妈。还有,"他瞄了一眼她的肚子,"注意情绪,你现在要是在这丢了孩子,我概不负责。"

"你……"

"李先生,事情进行得如此顺利,我还得谢谢你的配合……"把目光投向李天一,韩嘉平站起身来,"要不是你这么愚笨,任这娘俩儿捉弄,这事情还达不到我想要的效果。瞧,该把庄稼都去了的时候就去,该盖房子的时候就这样大张旗鼓地盖,你爸本来想留一亩地种田的,也被你们给教唆成盖房子了。这真是很好,我原想以你们家的财力,就算是贪钱,也不会到这个地步,没想到你们做的,远远超过我的希望。让我能看到这么好的戏码,"他伸出手,"我真该谢谢你。"

只听"啪"的一声清脆,江蓝突然抬手,恶狠狠地甩了他一个耳光。尖利的指甲划过他的唇角,只是瞬间,便流下血来。

拭了拭唇角的血,似是什么也没有发生,韩嘉平的笑容耀眼而骄傲,"真是可惜,大费周折,花了毕生积蓄盖的房子,甚至还为它搭上了一条孩子的性命的房子,我可以很明确地告诉你,绝对不会被征用了。"

如同晴天霹雳,江蓝眼前一黑,斜斜地歪了下去。

第二十三章

谁与谁走到最后

"妈,你告诉我,你到底和韩嘉平发生了什么事情?"

"你这什么意思……"自从回家,江蓝便只这一句话,夏晓贤有些怔,"他和你说什么了?"

江蓝声音突然放大,"妈!你还要瞒我多久,当初你到底做了什么!"

"你嚷什么你!"闺女突如其来的反应让夏晓贤吓了一跳,"你不明不白地就这么问我,我知道我怎么得罪他了? 我和他都八辈子没见过面了,我能怎么得罪他?"

"你还问我是怎么回事?!"江蓝咆哮起来,"好,怎么回事我告诉你! 咱家那房子根本就拆不成了! 你知道他韩嘉平做了什么? 知道我们要动占地拆迁的主意,就等着咱把该建的房子都建上来,咱们还得意地以为咱们赶上了拆迁时间! 其实不! 那只是他的一个花招! 他就是要看我们把全部良田毁了,把倾家荡产换来的钱都盖成了那空心砖房子,等一切事实铸就,他再告诉我们他的计划! 家里的钱都花光了,房子也卖掉了,我孩子也流掉了,甚至,我们还在他的算计之下,傻子似的花钱动关系给那个贺京杭找工作! 我还差点因为这个和天一离婚,其实那都是他安排的! 妈,"说到这里,江蓝哭出声来,"你告诉我,他到底是为了什么"!

夏晓贤像是傻了,"你说什么? 他说这房子不拆了?"

"何止不拆! 我们还要面临私自建设违章建筑的惩罚。妈,韩嘉平说你知道怎么回事,你当初到底是和他说了什么啊!"

"我和他说了什么……"夏晓贤脸色青下来,喃喃道,"我到底和他说了什么……"

"老夏,你还要瞒多久啊老夏!你还不赶紧告诉蓝蓝?蓝蓝我告诉你,"江大成深吸一口气,"你还记得上次你要和天一离婚的事儿吗?后来你妈说,那些事情都是她做的,你还记得这些事不?"

"记得,妈不是说是为了考验我和天一的感情吗?"

"考验感情?唉!事到如今,爸就不忌讳什么了,完完整整地把事情告诉你。当初你妈觉得天一不争气,工资少,想这驴年能赚出个孩子钱来,于是就寻思个歪主意,想让你和天一离婚,再找个好的。正好这小韩对你念念不忘,又刚从国外回来,你妈就费尽心思地鼓捣你们离婚,就想着把你和他凑成一对。所以你那阵子,天天碰着小韩。这也就是天一那阵子为什么身上乱七八糟地多了很多女人的东西,那也是你妈放的。"

"我知道这事迟早会出大问题,可惜怎么劝都劝不动你妈。后来天一家传出要拆迁的消息,你妈算了一笔账,就算小韩是海归,但他那时候没工作,创业有风险,要是找着工作还是给人打工。可是按照这市场价来算,就天一家那些地,足足得有二百多万,于是就因为这个,她又把你和天一给撮合回来了。"

"你妈给小韩许了日子,说你十天之内肯定离婚,到后来却又好了,你想这事人小韩能愿意?"江大成叹气,"我觉得如果小韩说是你妈的原因,大概就是这个了。甭提他了,只要是个男人这事就受不了。"

"妈!我是你女儿啊!你这样对我?你口口声声说是为我好,这就是为我想的出路?"

她的控诉没有得到夏晓贤的任何回应。

"不行!我得去找韩嘉平!我得去找他!他凭什么对我这样?他凭什么对我这样!"夏晓贤突然像是疯了,抓起衣服就跑了出去,"我不信!我要讨个说法!"

江大成看老婆成这样,不放心地追过去。

江蓝失了魂地回到出租的家,靠在沙发上哭,怎么也想不通为什么会发生这样的事情。"擦擦吧。"耳边突然传来李天一的声音,她睁开眼睛,发现他正站在身后,"你什么时候过来的?"

自从出了华夏,他们俩人便分开,她打了个车回家,他阴着脸不知道去了哪里。

"回来有一会儿了。我刚才去学校找贺京杭了。"

"哦,那她怎么样?"江蓝扯起唇角想笑,可是根本笑不出来,"先不管她,你听到刚才的事情了吧?对不起,这样看来,还是我害了你。从始至终,我都不知道我妈这样,原来还打过这个主意。天一,怪不得你以前说我和我妈一样,亏我一直以为我做得挺好。"她终于笑出来,"原来,我真的是万恶之源,要是没有我妈这样为我好,事情也不会到这个地步。"

"江蓝……"

"你等我一下,"她突然起身去卧室,再回来的时候,手里拿了两条金项链,"你先把这个拿去卖了,这都是八九克的千足金,应该能值不少钱。这个星期你回三河的时候,你帮我雇人把那些地给整整,如果是那些庄稼错过了季节,不能再长回来,就帮我送点钱给咱爸。把他好好的地折腾成这样,"江蓝轻笑,伸手抹去脸上的眼泪,"我是没有脸回去了……"

"江蓝,你……"

"还有,你随便编个什么理由,说我出轨也好,有了野男人也罢,把我说多坏都没关系,就说咱俩不能在一起了,让他使劲儿地恨我,权当没有我这个媳妇。可是天一,我求求你不要把我们骗他地的事情告诉他,我对不住你没关系,我们毕竟是夫妻,"她吸了吸气,勉强控制住泪水,"可是我没法面对他。这事做得太坏了,现在想起来我都恨不得杀了自己,我真没脸告诉他。"

"那我们呢?我们要怎么办?"

"我们能怎么办?出了这样的事情,我们还能在一起?不,根本就不能!"说这话的时候,她狼狈得泪流满面,可是思维却是出奇的清晰,"如果在一起,你经常会想起所有这些事,你会想起我妈曾经多么唯利是图地对待过你,你会想起那张我蒙着爸按手印的协议,想起我曾经多么无耻地对待你家。天一,这样的我们该怎么过下去?"

"如果,我们把这一切,都当作没有发生过呢?"

"你能原谅我?"

李天一看着她,目光复杂。

"你一向不会说谎,看吧,现在你自己都骗不了自己了,你根本就不会原谅我。我也不会原谅我自己。而且,你前面的句子,已经带了'如果'两个字,这两个字就是没有出路!"说到这里,她突然话题一转,"天一,我告没告诉过你我和韩嘉平分手的原因?"

"没有。"

"你知道我和他为什么分手吗? 原因就是我看到了他和一个女孩子拥抱,而那个女人就是贺京杭! 你总是怪我对贺京杭态度不好,对贺京杭神经过敏,觉得我是以小人之心度了君子之腹。好,这些我都认了,可是天一,你忘记了今天枚子告诉我们事情的时候,你的表情了吗? 如果有个镜子,你一定能看清楚自己。在天枚说是贺京杭害我们的时候,你眼里全是怀疑和不敢置信。你那样的目光,仿佛连自己妹妹都不相信,认定她是在诬陷她。天一我太了解你了,你从来不会说谎。你能这么毫不掩饰地护着一个女孩子,那就说明,"她闭了闭眼睛,再次睁开的时候泪光晶莹,"你动心了。你在我们日复一日争吵的时候,对我厌倦,对她动了心。天一,发生了这些事情再加上你的心走了,你说我们这日子该怎么过下去? 不是不可以过,而是根本就没继续的可能。我明天就会把孩子流掉,天一,你放心地走吧。"

这一场谈话到此戛然而止,像是对冗长战役的一种总结。接近一年的谋划,真的算是冗长。可是这总结很短,不过二十分钟,便彻底割裂了两人牵连在一起的命运。不到半个小时,俩人便领到了离婚证书。

"平时诸事不顺,可是这事儿倒是很麻利,"看着离婚证书,江蓝笑,"看,连上天都不站在我们这边。"

李天一从鼻子里挤出一声闷哼,听不出是赞同还是反驳。

原本两人还打算吃个分手饭,但是最后,这计划被江大成的电话给打破了。

夏晓贤去找韩嘉平,被韩嘉平挡在了门外,连面也没能见。她在外面泼妇似的吼,直接被华夏的保安给架出了公司。就是这一架,夏晓贤的脑出血复发,再次进了医院。以前只是轻度脑出血,这次却是重度,抢救了两天,夏晓贤终于从死神那里抢来了一条命。与之前不同的是,她这次醒来就是哭,完全失去了平日里张扬叫嚣的锐气。

住院第三天,贺京杭来了。

甭管是谁的错,发生这一切总算有这个人的功劳。江蓝怕老妈看到她再受刺激,把贺京杭约到了医院前面的小花园,五天之前若看到她,江蓝恨不得把这个女人砍死。可是现在,面对面站着,却一句话也说不出来。

两人静默了许久,还是贺京杭先开的口:"尽管事情这样,我也不会向你道歉,"她顿了一顿,"这是你们应得的报应。"

"自作孽不可活,韩嘉平已经说过了,难道你还要再重复一次?"

她抿了抿唇,"我只是可惜李天一,他这么个好男人……"

"是好男人不错,贺京杭,我知道你恨我家,但是从天一这事儿上来说,恐怕你做的也不太地道。不过甭管地不地道你都赢啦,当初韩嘉平你横插一刀,现在更好,我和天一已经结婚了你都能再在中间作祟,你毁人感情的本事还真不是一般得高超。我真是幸运,就谈过两次感情,还都毁在你的手里。"

"你别说你毁在我手里这样的狠话,你其实……"

"好,我其实还是自作孽不可活好了吧?我知道我是自己不好才失去天一;我知道我走到这步,怪不得别人;我知道一个巴掌拍不响,你能得到天一的心,还是我这里出现了问题,这够不够?"

"不够,"贺京杭看着她,"李天一没和我在一起。"

"是,"江蓝笑得讽刺,"对于韩嘉平而言,他算是什么。"

"他辞职了,不再在我们中学教学。我原本以为你是知道的,但是现在看来,我想错了。"

江蓝怔了怔,愣了两秒才反应过来,"什么?! 他辞职了?"

"是,那天他来找我,我把所有事情都告诉他之后,他就递了辞职手续。

你也知道,他现在就个校办工厂工人,辞职也就是五分钟的事。"

江蓝不敢相信自己的耳朵。

"还有,江蓝,"贺京杭站回她的对面,"我还得告诉你一件事情,据说当初你和韩嘉平分手是因为我和他拥抱。我现在得告诉你,我并没有真的和他相拥,你上体育课的时候,我们正在排练英语对话。我和他扮演一对恋人,自然得拥抱在一起示意亲昵。可是这个理由韩嘉平说了一万遍你都不信。我不得不说,江蓝,对于感情,你真的是太刚愎自用了,天下不是非得围着你转不可的,这道理同样适用你那妈,想掌控别人,自己一定没好下场。怎么样? 看你这个表情,我现在说了你是不是很惊讶? 后悔么?"她轻轻一笑,"可惜晚了。你,活该有今天!"

她自以为她在后悔失去韩嘉平,其实她不知道,江蓝脑海里一直是天一,他辞了职却又没来找她,那么现在人到底去了哪里?

江蓝望着天,目光迷茫。

"看完了?"从车窗里看着那一动不动的女人最后一眼,韩嘉平摇上车窗,"怎么样?"

"你想问怎样的话,怎么不自己亲自看?"

"你都没能进病房,你觉得我要是进去会是怎样?"韩嘉平唇角微扬,"他们一家人,现在怕是把我当牛鬼蛇神待呢。"

"韩嘉平,你现在快乐吗?"贺京杭侧头看他的眼睛,"你如愿谋划了这一切,现在也得到了想要的结果,甚至比那结果还要好,她家没了房子,积蓄也花之一空,工作全部丢掉,甚至为了给夏晓贤看病,为了偿还以后的违章建筑罚款,还要把现在这唯一的房子也给卖掉了。逼着他们走上这条路,你现在高兴了吗?"

他回过头去,目光正视前方,"高兴。"

"可你现在表情不是高兴的样子。"

"那这样呢?"他侧头,唇角向后扯,"OK?"

"比哭还难看。"

他摇了摇头,发动了车子。

"我告诉了她,当初我和你的真实情况。我告诉她,我和你是在排演,不是真的相拥。她傻了,然后就是你刚才看到的那副表情。韩嘉平,"贺京杭咬唇,"即使我不想承认,可是我还是想说,她好像还是没忘记你。"

只听到"嚓"的一声尖利声,急速的车子瞬时停住。

"还有,虽然我没能进去病房,但还是从主治医生那里得到了消息,"她看着他,"夏晓贤瘫痪了,因为脑出血,再也别想站起来。我原以为我会很高兴,因为我们家和他们家是宿怨。可是韩嘉平我告诉你,我现在一点高兴的情绪都没有,他们是自作孽不可活不错,但我们明知道会如此,却一直隔岸观火,这又算是多好?"

贺京杭打探来的消息相当翔实精确,夏晓贤虽然抢回了条命,但是却有了严重的后遗症,下肢没了知觉。

本来日子就难过,但好歹还有那拆迁款做盼头,现在一切落空了,日子简直绝望,何况夏晓贤要做康复理疗,一次理疗做下来,就是如今江蓝整月工资的五分之一。她早就从韩嘉平那里辞职,好不容易才找到一份工作,虽然累了点,但是想到这一家的生活,还是得咬牙撑下去。家里一共三个人,江大成被医院辞退,完全没了收入,夏晓贤还有点退休工资,但仅仅够她住院时的医疗款,毫无疑问,一家人的生活全都指望江蓝。

面对着那五万元的违章建筑罚款单,江大成说:"卖房子吧。"江蓝起初不愿意,不管怎么说,现在家里就剩了这一套房子。但是日子太难了,江大成口里的现境让人甚至有想死的冲动:"不卖房子怎么办?我现在就是个吃白粮的,顶多伺候伺候你妈。你妈的退休金就算还完了住院费和手术费,那也仅够我们俩人吃饭吃药的。你呢?就你那点工资,能养着自己就不错了。可是蓝蓝,咱还有孩子呀,你就算是能把这罚款担起来,这孩子怎么办?眼看着这孩子就要生了,你拿什么去生?生了又靠什么养活?"

这一个个问题无比现实,至此为止,已经别无他路。好在,房子脱手很容易,他们那房子地段好,平日里保养装修得又不错,轻而易举地卖了个好价钱。江蓝怕交易时父母见了伤心,自己一个人挺着肚子去办理手续。事情就是这时候发生的,当江蓝站在取款机前,当着买主验钱的时候,不知道哪里突然窜出来个孩子,身子一侧,重重地将她撞到了地上。

刹那间,江蓝只觉得肚子被割裂一般得疼痛,伸手往大腿那一摸,乳白色的液体沾了一手。脑子里豁然迸出四个字,羊水破了!

谁也不知道会出这样的事,夏晓贤自己还照顾不过来自己,江大成还高血压,根本受不得这个刺激。幸好这买房子的人心地善良,为她跑上跑下。疼痛中,江蓝恍恍惚惚听到医生问那个买房子的:"你是产妇家属吗?产妇情况不太好,需要紧急手术!"

"我不是我不是……"那买房人摆手,"我……"

江大成这才气喘吁吁地跑过来,"我是我是!"

"产妇丈夫呢?这样的时候,一般丈夫签字。"

"他……"江大成略有犹疑,但很快缓过神来,"医生,不要紧的。我签也是一样,我是她爸爸。"

"那要是有了危险,要孩子还是要大人?"

"大人!"

江蓝用尽全身力气想说保孩子,可是显然江大成比她答得要有力迅速。手术室缓缓关上,江蓝从门缝里看到对面产科一对对夫妻,或是高兴或是担忧,老婆旁边都有男人。可是她呢?天一去哪里了?以前虽然觉得自己活该,但无非就是少了钱少了退路。现在这一刻才觉得自己真是咎由自取,这样一场贪利的胡闹,把最爱的男人丢了。

她把天一给丢了。

这才是最坏的结果。

民间有俗语,保七不保八。这一场战役无比艰难,先是羊水提前破,后来又是大出血。被全麻的她毫无知觉,模糊中只看到一群人在身旁忙活。而自己就像是一只待宰的活鸡,姿态血腥而又狼狈。恍惚中,脑海里竟浮起了天一的脸。好像是他们刚结婚时候的事,老式的俗不可耐的婚礼,他挑开她鲜红的盖头,红得就像是她身上流出来的血一样。而他在看着自己的时候,呲着牙冲着她笑。那牙是最漂亮的象牙白,白得就仿佛这医院的色调。

她当时还笑话他:"怎么笑得和个傻子似的,又不是之前没有见过。"他说什么来着？对，一把揽住她，说这是我的媳妇，我当然一辈子也看不够。当时都觉得一辈子能携手，可是谁能想到，他们的一辈子，却注定只有两年多？

不知道手术进行了多久，再次醒来的时候，江蓝发现自己已经转入病房，她下意识找了一圈，却没有发现孩子的影子，心里那根弦立即绷起来，"孩子呢？"

江大成从房间外赶紧跑进来，"怎么了蓝蓝？"

"爸，孩子呢？"激动得想要直身，可只要一直身，肚子上那刀口便剧烈地疼，"你动什么！"江大成赶紧按下她，眼神却有些虚晃，"孩子……"

"孩子怎样了？"

"蓝蓝，你要有个思想准备，孩子……孩子没保住，可能是因为你前段时间太累，孩子出来的时候已经是死胎……"

江蓝"嗷"的一声痛哭，只觉得天都要塌了。

"爸，我说保孩子，你怎么非要保大人？爸你怎么要这样！"她抓着父亲的手，痛哭流涕，"爸，如果天一回来，你让我怎么和他交代，怎么和他交代……"

"蓝蓝，手术同意书是天一签的。"

江蓝一怔，抬眼看去，正好在门口看到那张熟悉的脸。

原本以为情况已经够糟，没想到糟的还在后面。由于连续两次流产，江蓝以后将很难再有自己的孩子。

"我以前觉得事情够糟了，没想到居然还有一劫，"她抬眼，看着正在喂饭给她的天一，"天一，这就是报应，你说对不对？"

李天一不说话，只是用力揽着她。像是害怕她消失一样，使劲嵌入怀里。

再大的事情也得挨住，只要是不死，日子还得朝前过着。江蓝出了院，这才知道这段时间，李天一竟然出去打工了。

"江蓝你不知道，我这次出去找了多好的一个工作，在一个出版公司做出版策划，老板和我比较投机，再加上我误打误撞地做好了一个案子，上来就给我六千。我五个月就赚了三万！这可比你累死累活要好多了。你不用愁，如今咱们还那些罚款绝对不是问题。"

"咱们……"江蓝品读着这个词，突然有眼泪流出来，"我们不是离婚了么？怎么还咱……"

"上一次没离成，我这次也不要离。江蓝……"他摸着她的头发，语气温存，"离婚了还能复婚，你摆脱不掉我。"

江蓝心中顿时升起柔柔的感动，可又忽然想起一个问题，"你是怎么知道我要生孩子的？"

"我本来也不知道，可是忽然收到了这个，"他拿出手机，拨出短信给她看，"有个陌生号码给我发短信，说你情况不好。"

江蓝探头一看，什么陌生号码……分明就是韩嘉平。可是他，又怎么知道自己……

车子疾驶在回乡的路上，江蓝本来想回来看看李桂宝，可夏晓贤和江大成也要跟来，估计心里也不是滋味。走到那桥头上，正好看见李桂宝在地里劳作，那些曾经费尽工夫盖的空心砖房子仿佛从未出现过一样，转眼看去是一望无垠的田地，现在虽还没长出绿叶，却渗带着一种厚重的生机。

"妈，这是咱们的地，我爸又给整好了，他现在还以为是因为您，这地才不用被占呢，所以高兴得要命，"李天一趴在夏晓贤耳边，"我也是这样说的，所以他还觉得您是大恩人，您待会儿可别说漏了，至于我和江蓝中间离婚，他也不知道。"

这话刚说完，李桂宝就走了过来，老远就亲热地喊她："亲家，你来啦！"

夏晓贤看着他那质朴的样子，眼圈突然发红："亲家，我是来给你道歉的……我……"这话刚说了半句，就见天枚、天一都向她挤眉弄眼，显然是不想让她说。"爸，阿姨那意思是这么久没看你，怪不好意思的，她身体不好来不了，你可别生气。"天枚接话。

"这有啥好生气的？亲家，你这次在我这里多待几天，我给你弄我那菜地里的新鲜好菜吃。我告诉你，这菜可好了……"接过江大成推的轮椅，李桂宝推着夏晓贤往前走，"你看，我种的是黄瓜，咱自己不打农药……你放心，你为我家地出了这么大力，我这次一定得好好犒劳你。"

跟在他们后面，江蓝戳李天一，"这样不告诉爸爸事实，好吗？"

"你想，告诉了他，他心里就老惦记着这事，肯定不痛快；这要是不告诉了,他反而欢天喜地的,这哪点更好?"

"我只是觉得这样有点欺骗老人。"

"没关系。"李天一拍了拍她的肩,"这样不说,咱妈心里应该也好受,她都为这受这么大罪了,咱都让老人舒服一点。只要我们日子都过得好好的,就当事情没发生过。"

"嗯。"

"咱啊,以后再一块儿努力,我就不信咱这日子过不红火。"坐在田头,李天一拥着江蓝,看着河对面的风景,"看到了没? 对面就是新区,我打听了,那房价也不贵。如今我工资也高了,在那买房子也不是没希望。等咱买了房子,反正爸妈现在也没地方住,咱就把爸妈都接过来。至于我爸,他就愿意在这地上劳动,咱就多回来看看,你看怎样?"

"好!"

两人正畅想着美好生活,突然听到天枚在那边跑来,"嫂子!"等近了才发现,她拿的是个快件,"嫂子,这是有人给你的。"

"谁?"

"他把东西放到村委会就走了,也没说什么。"

江蓝打开信封,有个东西掉了下来,捡起来一看,竟是个钥匙。像是忽然想到什么,她连忙拿出里面的文件。

大红颜色的证件,是房产证。

江家最后那房子的房产证。

"江蓝,是谁送来的?"李天一又翻了一下信封,"嗨,这里面还有东西呢。"

里面是一张信纸,只四个字——物归原主。

虽多年不见,字体却依然熟悉得像是印入脑海里一样。

江蓝和天一抬头,村头那狭窄的小路上,黑色的奔驰车正在他们的视线中渐行渐远。

图书在版编目(CIP)数据

拆婚/妩冰著. —杭州：浙江大学出版社，2011.8
ISBN 978-7-308-08948-7

Ⅰ.①拆… Ⅱ.①妩… Ⅲ.①长篇小说—中国—当代
Ⅳ.①I247.5

中国版本图书馆 CIP 数据核字(2011)第 153979 号

拆　婚

妩　冰　著

策 划 者	蓝狮子财经出版中心
责任编辑	王长刚
文字编辑	曲　静
出版发行	浙江大学出版社
	（杭州市天目山路 148 号　邮政编码 310007）
	（网址：http://www.zjupress.com）
排　　版	杭州大漠照排印刷有限公司
印　　刷	浙江印刷集团有限公司
开　　本	710mm×960mm　1/16
印　　张	16
字　　数	227 千
版印次	2011 年 8 月第 1 版　2011 年 8 月第 1 次印刷
书　　号	ISBN 978-7-308-08948-7
定　　价	32.00 元

《走！到二线城市去！》

作　　者：唐凯林

出版时间：2011年3月第1版

定　　价：32.00元

ISBN：978-7-308-08377-5

　　成功，一个在一线城市并不成功的白领，因为女朋友的移情别恋，冲破了出走的临界点，逃离了让他无奈的大城市。他回到全江市，接受了高中同学的接济，成为一个濒临破产的杂志的主编。一个"白领是候鸟"的成功选题策划，让杂志起死回生，并意外聚集起一群来往于一线和二线的人群。他们从事着不同的事业，有着各自的理由逃离喧闹的大都市，一同撤离在都市围城的城外，找到了重新上路的奋斗激情。

　　一场白领们的二线城市生活保卫战悄然登场！

《蛋碎乌托邦》

作　　者：余一
出版时间：2011年8月第1版
定　　价：26.00元
ISBN：978-7-308-08893-0

当你在感叹蜗居逼仄，房价高昂，他却只能栖身于一个"蛋壳"之中，滚着"蛋"，去实现自己的梦想；当你风尘碌碌，为了生计奔忙不休，他却在与卖淫女周旋，在调查农民工性生活，在打探医院黑幕；当你发现骗子横行，屡屡上当受骗，他却冒死潜入行骗集团，意欲将他们一网打尽；当你决意做一个平凡的栖居者，他却阴差阳错地成为英雄，得到前所未有的人生体验。

现实如斯残酷，梦想能否照进现实？

其实，只要你生活得稍微再用力一点，就会发现生活的另一面。这不仅仅是一部传奇，更是我们生活的一角，要沉潜其中，才能看得通透。这不仅仅是一本小说，更是一个长长的"笑话"，只是，我们笑着笑着，便开始哭了……

所有人的心里，都有一个自己的乌托邦。

《最后一平米的战争》

作　　者：唐凯林
出版时间：2011年7月第1版
定　　价：29.00元
ISBN：978-7-308-08377-5

这是一场不可思议的听证会。这里有不为人知的房地产内幕！这里有充满玄机的商业暗战！这里有你意想不到的"抗拆"手段！

房地产老板魏大同，对于在听证会上"民主的获胜"志在必得，一心为拆迁户出头的菜鸟律师乔良，以弱对强。面对极为复杂的博弈，他将如何胜出？

乔良在听证会上遭遇劲敌程为，惊讶发现他竟然是……

究竟是拆迁方故意为之，还是巧合？

这不是一场简单的听证会。一场调查与反调查、跟踪与反跟踪、偷拍与反偷拍的斗争在听证会之外悄然上演。